有一种力量，叫文学；
有一种美好，叫回忆；
有一种感动，叫青春；
有一种生命，在鲁院！

逃马

鲁迅文学院·百草园文集

纪富强 ◎著

TAO MA

集探案、悬疑、怀旧、时尚、爱情、世俗等多种元素于一体,致力于剖解复杂微妙的人性,展示人间种种复杂微妙的喜怒哀乐与爱恨情仇。

知识出版社

图书在版编目（CIP）数据

逃马/纪富强著. --北京：知识出版社，2017.1
（鲁迅文学院百草园文集）
　ISBN 978-7-5015-9392-7

Ⅰ.①逃… Ⅱ.①纪… Ⅲ.①中篇小说-小说集-中国-当代②短篇小说-小说集-中国-当代 Ⅳ.
①I247.7

中国版本图书馆 CIP 数据核字（2017）第 013602 号

逃　马

出 版 人	姜钦云
责任编辑	易晓燕
装帧设计	游梽湹
出版发行	知识出版社
地　　址	北京市西城区阜成门北大街 17 号
邮　　编	100037
电　　话	010-88390659
印　　刷	北京一鑫印务有限责任公司
开　　本	787mm×1092mm　1/16
印　　张	14.75
字　　数	280 千字
版　　次	2017 年 2 月第 1 版
印　　次	2020 年 2 月第 2 次印刷
书　　号	ISBN 978-7-5015-9392-7
定　　价	39.00 元

版权所有　翻印必究

目录 Contents

逃　马 …………………………… 1
枪　口 …………………………… 14
耻　辱 …………………………… 29
八月之旅 ………………………… 54
如影随形 ……………………… 108
宴　席 ………………………… 131
爱与恨 ………………………… 141
薄如蝉翼 ……………………… 149
天黑黑 ………………………… 170
非常警察 ……………………… 180
骂　神 ………………………… 219

逃　马

因为中途开了一个小差，司马楸赶到火车站的时间有点尴尬。

眼下是 16 点 57 分，最近一班去北京的高铁是 17 点 09 分发车，已经没票了。下一班要到 21 点 43 分，且只剩下价格不菲的贵宾座，等下了火车连地铁都停运了，北京的冬夜那么冷，怎么算都丧气。

离开自动售票机，司马楸还是站进了购票的长队里。不这样又能怎么样呢？难不成不回去了？不可能，他恨不得插上翅膀立即飞回到北京去。

就在一个小时前，司马楸路过济南时还在大明湖畔的一家茶社里约见了蝴蝶。面对着那张粉嫩得如盛夏芙蓉般的脸，和趵突泉一样闪闪烁烁的眸子，司马楸始终处于一种兴奋中，话虽说得婉约，但明显有些多、有些大。

他们相识于网络。可写得一手好诗的蝴蝶毕竟和他周遭的凡夫俗子不同。过于兴奋和托大，又是件后来想想挺容易脸红的事。

不过司马楸很快就平复了这种不安，心底再次涌动起一股勇气和豪气。他暗暗地若干次下定决心，这次回京后一定要豁出去，拼命也要把计划中的事情做完，不留遗憾。

车站外 17 点的钟表报时声响了，司马楸正好走到售票口。脸上立时显出一种急迫："我有急事回北京，请问您有没有最近这班车的退票？"

售票员头也没抬，"先买张短程票，上车后补吧？"

司马楸喜出望外，接过票五毛零钱都没等找就转头向安检口跑去。

白泥鳅一样的"和谐号"高铁已经进站了，司马楸急匆匆找到12号车厢，掠过一排排乌压压的人头，在一个下身穿黑色短裙、长皮靴和网袜，上半身穿雪白色束腰羽绒服，脑后扎了三条马尾小辫儿的中年女人身边坐下。

女人从窗外转过视线，正与司马楸对视，司马楸及时露出善意的一笑，女人却有些紧张，一脸的粉刺都仿佛立时增色不少。

司马楸闻到一种浓重的香水味，他素来对喷香水的女人敬而远之，于是掏出手机来像车厢里百分之九十以上的人一样，开始玩微信。

上车之前，司马楸曾在茶社里发过一张冒着袅袅烟气的茶水照片，此时，下面已经有了至少六七条留言和十几个赞。

蝴蝶当时和他对面坐着，却是第一个点赞的，而且留言也排在了第三位："大明湖畔，香茶一盏，多少眷恋。"

前妻例外排到了头把交椅："混蛋，再不按时打房贷，别怪我闹到北京去！"

其他大都是单位上的，刘主任说："在京城喝二锅头酒常有，但能静心品茶可贵，兄弟看来日子过得逍遥。"

科里小房说："马哥，在北京扎下根儿啦？家里你尽可放心，一定要等到我们休假哦！"

司机老王不会打字，估计又是儿子代发："他马叔，儿子的工具书你帮着在北京买买，将来他去上学就奔着你了！"

司马楸面无表情，只给蝴蝶回复了一条："与君相约，实在美妙。"

没想到蝴蝶很快回复一条信息过来："司马，说点正经事吧，你正式留在北京的那一天，我就跟你去领证。"

司马楸一惊："领证？你离了？"

蝴蝶回："还没，拖着，但是你要能留下，我说到做到。"

司马楸合上手机，心里立即浮上一层失望。他甚至有点轻蔑地想象了一下蝴蝶长裙里那名不副实的身体。那对乳房已经空瘪垂落，腹部据说有道狰狞的剖伤，干燥的不再容易激动的私处，以及平底鞋里那双硕大的有点不可思议的脚。

或许，司马楸想，这是他们最后一次见面了。

所有人都在谈论他留北京的事。有的人不管他干什么，都希望他永远不要回老家去，怕再碰到两相厌烦，比如说前妻。有的人希望他留京，是希望能就此顶替他形同鸡肋的位子，比如小房。还有的人什么也不为，希望他顺利留在北京为人民服务，住上大房子，过上人人羡慕的日子，当然这完全是反话，你留下他会嫉妒得脸都变成大便色，比如老刘之流。当然，还有人真心实意盼望他如愿以偿地留下，但前提是他要以此作为她下辈子新生活的跳板，比如原先一直看上去纯如琼台仙子的蝴蝶。最不希望他留京的或许只有女儿朵朵了，这次回家她看见他先是两眼突然发亮，然后就跳进怀里不撒手，无论是吃饭、睡觉，还是玩耍都紧紧围在他跟前转，临别时哭泣声几乎撕破了天，让他难受了一百多公里远。

可他必须要留京。起码必须要试一试冲一冲，死了拉倒。这必定是他这辈子最难得的一次机遇。他迫切需要留下来，在一个更大的平台上提高自己，也能因此体面地与那个混乱压抑的单位和那座风声鹤唳的小城彻底作别，同时还有希望将来给朵朵一个更好的受教育的机会，以此满足自己所有的虚荣和堵住所有人的嘴。

可留京有那么容易吗？北大生毕业卖猪肉，清华生毕业当乞丐，这是说的应届就业难。一块砖头掉下来，落在四环内，砸到十个人有八个以上是高官、富豪、科学家、教授、博导，这是说的精英荟萃。他一个来自小县城最底层的中年男人凭什么留下来？又凭什么活下去？

司马楸这次到北京进行为期三个月的进修，已经算做在单位里放了卫星。按说这么长的假期根本不可能批，且司马楸利用业余时间搞的那点事情在同事眼里基本等同于不务正业，可偏偏因为这点业余的一技之长，竟被部里重视艺术的领导看上并有意培养，加之这个班具有严格的名额限制和一定的强制性，所以能来实属奇迹。

怎么样利用好这次机会留下？找老乡拉关系、塞钱，甚至找女领导潜规则。司马楸把所有异想天开的方法都过了一个遍，可根本就没有发现一种可以付诸实施的可能性。老乡的确认识几个，都是买单时擎着账单盯老半天，临了还能因为服务员不冷不热的态度跟人家打起来的那种。司马楸的银行卡上倒还有五位数，可自从跟着进修班里一个同学的老乡的朋友去了几趟馆子，练了一次KTV，眼瞅着对方从背包里往外抽出成沓的票子往"妈咪"乳房上摔，他就从此彻底改变了对零钱的看法。至于潜规则，司马楸狠狠把它掐死在了幻想的褓褓中，他知道自己这样想都很贱，但绝不能让自己在下贱的道路上越走越远。

胡思乱想中，车已经停站。广播里流出乘务员温吞的播报声，"德州站到了，下车的乘客请注意……"司马楸环视四周，发现周围还有几个空座，灰败的心情立时升起一种兴奋的念头。他迅速用手机上网搜索了一下高铁逃票攻略，详细浏览了大多数的帖子，在列车重新启动时急忙收起手机，按照攻略中的骨灰级策略开始进入"深睡眠"，据说这样乘务员会在查票时不忍打搅。

可是想什么，什么就来。司马楸刚闭上眼睛，就听见乘务员要开始查票的声音。司马楸眯眼望去，两名女乘务员都是一身红制服，个头高挑，人也漂亮，但查起票来毫不含糊，于是心里开始没底。正要继续深睡，又觉得身边靠窗的女人站了起来，要经过自己走出去。

司马楸很绅士地收了腿和身子，让女人走出去时没与自己发生任何接触。检票员越走越近，就在马上检到自己这排时他也站起来往身后洗手间的方向走去。

这是网上逃票攻略的第二条，如果发现沉睡实在躲不过去，就在乘务员查到你之前躲进洗手间。

司马楸进了洗手间，却并无便意。他一遍遍用冷水洗着脸，在几乎下定决心出去补票时，又忽然萌生了恰好相反的念头：如果这点挑战都没有勇气尝试，那么那些回到北京更为艰难的事情该将如何开始？这不是道德的事情，司马楸想，也与钱无关。就把第一次逃票当成是开启新生活的磨练吧。

司马楸出了洗手间，已经有个喷着酒气的男人在外面等得不耐烦了，人还没进去腰带已经解开了一半。司马楸让开路放他进去，迎面却看到了邻座女人从窗外收回目光，正向这边露出微微一笑。

　　司马楸视力不是太好，一时无法判断女人是不是冲着自己笑，或者是不是真的笑了。他放眼望向刚才的车厢，看到过道里的检票员已经消失了，然而令他惊讶的是自己的座位已经坐上了别人。

　　司马楸站在车厢结合部不知所措，为了避免尴尬，慌忙用上了逃票攻略之三：去旁边拿一次性纸杯接热水。

　　端着杯子，正呼着热气，检票员又一次抱着夹子出现在车厢里，这一次似乎是在登记车厢里为数极少的空位。司马楸为了闪开过道，站得距离女人更近了。

　　女人这时再次回过头来，面无表情，在她脑后是窗外飞逝而过的楼房和电线。

　　"怎么，无家可归了？"女人忽然问司马楸。

　　司马楸心中一凛，"什么意思？"

　　"什么意思，你自己最清楚。"女人说完，像是轻轻叹了口气，"看你的气质，不像是会逃票的人。"

　　司马楸顿时耳根发热，但嘴里不肯认输。"哦？我有什么气质？你怎么知道我没票？"

　　"你，"女人睁大了眼睛，脑袋不动，只是眼睛里的光自下而上射过来，"是个有强烈自尊心的人。"

　　"算你说对了，这样的人就一定会赚小便宜？"

　　"这算什么便宜，有意思！"

　　司马楸喝了一口水，望望越走越近的检票员。突然，他又有了一个新发现。

　　"检票的过来了，你就不打算补票吗？"司马楸问女人。

　　女人再次从窗外收回目光，抬头看一眼司马楸，反问道："有意思吗？"

　　司马楸笑了："是，补了票就不好玩了。"

　　女人听了也笑出声来，露出整齐的两排白牙，鼻头上挤出了好些皱纹，但是样子也变得家常可亲了。

司马楸近距离盯视着她，发现除了脸上密布有雪亮的粉刺，她还是很好看的，她的长发，她的脸型，她的五官，她的耳垂，她的脖子，她的穿着，还有她绝佳的身材。其实，她就是一个美女。

"北京南下？"司马楸靠着车厢的一角问，"开始我还以为你犯了烟瘾呢。"

"我不抽烟。"女人说完，边用手指在窗玻璃上比画着说："已经戒了好多年了。"

"哪里人？"司马楸继续问。

"你呢？"

"北京。"

女人的手指定住了，"你不是。"

司马楸解释说："就快了。你呢？"

"我不知道。"女人继续划着窗玻璃，"照你这么说，我在北京很多年了，不知道算不算是北京人。"

"那你得有户口本。"

"有。"

"房子？车子？票子？孩子？"

女人的手指又停下了，"我都有，你要看证明吗？"

"需要吗？不需要。"司马楸也将眼睛望向窗外，此时窗外黑如墨染，什么都看不见。

"那你真不简单。你是做什么的？玩微信吗？"

"你说呢？想要电话就直说，一看就是个新警察！"

司马楸大为诧异："说什么呢？"

"你肩宽，目光既疲倦又大胆，皮鞋缝里有土，扎的腰带上有警徽。"

"这是什么逻辑？腰带是别人送的。照这么说，你……"

检票员这时走到了过道口，对着两人问："你们的座位在哪儿？"司马楸稍一犹豫，没有立即把嘴边的杯子放下来，倒是女人反应很快："前面。"

"票呢？票拿出来看一下。"

女人说："都在包里，一会儿。"

检票员就这样过去了。司马楸对女人露出一副刮目相看的样子："行啊，脸不红心不跳的。"

"比警察心理素质坏不到哪儿去。"女人冷了脸道："走吧，还愣着干什么？回来就把我们拖出去毙了。"

司马楸仍旧端着水杯，跟着女人穿过12号车厢，来到11号，11号正在检票，他们又径直穿过11号来到10号、9号、8号车厢，最终在一个对排的六人座前停下来。四个男人正在打牌，女人一站，他们纷纷手拿扑克站起来为她和司马楸让出了最里面的位子。

"刚才你想说什么？我是干嘛的？"两个人对着目光，讲的话甚至能喷到对方脸上。

"算了，不说了。"

"你这种人，怎么可能调到北京来？"

"为什么不能？"

"算了，不说了。"

说到这儿，两个人又都笑了。突然，女人望着司马楸身后的方向说，"查票的又来了，要不，你帮我补张票得了。"

司马楸站起来说，"有意思吗？走吧，再去外面站站，这里说话都不方便。"

他们再次跨过密集的人腿，来到车厢连接处的洗手间外，司马楸给女人接了一杯热水，女人道了一声谢谢，接过去放在唇边，却始终没有喝。

"还有半小时就到站了。告诉我，你是怎么留下的？"司马楸突然开口问道，脸上写满了真诚。

"你真愿意留下吗？"女人头都没回，仍然端着杯子，声音都有些发蒙，"就像我十年前的样子。"

"咱俩年纪差不多大吧？就算你是姐，传授点经验吧。你懂，我需要高人指点。"

"我哪里比你高？我在你们所有男人面前都得弯下腰，我属马的。"

"哦，我比你还大两岁，我叫司马楸，你呢？"

"我叫马蓉。"

司马楸有点喜出望外："这么巧？我们的名字里都有个'马'字。"

马蓉笑笑，转过身来，表情有些俏皮："我们是两匹逃票的马。"

"既然都认识了，说说吧，马蓉？"

马蓉把水杯放在窗沿上，两手交叉抱在怀里说："好。我二十岁来北京上大学，念的是北外的西语系，大四那年去十三陵旅游时爱上了一个比我小七岁矮两级的师弟，那年他才十七岁，毕业后为了等他我在北京四处找工作。可是一个人在外太难了，我白天当家教，晚上回去给男朋友做饭洗衣服和他睡觉，两年后男朋友毕业却执意要回浙江老家，理由是生活压力太大，而且他吃不惯除了他妈以外任何人做的饭。我不同意，天天跟他吵，好不容易跟他回了一趟老家，却因为年龄大被他父母赶了出来。他也很爱我，执意要我留在浙江，保证今后工作、房子花销都不是问题，可我执意不允，伤心欲绝地跑回北京，最后他终于提出分手，可是我却发现自己怀孕了。我恨他，没有告诉他，悄悄地做了人流，从他的世界里彻底消失。听说他现在已经是一个市的副市长了。"

司马楸听得有些不忍，望了一眼马蓉空荡荡的十根手指头："你是说这么多年你一直独自在北京打拼？"

马蓉闭上了眼睛，长睫毛栖落下来，没有点头，也没有回答，显得无限悲情。

列车在减速，良久，马蓉才闭着眼问："你呢？"

司马楸尽量让自己的声音显得真实可信："离了。"

马蓉睁开眼，望着司马楸说："其实你这人，条件不错。外形好，能沟通，有想法，胆子不大，为什么就那么不知道满足呢？"

司马楸暗自一叹："幸福都是相似的，苦难却各有不同。马蓉，尽管你孤独，你吃苦，但总算在北京出人头地了。有了房子，有了户口，北京那么多公园随便你转，将来也一定会有幸福在前方等着你。

倒是我……对了，你后来又去找过你前男友？"

马蓉垂下头，说："没有，在电视午夜新闻里见过。这么多年，他一点都没变，还是十七岁时的样子。你呢？再说点，快到站了……"

"我？"面对马蓉，司马楸决心勇敢一次："人到中年，因为出轨和妻子离婚，独自带着年幼的女儿，其实是坑害了女儿和年迈体弱的父母；因为不善经营也不够努力，多年来在单位里职级待遇停止不前，同批的人都上去了，邻家的孩子也不知不觉成了自己的属下，时时处处充满了危机感；因为生性倔强和吝啬，朋友到现在数数也没有几个，别人都是寻找孤独，可自己想有热闹的机会都不多；因为偶然的机遇，能来北京进修几个月，便从此想入非非做起了黄粱一梦。"

马蓉听了说，"不愧是公务员，总结得还挺深刻，只不过确实有点糟。"

司马楸说："不是一般的糟，糟透了。所以，我哪能跟你比？就在刚才我还绝望地想，要是现在能在北京遇到个贵人该多好。这么多年你也有过贵人吧？"

"有，很多。你看我行吗？"

"嗯？"

"我们凑合凑合。"

司马楸尴尬地笑了，可一瞬间内心里又果真动了一下。

"别开玩笑，你们北京人哪能看上我这种的。"

马蓉抬头定睛看着司马楸，"谁说让你吃白饭了？再说，就是吃白饭我现在也能养得起你。"

司马楸感到一阵轻微的晕眩，忽然之间，他发现马蓉不止长得好看，而且眼睛里似乎还有一种让人无法拒绝的深情。

但是他没有任何把握对方这是在干吗，是无聊之极的调侃玩笑？是怦然一动的心血来潮？还是别的完全不可置信的什么。这个世界正变得越来越诡异，也越来越滑稽。人和人之间什么都可以是假的，又什么都可能发生。有时候你不知道该怎么做，有时候你不知道该做什么。

"快到站了，看来我们大功告成了。"司马楸也把水杯放在窗台上，放得距离马蓉的杯子很近，等他意识到杯子的问题时，他又将杯子进一步挪了一下位置，将两个纸杯紧紧靠在了一起。

"留个电话？"司马楸话音暧昧，内心里禁不住迸闪出火花。

"我说你记，给我打过来？"马蓉问。

"当然。"司马楸将电话拨过去，手机屏上显示的果然是北京号，马蓉的手机铃声响了，是歌手韩红的《天籁》。

列车终于停了。

很奇怪，司马楸转身四顾，发现几乎所有穿红制服的乘务员都消失不见了。过道上站起来越来越多伸着懒腰准备下车的乘客。

"呀！"马蓉说，"我们得回12号车厢取行李。"

司马楸提议："这么多人，要不要先下去？然后再上来！"

马蓉回了声"聪明"，司马楸立刻拉起她的手就走，就近下了车后，回头向着后面的车厢飞跑。

跑动中明灭跳跃的站台灯光，让司马楸一下子有了一种错觉，他感觉自己正和青梅竹马的姑娘奔跑在草原上，迎面凛冽的寒风呛出他们满嘴的白气，他们心心相印一路狂奔，无视所有的目光和障碍，是两只草原上最快的马匹。

他们雄心壮志，乘风奔驰，他们在湛蓝的天幕下呼吸着最清冽的空气，聆听着彼此胸腔里最快活的喘息，感受着脚下渐次苏醒开花的泥草，向着无边无际的远方冲刺……

他们一口气跑过了三节车厢，迎着下车的乘客重新挤上去，顺手取了都很轻便的双肩包。在此期间，他们一直手拉着手。外面天寒地冻，可司马楸觉得马蓉柔软的手心里已经出了汗。

站台上的喧哗开始积聚，轰响，沸腾。可能因为刚才跑得太过用力，司马楸忽然开始感觉耳鸣。以至于马蓉说了句什么他都没听清。

"什么？"司马楸问。

马蓉抬起头，靠近他耳朵边说："别着急，还有最后一关。"

是的，还有最后的出站。司马楸感觉耳畔痒痒的，酥酥的，他放开了马蓉的手,主动走到最前面。

司马楸看见别人都是将车票投进感应器里,机器感应后再吐出来的同时打开挡板放乘客出去。可是网上逃票攻略上有记载,挡板开阖期间有一定的时间差,一次通过两个人没有问题。

司马楸瞅准一道没有检票员的通道,迅速尾随了一个穿着耐克运动鞋的年轻人向检票口走去。

一切都如想象中的那样顺利,司马楸以极快的速度在挡板未闭合前穿了过去。可问题是,那一刻他忘了身后的马蓉。

马蓉一直紧紧地跟着他。

于是,她被卡在了挡板中间,嘴里发出痛苦的尖叫。

所有目光瞬间向这边射来,包括所有的检票员。司马楸愣住了,但是马蓉眼里带着泪水吼道:"快开门,我老公晕车,就要吐了!"说着,抬起手指指向司马楸。

司马楸脸上立即露出痛苦状,眼见一个白发老大爷迅速将自己的票投进机器,挡板在打开时又从马蓉身上划过,马蓉再次发出一声痛叫,艰难地摆脱掉挡板蹒跚着走向司马楸。

司马楸扶住马蓉,心里愧疚难安,正要互相搀扶走开。背后却传来检票员冷冷的质问:"你俩?嗨!票呢?"

司马楸心里一凉,明白如果在这种地方被查出来,后果之恶劣一定超出想象。他被马蓉带着木木地转过身,犹豫着过一会儿解释时需不需要使用风衣口袋里的警官证。

那几个检票员对峙的目光如钉子一样。逃不过去了,他想。

可是让司马楸再次终生难忘的一幕出现了:马蓉这时忽然甩开了他,一瘸一拐走向检票口,冲着刚才发问的女检票员抬起右腿。司马楸看不太清楚,应该是马蓉的袜子被刮破了。但是他没想到,马蓉会从那个地方下手,把厚厚的袜子撕开了一个大洞。

"你们看,我要告你们,你们安装这种烂门就是赤裸裸的歧视!"马蓉朝他们所有人吼着。

所有人都惊呆了,包括司马楸。他看见马蓉提着右腿在原地转了一圈。那根本不是一条腿,起码不是一条肉做的腿。

那是一台机器。一根钢架。

没有人再问票的事情。所有人在释放了短暂的怜悯后，重新各就各位。剩下马蓉呆呆地站在那里，司马楸跑上去一把将她抱住。

马蓉轻轻地但是很坚决地推开了他，说："我们走。"

司马楸坐地铁回宾馆方便，可马蓉走的是出站坐公交的路线。两个人一直默默地慢慢地爬到地面上。

一到地面，司马楸忽然觉得胸口闷得不行，就势在原地蹲下来。

"吐吧，吐了就舒服了。"马蓉站在他的背后，用手轻轻敲打着他的背。

"你猜得很对，我就是个妓女。我没在北京上过大学，我也从没有一个比我小七岁的副市长男朋友，我也没有怀过孕，甚至到现在都没谈过恋爱。十年前，我只是在北京的马路上丢了一条腿。我想回家，可是我的腿留下了，它回不去了。我的右腿从膝盖以上二十公分处截掉了，所以我只在冬天来北京上班，因为可以穿着裤袜。男人干我时，永远都是从后面，这是所有人都必须遵循的规则！"

司马楸哇地一声，吐出来。其实他中午根本没有吃什么东西，可吐出来的却很多。

"今晚，你也可以干我，不收费。"马蓉仍然用轻描淡写的声音说着，同时用手使劲在司马楸的背后捶着。

司马楸说不出话来，继续呕吐。他庆幸自己说不出话来，庆幸自己此刻只能呕吐。否则，他会难过得立即死掉。

过了很久，背后的手仍然十分用力，可是司马楸已经无物可吐。他摇摇晃晃站起来，想转身在长风里先抱住马蓉再说。

可转过身，站在他面前的是一个带着灰色绒帽的老太太。老太太不说话，摇摇手里的一张百元钞票，扭身走掉了。

司马楸的视线急忙越过老太太，稀落的行人里哪里还有马蓉的身影？

司马楸迈动起步子，不料却一脚踩进刚刚呕吐的秽物里。他慌忙在路沿石上荡着脚底，却发现自己的鞋面仍然十分光亮。

司马楸重新走向地下，他要坐地铁回到培训的宾馆去。

迎面而来的是又一拨儿出站的人群。他们像一群逆流而上的鱼，或一群暴雨将至前的蚂蚁，将司马楸堵在台阶上。

上也上不来，下也下不去。

枪　口

晋升督察培训结束那晚,十几个警察聚在一起喝酒。

喝到兴奋处,干宣传的老李提议,每人轮着讲个段子,不要黄的,要带点意外。说完,老李先开了个头。老李说:"我在农村长大,小时候村里有个独身怪老头,见人就笑就说话,可他的话谁也听不懂。老人都警告我们要离他远点,担心哪天他会突然发疯发癫做出什么可怕的事情来。我们却不怕,时常跟在老头屁股后用石头丢他,起哄,嘲笑他。他也不恼,还是笑,还是不停地说着那些谁也听不懂的话。多年以后,我到外面上大学,大二那年暑假回到村里,再次遇到那个老头。老头见了我,依然笑着和我说话,可这时候,他说的话我突然听懂了。原来,他一直说的都是英语!他在跟我打招呼,他问我在外面上学好不好,适应不适应,后来我一调查才知道,这老头竟是个厉害角色,早年受过高等教育,历经战乱逃荒到此,许是精神受过什么刺激,说话就一直陷在英语语境里出不来了。这事让我非常意外,可我也一直没把谜底说破。听说这老头至今还活着,今年都有九十多岁了。"

既然老李开了头,大家就都依次说下去。干经侦的老徐说:"我和我老婆特别有意思,我们是高中同学,我在看见她第一眼时就有预感,将来她可能会是个警察,而且将成为我的老婆,结果十年后因为一次偶然,我们俩果然走到了一起。有意思的是,我高中时并不喜欢她,而是喜欢另一个女同学,而且毕业后整整十年,我们从未见过面也从没联系过,直到我从教师的岗位上通过社考也成为了一名警察。"

干派出所的老张说:"我也说说我和我老婆的事。那年我接到辖区一户居民报警说,家里被盗了要求我们出警。我去了以后,大吃一惊。他们家被盗的都是什么东西,女主人都说了哪些话,我统统都没听进去,我的注意力全在女主人的女儿身上了——我这辈子,从来没见过长得那么特别的女人。直到现在也是,不光是美,我当时差不多就快要晕了。后来那起盗窃案一直没破,可我却把她娶到手了。我老婆至今还常笑话我,说我当年没能抓住小偷,自己却当了贼,一来二去把她的心给偷走了。"

大家乐乐呵呵,说着轮着,最后就到了沈强。

沈强以前在刑警干过,现在一个派出所当教导员。沈强说:"我没有你们那么多故事,说一个别人的吧。"

沈强说:"我们局里有个家伙,部队转业的,有射击特长。无论是近距离、远距离、固定靶、移动靶,还是他自创的鱼跃式射击,成绩都相当好,水平当个狙击手也够了,可小县局哪用得着专业射手,平时他的特长也就指导大家伙训练什么的能派上用场。有一次,局里得到线报,有个公安部 A 级逃犯潜回来了,立即成立抓捕组对其实施抓捕。逃犯住的地方是一排外带围墙、拱门和小院的平房,抓捕组在小院里埋伏好守株待兔,可逃犯有极强的反侦查经验,往回走时感觉不对,还没走进小院转身就跑,抓捕组立即去追,没想到刚跑出小院逃犯就在巷子里掏出枪来开火,抓捕组立即回击,当场将逃犯击毙。可那次行动,也牺牲了一个民警。"

沈强说完,有人问:"结束了?"沈强没接话,喉头上下滚动着。那人就发出感叹:"是了,这种行动经常会有意外发生。"

这时候,沈强却又开口了。沈强说:"牺牲的那个人,是我的亲哥哥。"

房间里的人一下子沉默了。气氛也陡然肃穆起来。

良久,老李才又提议,为那些牺牲在公安战线上的兄弟姐妹们干一杯!大家听了纷纷举起酒杯,一饮而尽。

唯独沈强举起杯子，将酒在地上洒出一道直线。

酒场结束时已经过了晚上九点，沈强脚步匆匆走进小区，上楼时却发现有些不对：头顶的楼梯上似乎有什么倏忽一闪。沈强悄然抬头，发现在二楼到三楼的楼梯上坐着两个人，他们正在黑暗里接吻。

为避免尴尬，沈强有意跺了跺脚，可是声控灯依然没亮，而且那两个焊在一起的人也未分开。沈强只好蹙着眉头向上走去，直到快走到他们跟前时，两人才慌忙站起来，躲避到角落里去。

是两个孩子。女的把头深深埋进男孩的胸膛里，看不清样子。男孩穿着一件白夹克，很晃眼——怪不得沈强一上楼时就发现头顶有人。

沈强本想迅速经过，可没想到男孩突然间把头转了过来。尽管光线黯淡，可沈强还是看到了一种不一样的眼神。那个眼神先是充满了警惕，随后却立即变成了鄙夷和挑衅。

沈强心烦意乱地打开家门，屋里亮着灯，却空无一人。他嘴中发涩，拿起杯子去饮水机边接水，水还未满，就听到了钥匙小心翼翼伸进锁孔里的声音。

女儿沈素素回来了。沈强回过身来正要说话，忽然愣在那里。他看到女儿身上竟然穿着老婆朱志梅的短裙，脚上却穿着拖鞋。他从她胆怯慌乱的眼神里突然什么都明白了。

刚才躲在那个男孩怀里的人，就是她。

热水从杯子里溢出来，沈强被烫了一下，转身抽杯子的工夫，女儿已经跑进了卧室。沈强端着杯子，在原地木了一会儿，还是敲敲门跟着走了进去。

"你妈呢？"沈强尽量温柔地问道。

"还用问吗？肯定去跳舞了。"女儿不看他，声音里已有了不耐烦。"你又喝酒了？"

"素素，如果我记得没错，你现在正在读高三。"

"今天是周五。你又喝醉了吧？烦不烦，我要睡了。"

沈强还想再说点什么，可一时又不知该从何说起。女儿这时一把扯开了头绳，乌黑的长发甩落在背上，然后两只手从腰间插进裙子里，做出一副要脱衣送客的架势。

果然沈强刚转过身，女儿就跟上来，在他背后砰地一声把门关上锁死了。

沈强愣愣地盯着客厅里一张放大了的全家福，照片上的女儿才六岁，扎着两个羊角辫儿，小虎牙微露，笑起来甜得发腻。她是什么时候忽然长大的呢？倒是朱志梅看上去，外表几乎和十年前没什么变化。但沈强还记得，十年前的朱志梅正热衷于厨艺，喜欢宅在家里。还不会跳舞。

沈强边喝着杯子里的水，边走上阳台。这时，手机响了一下。沈强掏出一看，是宋晓兰发来的短信："还在喝酒？明天中午包瓠瓜虾仁饺子，你们过来吧。"沈强没有回复，抬头望向窗外。窗外，蟋蟀的叫声像滋滋的响泉，白花花的月光泼溅得到处都是。

沈强起床时，头疼欲裂。女儿已经走了，桌上没有早饭，朱志梅正在洗手间的镜子前化妆。

沈强边洗脸边问："昨晚什么时候回来的？"

朱志梅反客为主："昨晚又喝了多少？醉死你！"

"做点早饭吃总可以吧？"沈强皱了眉问。"女儿上高三了，早饭很重要。"

朱志梅手中握着口红，停在下唇上。"是你说过不用管你的，这么多年女儿和我的早饭都是买着吃，你不是喜欢喝羊汤吗？兜里没零钱了？"

沈强说："昨天大嫂说今中午包饺子，让咱们都过去。"

朱志梅努着嘴，边涂口红边说："我不去了，你接了素素去，正好中午我不用回来做饭了。"

沈强下楼开车出门，停在小区门口买了个肉夹馍，打算到所里喝着热茶吃。但人刚进所门口，就接到了报警电话。有个女人光着身子跳进了螳螂河。因为所里今天另有保卫任务，大部分民警一早就被派走了，沈强接完电话带了值班民警小谢，两人开车直奔螳螂河。

警情没有预料中的紧急。女人是在河里,但不在水中。估计是精神有些问题,她裸着身体,站在河道中间的橡胶坝上,正不停地来回走动。

河岸上聚集了越来越多看热闹的人,有人还拿着望远镜。

沈强和小谢先是站在岸上向女人喊话,可女人根本不听,不但不听而且开始在圆弧形的橡胶坝上越走越快。

沈强随即要小谢解下腰带,连同自己的腰带对折系在一起,又将裤子里的手机钥匙什么的统统掏出来放下,然后让小谢拉着腰带一头,自己拉着另一头慢慢下到橡皮坝上去。

橡皮坝是定量充气的,一踏一个窝,但见水后非常湿滑。沈强只能像踩钢丝一样一点点靠近女人。女人看见他竟立即转身向着河对岸跑去,脚下踉踉跄跄随时都有掉下去的危险。于是,沈强也跟着小跑起来,并最终在坝中心附近抓住了女人的胳膊。

女人被拉转过身,沈强顿时感觉眼前一花。她是如此年轻,虽然面目秀气,但却特别丰满。尤其是胸前那对乳房,硕大坚挺,咄咄逼人,乳头还是鲜红色的。

更奇怪的是,女人脸上笑着,眼睛里却蓄满了泪水。

女人反抗的气力很大。在这种狭窄地方,让一个精神有问题的人乖乖跟自己走几乎不可能,沈强一咬牙干脆将正反方向较力的女人横抱起来,一点点往回挪动着脚步。

女人被猛抱起来,反而安静了。也许是害怕,她发着抖主动伸手搂住了沈强的脖子,任由他抱着在湿滑的橡胶坝上缓缓移动。

终于靠岸时,人群沸腾了。沈强抬头从一片手机中找到小谢的脑袋,让小谢把腰带放下来。

腰带下来了,女人却怎么也不肯抓,剧烈挣扎,架势像头待宰的猪仔。沈强只好把女人强行按在墙上,用腰带一头将她两只手绑在一起,然后示意小谢找人帮忙往上拉。

女人仍在竭力挣脱,但还是被一点点拉高。沈强先是托着她丰满的臀部,后是抓住她冰凉的腿脚,等再次听到岸上传来喝彩,心里总算松了一口气。

转过身，沈强看到了那团放在橡胶坝中心的衣服。

拿还是不拿？沈强抬头看看那片被举起来的争先恐后的手机，决定再走一次！

去的时候沈强走得快而顺利，可等弯腰抱起衣服往回走时，河道里突然刮起一阵凉风，沈强情不自禁打出一个喷嚏，脚下一滑失了平衡人已向着河里栽去。

水很凉。沈强甚至被呛了一口，但同时也创造了一个奇迹：他双手高高托举着那团衣服，脚下猛力踩水，那团衣服丝毫未湿。

岸上人群里爆发出一阵哄笑，有人还吹起了口哨。

沈强奋力游到岸边，把衣服甩上去，然后抓住小谢放下来的腰带往上爬。等终于从护栏外翻过来，却听见小谢发出一声惨叫。

"怎么了？"沈强急问。

"她咬人！"小谢抱着一只胳膊，无限委屈地回答。

沈强向女人看去，她上身已经被小谢披上了外衣，其他的内衣裤袜掉了一地。女人惊恐地望着四周，嘴里念叨个不停，可是没有人能听得懂她。

沈强注意到女人的大腿内侧被划破了，应该是往上拉她时被墙壁划的，右边乳房上侧也有处在流血，大概是在河里被自己制服上的警号划破的。

"车呢？快开过来，先送她去医院！"

人群立即闪出一道缝隙来，小谢捂着胳膊飞速跑出去开车。

到了医院，大夫分别给女人和小谢做了止血和消毒处理。为以防万一，沈强还陪着小谢打了一针破伤风。刚打完针，有个护士就急匆匆地奔过来朝他们喊："快，你们快过去，那个女疯子乱咬人！"

沈强和小谢一路跑回急诊室，一前一后将女人控制住。小谢人年轻，遇事少，表情都快哭了。

"教导员，怎么办？"

沈强没有回答，倒冲一旁的大夫说："要不先给她打针镇定？"见大夫点头同意，这才转向小谢说："我陪她打针，你赶紧找找她有没有手机、资料什么的，叫她家属来！"

小谢继续哭丧着脸说："都找过了，啥也没有。是不是个乞丐啊？"

沈强说："看外貌和穿戴都不像，先打针稳住她，再慢慢查吧。"

两人合力将女人抬到一张病床上，全程用力摁着，等大夫给她注射完毕，女人慢慢合眼睡去，俩人抬起身子时感觉腰都要断了。

沈强和小谢开车回所，这时手机收到了一条短信：来吗？

沈强吓了一跳，出了一趟警，转眼间近三个小时过去了。他想了一下，回复道：去。然后又想了一下，又回复道：我带素素过去。

沈强把小谢放下，见所里执勤的民警陆续回来了，便换了车开往实验中学，在中学外五百米处截住了沈素素。沈素素骑着单车，感觉很吃惊："爸，你跟踪我？"

沈强说："我有病！快，放下车子上来，我们去大娘家吃饺子。"

"不去，不爱吃饺子。"沈素素说。

"那你就不想见舟舟？"沈强问。

沈素素撇了嘴卖萌，说："你什么时候能爱我比爱舟舟多一点啊？我可是你亲闺女！"

沈强故作惊讶说："哦，是吗？你是我亲生的啊！少废话，快上车，要不警察来贴罚单了！"

沈素素嘴上说不想去大娘家，可进了门一见同岁不同校的舟舟，姐妹俩立即抱在一起有说有笑，没多一会儿就双双躲进卧室里不见了。

宋晓兰正在厨房里捣蒜，炉子上架着铁锅，锅子里水已经沸了。

"我来下饺子，还是帮你捣蒜？"沈强笑着问。

"什么都不用，你赶紧去坐着看电视，正放体育新闻呢。"

沈强刚要转身，宋晓兰忽又从背后叫住了他："哎，你身上是怎么回事？潮乎乎的？"

"早上去河里救了个人。没站稳，掉下去了。"

"我就觉得你人还没走近，就有一股子湿气。去，换衣服，你哥的衣服都在橱子里。"

"算了，我下午值班，还得穿警服。"

"脱了！待会儿我给你用吹风机吹干了再穿。"

沈强知道宋晓兰的脾气，转身进了卧室。打开衣橱，迎面闻到一股浓重的樟脑味，沈强突然鼻子发酸，一股热泪瞬间险些冲破眼眶。再三犹豫，他抽出了一件警用蓝衬衣和一条制式单裤。

吃饭时，沈强往舟舟碗里不停夹饺子，宋晓兰则飞快地往素素碗里夹饺子。素素不耐烦地抗议："你们能不能不把我们当三岁小孩？我们自己夹了自己吃！"舟舟也赞同地说："就是，就是嘛！"

沈强冲宋晓兰无奈地笑笑，宋晓兰又开始给沈强碗里夹饺子。

两个孩子叽叽喳喳吃完饭，又跑回到房间里去了。

剩下两个大人，却基本无话。宋晓兰率先吃完，端着自己和孩子们的饭碗去了厨房，沈强随后端着空碗盘跟了进来。

"我来刷碗吧，饺子不能白吃。"沈强将碗筷放进洗手盆里说。

宋晓兰没说话却抓住了沈强的手。但紧接着，又松开了。

宋晓兰慢慢转过身来，盯着近在咫尺的沈强，眼神柔软而幽怨。

"抱抱我。"宋晓兰轻声说道。

"大嫂……"沈强没有动作。

"亲亲我！"宋晓兰微微仰头，闭上了眼睛。

"大嫂……"

宋晓兰仍然闭着眼说："别叫我大嫂！"

"大……"沈强吞掉了一个字，窘迫之极。

宋晓兰却忽然睁开了眼睛："我问你，为什么你上一次敢吻我？"

沈强满脸酱红，语无伦次："那天是我喝醉了，下着雨。"

宋晓兰瞪大眼睛狠狠盯着沈强，一字一句地说："我不需要你的可怜，你该走了！"

说完，唰地转回身去，拧开了水龙头。

沈强逃也似的走出厨房，换上仍然濡湿的警服，叫了沈素素就走。临出门时，他还能听到厨房里哗哗的巨大的水声，就像那晚窗外突然降临的瓢泼大雨。

下午一上班，沈强就和小谢忙着调查女精神病人的身份。

他们先将女人的大头照发在了派出所的微博上，寻求热心网友帮助，同时给所有精神病院打了电话，问最近有没有丢失病人？最后又制作了一份"招领启事"，让协勤出去四处张贴。

忙完这一切，还没等歇歇，又一个指令电话打了进来："辖区绿松小区有一户人家着火，要求迅速出警。沈强问指挥中心的接警员打119了没有。对方说打了，但是很多群众都在打110，你们离得近先赶过去看看。"

因为是火警，消防队一会儿就到，沈强就把小谢留下了，意思是赶紧继续查找女人身份。他带着一个年龄较大的协勤老于开车火速赶往绿松小区。

车进了小区，还没等打开车门，人群就围了上来。沈强下了车抬头观望，乌黑的烟和橘黄的火正从一单元二楼东户的窗子里向外翻卷，连楼房外墙都熏黑了，看来屋子里火势很猛。人们七嘴八舌地说着各家损失，猜测着起火原因。沈强嗓子一亮，大声问道："楼上还有没转移出来的人吗？"

众人回答，都出来了，屋子里没人了，但这回损失大了。一个年轻人还骂起来，"操，我刚换的网线啊！"正说着，一个七十岁往上的老太太挤进来，浑身打着摆子边掉泪边推搡着沈强说："警察来了就好嘛，着火的就是俺家，你们赶快进去给我把钱抢出来！"

沈强惊问："这么大的火怎么进去？您老的什么钱在屋里？"

"二十万块钱哪！"老太太话刚一出，人群里就嗷地惊声一片。老太太的哭声更响了，"那可是俺老伴被车撞死的赔款啊！"

沈强心中一痛，连忙安慰老太太说："不要紧，存折烧了去银行挂失就行，国家不会少您一分钱！"

哪料老太太一屁股坐在地上号起来："没存银行啊，那都是一张张的纸钱啊！完了，全完了！全烧干净了！"

沈强听到这里，不禁出了一身冷汗。"大娘，您的钱放在哪里了？"

"就在南卧室壁橱中间的那个抽屉里……"

老太太话音未落,沈强就从人群里冲了出去。老于的喊声急忙从背后追上来,"沈导你不要命了?消防队马上就到啦!"

沈强冲进楼道,立时就被浓烟呛到了喉咙,感觉脖子处像被一张铁钳狠狠夹住,无法呼吸,大脑缺氧,脚步踉跄。冲到二楼门口时,眼前已是金光闪闪似乎出现了幻觉:屋子里好像还有人没跑出去!

沈强先是用脚撞开洗手间的门,拧开水龙头,扭头连喝了几大口水,干裂火辣的嗓子瞬时有了些细微的清凉,然后他扯下一条毛巾用水打湿,捂在鼻子上再次向卧室冲去。浓烟滚滚,火焰高涨,屋子里一切都像被烧到了沸点。短短几步路,沈强感觉头发被烤化了,衣服被点燃了,皮肤被烧焦了,眼睛被热浪灼伤了,拼尽最后一股力气冲进向南的卧室里,沈强却大吃一惊:那个着了火的壁橱中间的抽屉是拉开的,里面什么都没有!沈强正待转身跑出去,突然身边传来一阵巨响,沈强以为是墙体坍塌,身子一斜,下意识去躲,视线里却看见一团黑影撞在客厅里那张正在燃烧的餐桌上。沈强以为那只是幻觉,可接下来他发现自己错了,那团黑影艰难地爬起来,双手护头向着门口冲去。

沈强当即想吼一句"操你妈的",但根本发不出半点声音,只得咬牙追了上去。他忽然间什么都明白了,这个人也是为老太太的钱进来的,可他是个贼!

冲出房门,沈强凭着仅剩的一点意识判断,脚步声没有下楼,而是上了楼顶!沈强怪笑一下,用手拍灭右边眉毛上还在燃烧的火焰,拉着火烫的楼梯扶手,向着楼顶奋力直追。

越追越近,上面的人似乎有所发觉,脚步越来越快,最后发出"扑通"一声,彻底消失了。

沈强登到顶楼,推推两边紧锁的房门,然后一个鱼跃向上抓住铁梯扶手,向天窗攀去。等爬到顶端想要露头观察时,忽听到一种异响,他急忙将头缩回,这时头顶猛地闪过一支钢管的影子。

"妈的!"沈强再次冒出头去,一个踏步跳出天窗,终于看清了那个手攥钢管逃向远处的家伙。

沈强大步流星逼近,那家伙终于走投无路,回过身来。

回过身来，那家伙一愣，竟然扑通一声给沈强跪下了。

"叔叔，你饶了我吧！"

沈强发现，下跪的人还只是个孩子。

"做了错事，就要付出代价！"沈强粗喘着怒吼。

"叔叔，我也是进来给老奶奶救钱的，你就放了我吧！"

"放屁！"

"叔叔，真的！我没骗你！我还认识你！我叫隋波，我跟你……沈素素是我的女朋友！"

沈强愣住了，怪不得觉着他眼神似曾相识。原来这就是那个在楼梯上亲吻女儿的家伙。

"闭上你的狗嘴，把钢管扔过来，把你偷的钱交出来，别让我把你一嘴的狗牙全都敲烂！"

隋波犹豫着，先是突然抓紧钢管，接着又放弃了，将钢管推过来，然后直起臃肿的身子喊道："你别过来！你要抓我，我就从这里跳下去！"

沈强一脚把钢管踢远，咬着开裂的嘴唇，向隋波一步步逼近。

"你疯了？我真要跳了！"

沈强继续向前走着。

隋波满眼惊恐，一脚踏上楼顶边缘的水泥台吼："你这个疯子，你神经病！你别再走了，我要跳了！"

沈强仍然咬牙紧逼。

突然，隋波从水泥台上跳下来，再次跪倒，嘴里哭喊道："你抓我吧，我知道错了叔叔！"

沈强伸手就像抓一只鸡仔把隋波提溜起来，左手照脸给了他一巴掌，右手一把扯开了他那件臃肿的夹克服。

哗啦一声，恰克服里掉出成捆成捆的钞票来。

隋波垂下头一看，再抬头时，那种让沈强恨之入骨的眼神又出现了。

那堆钞票，根本就不是人民币。或者说，不是真正的人民币。

是冥币，上面印着天国银行。

"叔叔，不好意思！"隋波挣脱了沈强的胳膊，兀自向天窗走去。边走还边回过头来冲着沈强喊，"叔叔，对不住了，其实这事从头到尾都是场误会，我希望你不要告诉素素！"

沈强愣愣地盯着那堆冥币，直到楼下有股突然跑偏的冷水，将他浑身上下浇了个透湿。

回到所里，老于从协警宿舍给沈强找了几件干衣服换上，抱歉地说："沈导，对不起，我今天出警没带照相机。"沈强说："这有什么，一场火警。"老于说："不是为了取证，我是真后悔没拍下你刚从楼上下来时的样子。"沈强问："我那时什么样子？"老于说："要多滑稽有多滑稽，要多吓人有多吓人！"沈强又问："你有没有发现在我之前还有人下楼？"老于说："没有啊，怎么了？"沈强说："没什么，我也觉得楼上没有人了。"

两人正说着，小谢跑来报告："医院那边快把咱的报警电话打爆了，说我们再不过去把女疯子接走，他们就要告我们去。"

沈强马上和小谢开车去医院，路上沈强问："查到她的身份住址了没有？"小谢沮丧地说，"没有。""网上呢？网上你看了没有？""操，"小谢骂起来，"你抽空自己去看看吧，没有一个谈正事的，你抱着裸体女人的照片倒贴得满世界都是，光是谈论那对大波的帖子都过百了！"

医院的态度很明确，没有专人看管和充足的费用保障，女人这颗定时炸弹就坚决不能留下，下午已经打过两次强力镇定，再打怕就要出事了。好在疯癫乱语的女人一见到沈强，狂躁中竟突然安静下来。

往回走时，小谢愁眉苦脸地问，"一个女大活人，我们该怎么办？"

沈强说："你搂着，我回家，晚上让她陪你值班。"

"快饶了我吧领导，"小谢抬起胳膊来哭丧着脸说，"你就不怕明天一早她啃得我连骨头都没了？"

"那你说怎么办？"

"我倒有个馊主意，听说我嫂子在家是全职太太，只要她不嫌弃，你先带回去养着，等找到线索了再遣返。"

"好吧。"沈强说。

"真的假的啊？"小谢瞪大了眼睛。

回到所里，眼看就要傍晚交接班了，小谢换了便服出去约会，沈强陪女人去食堂吃饭。这时沈强收到一条短信，打开一看：这是我最后一次发短信给你，知道我刚才接舟舟时看见谁了吗？她跟一个银发老头在一起，舞伴不跳舞时也手拉着手吗？

沈强盯着手机，闭上眼睛犹豫再三，才终于回复道：不好意思，收到的全是乱码，还能再发一次吗？

两人走进食堂，做饭的穆大姐一眼就察觉出女人不对，开玩笑说，"沈导，这位贵客是谁啊，嘴里说的是洋文？"沈强苦笑，"说来话长，给她弄点吃的吧。"穆大姐说，"锅里稀饭炒菜都有，你给她盛，我先给她梳梳头，看这头发乱的。"

穆大姐不光给女人梳了头，还用湿毛巾给她擦了脸。沈强始终在一边警戒，生怕女人又犯病咬人。可女人也许是累了，出奇得安静，不说话时几乎看不出精神有问题，倒是经过一番梳洗显得清朗俊秀了。

吃完饭，沈强显然不可能带女人回家，那样做即使没有恶意也违反公安机关办案规定。于是，他打电话叫来所里的女户籍民警小苏，叮嘱她要加一晚班协助值班男民警看护好女人。小苏刚结婚，和对象正处在造人的关键期，所以他尽量把话说得委婉和语重心长，小苏回答得倒也干脆。

沈强到家打开房门时，沈素素正蜷在沙发上大笑着打电话，一见他进门立即挂了线，拖鞋都没来得及穿就光着脚想往卧室里走。

"站住，和谁打电话呢？"

"没有谁……爸，你看你的样子！你又喝醉了？我妈回来……"

"你妈呢？跳舞还没回来吧！这么晚了你该担心的是她，而不是见了我就跑！"说着，沈强倒进沙发里，疲惫地说，"去，给我倒杯开水。"

沈素素去倒了水递上来，以为没事了扭身要走，沈强却从背后叫住了她："你回来！我还没有问你，隋波是谁？"

沈素素脸唰地一下红了，"爸，我以为你以前就知道加班和喝酒，没想到现在还学会一天到晚地跟踪人了？"

"我再问你最后一句！隋波是谁？"

"我同学，怎么了？"沈素素仍假装理直气壮。"我就知道你想问那天晚上的事，我现在不想说行不行？"

"不！"沈强声音高起来，表情已近乎狰狞。"你就告诉我，你为什么喜欢他？他有哪一点好？你了解他吗？"

"好！"沈素素开始吧嗒吧嗒地掉眼泪："因为他对我好，他能带给我安全感……"

沈强忽地一把甩掉纸杯站起来，几乎是咆哮着打断了沈素素："你说什么？你敢再给我重复一次！你爸我是一个警察，你却觉得一个贼能带给你安全感？"

沈素素惊呆了，她望着沈强血红色的极度外凸的双眼，以及因愤怒和炙烤严重扭曲的脸，好久才反应过来，终还是不管不顾大哭着跑回卧室里去，砰的一声关上了房门。

屋子里静了下来，静得仿佛能听到灰尘落地的声音。沈强实在无奈，打开家门走出来，又发现实在无处可去，只好开着车子又回到了所里。

此时此刻，值班室里只有睡眼惺忪的小苏和蹲在墙角捂着头脸的女人。原来其他人都去处理一起打群架的报警了。小苏一见他来，像见了救星，抱怨说女疯子不是吵就是哭，根本不睡觉，谁管她就咬谁，一连折腾了几个小时，所有人都筋疲力尽了。

沈强忙安慰了小苏，小苏不好意思地表示想去方便，问沈强能否先照看一下女人。沈强让小苏赶紧去，然后拉了把椅子走到墙角处，想把女人扶起来让她坐下。

女人闻声从墙角转过脸来，看见是他，牙齿嘴角剧烈地抖动着却没有拒绝。沈强找来一张毛毯给女人披上，顺带给她倒了一杯温水，也在她身边坐下。女人木木呆呆地接过水去，浑身抖得更厉害了。

"喝吧，喝吧，我知道你冷了，渴了，累了，喝完了去床上安静地睡一觉，我们很快就会送你回家的。"沈强开始和女人说话。

女人就开始低头喝水。每喝一口，就抬头看一眼沈强，动作很慢。突然，她笑了，同时眼中流出泪来。接着，她越往下喝，眼泪也越流越多。好像喝下去的水都从她眼睛里流出来了似的。不知不觉，沈强的声音竟也哽咽了，他说："哭吧，哭吧，能哭也是一件好事。反正你也听不懂，我来给你讲个故事听吧？这个故事，我藏在心里都快六年了。"

沈强说，"我们局里曾有个家伙，部队转业的，有射击特长，人送外号'神枪手'，可他很少有施展身手的机会。有一次，局里派人去抓一个逃犯，那人住的地方是个平房，外面带着小院和围墙，民警在小院里埋伏好了等着，可没想到逃犯狡猾得狠，回来时感觉不对，没等走进小院突然转身就逃，大家急忙去追，逃犯就在巷子里掏出枪来开火，民警立即回击，当场就把他击毙了。可那次行动，也牺牲了一个民警。"

沈强说着，顿了一下，见女人喝空了杯子，闭上了眼睛，似正听得痴迷，于是继续说道："那个牺牲的民警，是我的亲哥哥。可你知道吗？他的枪伤是在后心上，经过弹头和弹道痕迹检测，那颗子弹竟然是从自己人的枪膛里打出去的！"

"而我被证明，就是那个该死的'神枪手'！"

说完，沈强热泪长流，却没有注意到女人这时已经睡着了。

耻 辱

1

"啁啾"一声鸟鸣,我醒了。

我抬起头,见父亲盖着雪白的棉被睡得正酣。母亲坐在我对面,上半身趴在病床上也睡着了。

我悄悄站起身,打开手机,时间才晚上九点。

吵醒我的,其实是一条短信。我打开来看,当即惊出了一身冷汗。

"兄弟,叔叔手术顺利吗?告诉你一个十分悲痛的消息:就在半小时前,刘振牺牲了。看来,又有你忙的了!"

发短信的,是正在指挥中心值班的周姐。我赶紧回复:"怎么回事?我临来省城的前一天,好像还跟他打过照面!"

周姐回道:"具体情况不详,只听说被歹徒捅了六刀。你在外面照顾好叔叔阿姨,自己更要一切小心!"

放下手机,我的心情变得非常压抑。此时窗外,正下着淅淅沥沥的冬雨。昏黄的路灯下,除了行色匆匆的路人和飞驰而过的汽车,就是打着旋儿从白杨树顶上飘零而下的枯叶。

我开始在屋子里踱步,可刚走没几步,父亲醒了。

"几点了？"父亲问。

"九点多了，快睡吧。要不我去关上灯？"

"别，你妈害怕。"

我哦了一声，父亲又接着问："怎么，有事儿？"

我终是没憋住："刚才接到短信，有个同事牺牲了。"

父亲愣了一下，问："叫你回去写材料？"

我说："还没呢。"

父亲说："早晚的事儿，你还是提前准备一下。"

我嗯了一声，走上前去给父亲掖好被角，等他重新合上双眼，又踱步来到窗前。

我的思绪很快沉浸在回忆里。但老实说，回忆非常空洞。刘振木是眼看五十岁的人了，而我工作时间也超过了十五年。可这么多年来，他一直在派出所"跑片儿"，我在局机关写材料，彼此打的交道非常有限。我至今能记起来且印象深刻的只有一次，现在想来还不太愉快。

那是七八年前，市里一家日报社的法制部主任打电话找我，直言不讳地说他有个侄子因为嫖娼叫我们的人给抓了，看能不能少罚几个钱快放人？我一听很为难，这种烂事儿平时即使搁我家亲戚身上我都不好意思问，可人家是管发表全市政法新闻的，平日里咱求人家发稿时说得天花乱坠，关键时刻怎么也得面子上过得去才行。

于是，我一打听，案子在城区派出所民警刘振木手里。犹豫再三，我把电话打过去，可意思还没说完，对方就把电话挂了。

我当时被憋得不轻，心里七上八下地想了很多，可还是又一次拨通了刘振木的手机。

刘振木再次接听电话，说话毫不客气："你是谁啊？"

我又惊又窘："我，老纪！刚才不是给你打过电话嘛……"

"谁？你是谁？"刘振木继续发问，语气里还有了呵斥的意思。

这就是明知故问了，我不禁也来了气。我说："老刘你什么意思？我受别人之托问你点事儿，不至于这么傲气吧？"

刘振木这时才哈哈一笑："老纪啊，我还以为你是老鸹呢！人刚抓到，材料还没开始记，你就来给嫖客说情。现在正忙着，待会儿查清了再说啊！"

说完，又挂了电话。挂了电话，我感觉被刘振木狠狠挖苦了，大概文人的臭毛病又犯了，自尊心受到严重伤害，呆坐在椅子上半天没缓过劲儿来。

就在我想把这烂事儿彻底扔下不管时，那位报社主任竟然推开我的办公室门进来了。

我意外又失落地上前寒暄："领导，那事儿我刚给问了，办案民警说调查没结束，现在还说不好。"

报社主任说："什么说不好，不就是花钱找女人吗？总比强奸好多了吧？这样的事情我懂，也就是再花点钱的事情，只是花多花少就看你的能力了！"

我说："我一个耍笔杆子的有啥能力，人家不一定摆咱。"

报社主任面露不满："其实我跟你们局领导也很熟，只是感觉为这么点小事儿麻烦他们不值当的，眼下我就指望你这个宣传科长给我协调，我就不相信你连这点事儿也办不了？"

我越发羞愧地说："这种事儿我本来就很少办，可以说没办过，要是遇到个硬茬儿，人家根本就不买账！"

报社主任说："不买账也正常，县官不如现管，这也是为什么我必须亲自来一趟的原因。这样吧，我不逼你发号施令了，你就陪我去一趟派出所，把办案民警约出来，咱们吃顿饭，行就行，不行就拉倒了，这总可以吧？"

就这样，我带报社主任去了城区派出所，硬着头皮找到了刘振木。去的时候，刘振木已经记完材料，正坐着打电话。我给报社主任沏上茶，一直站着等刘振木打完电话，才开始给他们介绍，至于来意再也没提，只说待会儿一起吃顿饭。

刘振木坚决不去，报社主任一个劲儿给我使眼色，我这才语气生硬地向刘振木表示就是吃顿便饭，别的啥意思没有！其实，我心里想的也就是一起吃顿饭，至于那点烂事儿我连半个字都不会再提，你们爱咋的咋的吧！

刘振木最终勉强答应出来吃饭，但提出吃快餐、不喝酒。这些条件都好办。可结果吃饭时，还是出了状况。

饭吃到一半，刘振木起身去洗手间，报社主任立马跟了上去。我隐约猜到里面有情况，但远没料到接下来的事情会那么严重。

刘振木独自返回时没有坐下，而是把我径直喊出了餐厅，来到洗手间里，当着报社主任的面冲我吼道："老纪，我是看在你和你工作的面子上答应出来吃顿饭，可是你问问这个人想干什么？当面贿赂执法人员，是不是想让我现在就把他铐起来？！别说他侄子是容留妇女卖淫嫖娼，就是单纯的嫖娼我这关也别想过！"话说完，刘振木扭头就走了。

报社主任知道自己办砸了，腆着脸对我说："这家伙对我们记者有偏见，提防心太重，肯定以为我藏着什么录音笔、摄像头之类的，怎么说都不收，其实就是傻瓜一个……"

我再也忍不住打断报社主任说："最大的傻瓜是我！明明你侄子是容留涉嫌犯罪，我却相信你说的嫖娼！你把我的脸，都丢尽了！"

说完，我也大步流星而去。我相信我最后一句话，对报社主任没有任何杀伤力，因为他根本意识不到，也因为那其实是我对我自己最猛烈的嘲讽——

我把我的脸，都丢尽了。

2

第二天一早，我果然就接到了政工室汤主任的电话。

汤主任先是礼节性地问了一下我父亲的病情和手术安排情况，然后语气一转，有些心急火燎："刘振木走得突然，作为同事，大家的心情都很悲痛，现在相关省市领导也都知道了，对刘振木的牺牲表示高度关注，你们宣传科当务之急是要进行深入采访，搜集整理好相关资料，尽快撰写出感人至深的事迹材料。"

除此之外，汤主任最主要的意思就是，时间紧任务重，让我想尽一切办法立即赶回去。

挂了电话，我扭头望望病床上的父亲和呆坐在一边的母亲。父亲早醒了，问："单位上叫你回去？"我沉重地点点头。

父亲又说："那就快点收拾东西走，我这边不用担心。"

我为难地说："可是下午就要手术了，妈在这里根本不行！"

谁知母亲听了，像是突然从入定中醒了过来，扭过头争辩说："走就行，谁说我不行？"说完，又扭回头去好像自顾自地入定了。

我母亲有严重的老年痴呆症，好一时坏一时，根本无法料定。我这一走，确实放心不下。

可父亲又在催我了。父亲说："你再磨蹭我就要发火了，你同事为了工作连命都搭进去了，你们干文字的人什么时候有过这种危险？现在正是最需要你们这些人的时候，哪还有时间在这里家长里短？"

我赶紧去收拾东西。其实根本就没有什么好收拾的，我就是把钱包里的现金提前交给了医院当押金，然后给母亲留了一些零钱在上衣右下口袋里，再三叮嘱她楼下的大门口就有卖稀饭、青菜和猪脚的，不经父亲允许坚决不许她一个人出去。最后，我专门请来了护士长，当着父亲的面假装轻描淡写地讨论了一些手术细节，以求让父亲真的相信开颅就是一种非常小儿科的常规手术。

做完这一切，临行前我想抱一抱躺在病床上的父亲和呆坐在椅子上的母亲，可是我强行忍住了，我意识到如果那样做我将太自私了。

离开医院，坐上客车。车窗外飞逝而过的都是灰蒙蒙的深冬景色。我的思绪很快转移到了已经牺牲的刘振木身上。我忽然意识到，窗外那些在寒风中摆动的树枝，那些在玉米垛间起起落落的鸟群，那些从大烟筒里冒出来的黑烟，那些结了冰的水洼和天上荷包蛋似的太阳，从此都与刘振木没有任何关系了。街面上的打架斗殴，暗巷里的肮脏交易，辖区里的鸡毛蒜皮，父母的轻唤、老婆的呢喃、孩子的淘气，甚至年关口单位无休止的加班和将要发放的微薄福利，亲友与同事间隔三岔五地搭伙小聚，所有这些忙碌辛苦和小市民的幸福酸楚，统统都与刘振木没有任何关系了。

想到这里，我忽然感觉对刘振木抱有愧疚。虽然很久前的那次交道，让彼此感觉都不愉快，但那毕竟是我自找的，是我给他带来了麻烦，也损害了我在他心目中的形象。而他现在急匆匆地走了，我永远失去了"冰释前嫌"的机会，留下了无可奈何的遗憾。这时候，刘振木的样子再次浮现在我脑海里：他中等个头，短发，胖壮，红脸，皱纹纵横的脸上有着一双牛眼、一个酒糟鼻子和一对招风耳，还有明显凸起的啤酒肚和内八字的脚……

到了单位，我和科里的小邱马上去见汤主任。汤主任把刘振木牺牲的情况做了简单介绍：原来，两名劫匪昨天傍晚窜入一家即将打烊的小超市，正在作案时被进来买东西的刘振木撞见了，搏斗中刘振木被歹徒连捅六刀致心脏破裂当场死亡，而超市唯一一名女老板也被歹徒杀死，两歹徒作案后逃窜，现正在围捕中。

接着，汤主任又对撰写刘振木的事迹材料提出三点要求：一要有政治高度，刘振木可算是县局历史上第一位壮烈牺牲在工作岗位上的民警，是位不折不扣的英雄，必须要站在时代和职业的高度来写；二要真实可信，采访要全面细致透彻，力争通过更多扎实的细节，全方位立体式地还原和展现英雄的生前事迹；三要感人励志，要饱含深情地写出最能打动人心的文字，弘扬正气，激励斗志，传播正能量。

按照要求，我和小邱出门后进行了简单分工：我去城区派出所采访刘振木的身边人，小邱去家里采访刘振木的妻儿。

小邱很为难，"这时候去老刘家采访合适吗？勾起他们的伤心，不被轰出来才怪！"

我听了说："要不咱俩换换？"

小邱又说："还是算了吧，采那么多人，我根本不知道从何下笔。"

我白她一眼："那要不你干脆回家休息去？"

小邱面露愧色："那怎么行？科长你别埋汰我了，虽然任务很艰巨，而且我刚来水平差，但老刘人都牺牲了，我心里特难过，很想为英雄做些什么！"

我说："那就对了，你别老想着是去采访，就以安抚为主，有时候聊着聊着家属就把心里话都说出来了，必要时可以录录音。"

我赶到城区派出所，并没有见到所长孙大鲁，打电话给他，他一听来意有些不耐烦："我说兄弟，不是我不支持工作，关键我现在正带人围捕杀害刘振木的凶手！事迹可以缓缓再写，可一旦让凶手从我这道岗跑出去了，我就得提着脑袋去见徐局！要不你先找教导员？"

我答应了，刚要去找教导员，孙大鲁的电话又打回来了。"兄弟，对不住了！刚挂电话，汤主任就找我，让我必须配合好采访，你这头儿的工作同样重要！要不我们在电话里谈，有什么你就直接问吧！"

我想也是，当前抓凶手最重要，采访电话就可以。于是，我把想好的几个问题一一向孙大鲁提问，中间随时插话引导他自由发挥，可很遗憾孙大鲁的话像极了新闻语言，如果说访谈有收获，那就是我本以为他根本不善于表达，却没想到说起官话来一套一套的。

孙大鲁说："刘振木是新时期人民警察中涌现出的杰出代表，在人民群众最危急的时刻挺身而出，勇往直前、视死如归，用宝贵的生命践行了立党为公、执政为民的宗旨，用一腔热血捍卫了警徽的尊严，作为他身边的战友，我们将继承和发扬英雄遗志，化悲痛为力量，以更加饱满的热情和扎实的工作努力奋斗，严打各类违法犯罪分子，维护一方社会和谐平安，让英雄含笑九泉！"

我有点哭笑不得，问能否举几个平时的例子。孙大鲁像被一下卡住了，表示脑子太乱，具体例子想不起来，能说这么多已经尽力了。

随后，我只得敲门走进教导员吴珊梅的办公室，她看见我即开始掉泪。看得出，她知道我要来，而且已经哭了很久。因为她眼皮发红发肿，身前的办公桌上还堆放了好几团哭湿了的纸巾。

可能是我的采访本身有问题，吴珊梅的话几乎跟孙大鲁的没啥区别，就是换了种说法。吴珊梅说："刘振木是个真诚、本分、善良、讲原则、讲大局的人，之所以他有这么辉煌的事迹，关键时刻表现出对党和人民的无限忠诚，哪怕牺牲最宝贵的生命，是与他平时对自我的严格要求分不开的，是善良和正义在其心中长期积累后的蝶变和涅槃，我们全所民警要向刘振木同志看齐，迅速掀起学习高潮。"

我要吴珊梅举几个例子，吴珊梅一听哭得更厉害了，断断续续地说例子肯定多得是，但一想到刘振木已经牺牲了，一想到昨天还在身边工作的战友转眼已阴阳两隔，就痛不欲生，根本不想回忆。

吴珊梅越是哭，我就越有种如坐针毡的感觉。因为始终哭不出来，再这样下去我的压力和负罪感会越来越重。等终于告别她下了楼，我竟有种说不出的放松。然而，我感觉刘振木的英雄形象在我脑海里还不够饱满。

我忽然意识到，在当前刘振木刚牺牲的关口，找他身边最亲近的人可能更不容易听到细节，是否找个和他稍微有点距离的人谈谈呢？这样一想，我还真记起一个人来。

这人叫陈宽平，是我警校同学，人直率也善谈，同在城区派出所当民警，但和刘振木不是一个警队。找他了解一下，或许会有意想不到的收获？

3

对陈宽平的采访，让我大吃一惊。

当然，见了面，我没说是来采访。他正在110处警室值班，见了我劈头就问："哎，哪阵风把宣传科长从机关上吹下来了？"

我正色道："你严肃点行不？刘振木刚牺牲了，全局上下都沉浸在悲痛中，你少跟没事儿似的开玩笑！"

陈宽平撇撇嘴："人都死了，再悲痛有个屁用？再说，刘振木有今天，大多数人都能料到！"

这话说得邪乎，我赶紧跟进："怎么了？为什么这么说？"

陈宽平顿了一下，大概觉得和我不是外人，一直以来说什么都无所谓，本身自己也好说，所以就继续说道："你可能和他很少打交道，但这人就是大家公认的一个奇葩，奇葩中的奇葩！"

我故意说："我跟老刘打交道可不少，没发现他有什么异常啊？"

陈宽平说："亏你还是个作家，不但不会看人，而且简直失聪。"

我说："你少卖关子，说说到底怎么回事儿！"

陈宽平说:"你真没发现刘振木缺点儿什么?算了,我直说吧,他缺心眼儿!举个例子,这人干起活来不要命,对手头工作有种超常的狂热。基层派出所破天荒才有个双休日吧?别人巴不得多休几天,可刘振木不但从不休息,还经常利用休息时间加班办案!你说咱这鬼地方要有点加班费也说得过去,可这么多年连半毛钱都没有!更悬乎的是,休息时间别人一般很少穿警服,怕在路上遇到什么不必要的麻烦,可刘振木一年四季天天都穿着警服,就好像家里没衣服穿似的!

"更怪的是,节假日所里除去值班车辆警车全部封存,刘振木竟常常骑着自家摩托车跑到邻县去调查摸排线索!开始那几年大家都很不习惯,你一个人积极不要紧,不能连累大伙儿啊?!现在办案要求至少俩人一组了,他这样做搭档还以为他有什么见不得人的勾当呢,可事实证明什么都没有,这人还特别讲原则!如此一来,跟他同队的人就遭殃了,他无偿加班你得陪着,他身体好睡觉少你也得跟着熬,你说他要是当个领导哪怕是个副警队长也行啊,可连个屁都不是!凭年龄大就要人都跟着他瞎积极?这不纯粹有病吗?再说这年头,谁干活多谁就挨训多,谁能干活谁就继续干活,提拔重用时还真不一定看工作!拿你老纪举例,在领导身边划拉几个字就干上科长了,我在基层熬了十多年,新来的局长政委还不认识我!"

我说:"你别说什么都扯上我,我这些年颈肩腰椎全搭进去了,要不咱换换?当警察的干什么容易?就这些?还有吗?"

陈宽平说:"真要说刘振木的故事三天三夜也说不完,他还有个特别奇葩的地方叫人望而生畏,也是这次他能牺牲的一个重要原因!"

我一听,当然不放过:"哦?你连他牺牲都能料到,你是神啊?"

陈宽平说:"我当然不是神,可刘振木以为自己是神!你不在基层可能没有切身体会,最难干的就是处警!白黑二十四个小时连轴转,屁大点儿的事情打了110,轮你值班都得去管。有时两口子打个架得费好几个小时劝,最后劝完了还得不着好;有时候去了发现是一方向另一方要账,你不跟他们任何人一伙儿都得挨骂;有时候下半夜摸黑到了现场,连个鬼影都见不着,打电话又联系不上,可刚一回来那边电话又打过来了，好不容易折腾大半夜才在别处找到，人是个醉汉，胡言乱语呢，可他打电话报警时声音偏偏好好的，你根本就听不出来喝过酒！当然，我跟你说的这些都不叫事儿，是谁接警都得这么干，跟刘振木没啥区别。关键遇到另一类情况，结果就大不一样了！"

我疑惑道："还能有啥情况？"

陈宽平说："多了去了，比如我们接到指令，说在某某KTV中心门前，有几十个社会青年手拿一米多长的砍刀正在对砍，这种情况你怎么办？算了，你知道刘振木会怎么办？"

我摇摇头。

陈宽平说："他带上一个年轻人和俩联防队员就去了。再比如，我们接到指令说有人在某酒馆里因结账纠纷正持刀对老板行凶，这时候该怎么办？有人半路出了交通事故躺在路中间该怎么办？有群众正在小区里追捕小偷怎么办？有人掉进了十几米深的机井怎么办？有人房子被泼汽油烧着了怎么办？有兄弟单位要求出警协查持枪歹徒怎么办？"

我打断陈宽平："废话，还能怎么办？处警有严格的时间要求，该怎么办就怎么办！"

陈宽平重重地拍了拍我的肩膀，满脸不屑又似语重心长地说："说得轻巧啊！正说明你没在基层干过，干过就知道该怎么办了。几十个人正拿刀对砍，你去了就凭手头俩人和几个联防队员能干啥？去当人肉馅饼儿？有人持刀行凶，你去快了对方能因为你是警察就不往死里捅你？出了交通事故，你去得比120急救和122交警还快，你是懂医呢还是会看现场？不是自找难堪？群众追捕小偷，凡有点智商的都知道，你去慢一点人就被抓住了，如果那么多人都抓不住，你就是去了也白去！还有，有人落水或房子着火，你说你是游泳健将呢还是灭火专家？你去急了不立即跳下去或不冲进去能行吗？我有好几次刚到火场，就被一边站着看热闹的人往火海里推，明明里面没人了，他们却叫我冲进去砸锁抢存折，我稍一犹豫他们就用最难听的话来骂我！这场景万一让好事者用手机发到网上，咱这身皮都得脱了！还有紧急协查持枪歹徒，咱一来不及打报告领枪，二没有防弹衣穿，跑急了不是白白送死？"

"可同样的警情，轮到咱们英雄刘振木时就不一样了，这家伙就跟打了鸡血似的带人就走，恨不能爹妈再给他生出对翅膀来！去了就真刀实枪地明干，不知道挨过多少次打，受过多少次骂，现在所里施行轮班制，他带班时谁跟着他都提心吊胆，有的年轻人甚至干脆请假！这个老刘，他觉得自己命不值钱，也别老拿弟兄们的命作践，而且现在愿意跟他的大都是新来的联防队员，每月就千把块钱的工资年轻人连电话费都不够，拿什么叫人跟你玩命？不过，老刘傻人也算有傻福，慢慢在县城黑白两道儿有了点名气，大多数痞子流氓见他处警都能给几分面子，可是兄弟你想，这仅限于在咱们这几条街上，要是换了流窜犯——你等着瞧吧，这次捅死老刘的准是异地逃犯！"

正说着，值班室的接警电话响了。陈宽平接完电话冲我说："喏，又是一起车祸，一个少妇开着宝马车叫一辆QQ蹭了，人没伤着，俩人正对骂呢！"

我打趣他说："那你就等等再去，小心赶在120和122前面尴尬！"

陈宽平匆匆戴上警帽说："这你就又外行了，人都没事儿，还有人开着宝马，去快了兴许能捞个大面子！你要不要跟我去见识见识？"

我谢绝了他的邀请，看他带人奔出去跳上警车，心情变得既沮丧又沉重。说实话，以前我也曾听到过关于磨蹭出警的传言，当时只是当成茶余饭后的玩笑话来听，根本没当真，却没想到类似的事情竟然是我同学的亲身经历！我觉得似乎摸到了刘振木一些最真实的东西，还想再找几个人试试运气。

所里除了值班室和户籍室，大部分人都外出搞抓捕和堵截去了。于是，我只能先后找两位女户籍民警聊天。谈起刘振木，年长的一个说，他们同在一个所里干了快十年，说的话加起来也不超过吃一顿饭时和熟人说得多，感觉刘振木平时寡言少语，不喜欢凑热闹，似乎难以接触，当然各人忙各人的，也没有太多机会深入了解。不过，她反映的另一个情况，引起了我的注意，那就是多年以来不少内部人都曾带着亲朋好友前来办户口、开证明，所里能给免的费用就免了，能通融一下的就通融了，可她印象里刘振木从没这么干过，他甚至连走进户籍室的次数都屈指可数。

另一个是和小邱一样刚参加工作的90后，家境殷实，开着奔驰上下班，打扮得也很时髦，可说起刘振木来几乎没什么印象，只说自己很"怕"那个人，见了宁愿躲着走，因为她觉得刘振木的眼神很凶，人就像寺庙里的红脸大肚金刚，从来不像其他人一样喜欢跟她开各种各样的玩笑。

所里再没有其他人了，我打电话给小邱问那边什么情况，小邱说她陪着婶子（刘振木妻子）哭了一个上午了，就等我打电话救她出来。我问她录音了没有，她说一上午的时间婶子就说了一句话："你明明是出去买东西，逞个什么英雄？！"一边说一边哭，不知道说了多少遍、流了多少泪。

4

我让小邱赶过来汇合，出去随便吃点饭，然后去刘振木牺牲的现场看看，下午或晚上开始动笔。

我们准备先拉起一个大纲来，其他细节再慢慢往里充实。

可还没等走出派出所，汤主任的电话又打来了。"你们在哪儿？采访进行得什么情况？"

我说："还在所里，差不多告一段落了，准备出去吃点饭。"

汤主任说："时间紧急哪还有时间吃饭？现在省市相关领导都赶到了，本来去看望一下遗属就走，可刚刚听勘查现场的同志汇报说，他们找到了一个隐藏在超市洗手间门框上的监控探头，意外获取了一段视频资料，大体快进过了一眼，上面包含了刘振木牺牲的全过程。资料十分珍贵，领导也都很重视，准备赶到派出所观看视频，现在已经在路上了，你们也要参加！相信看了视频内心会受到更大的冲击和震撼,那样写出来的东西才能打动人心。"

我把汤主任的意思一说,小邱当即苦了脸说早饭还没吃,又哭了一上午,饿得快站不住了,还表示如果让她亲眼看到刘振木血洒超市的场景,她会一辈子吃不下饭去,每天晚上都做噩梦。

我们正说着,只听街道上传来洪亮的警笛声,接着一辆辆公车驶近派出所门口停下,里面鱼贯走出几个穿黑色风衣、脸色凝重的领导。我和小邱默默跟在他们身后,一起走进三楼会议室。不一会儿,孙大鲁带着几个警队长回来了,吴珊梅也带几名内勤女民警进来了。

大家静静落座,我趁机给领导们拍了一张照片,通过相机回放功能,我看清了他们的脸,认出了当中有省厅华副厅长,政治部常主任,市委李副书记,市纪委翟书记,市局章局长、汪政委,以及县委书记、县长、政法委书记等,这么多高层领导同时挤在一间小会议室里观看视频,足见他们对刘振木牺牲的关注程度。

派出所办公室主任孔祥迅速调试好投影仪,刑警队一名戴白手套的技侦民警小赵将一张光盘小心翼翼地推进电脑光驱。屏幕上开始出现案发时超市里的场景。经过短暂快进,当屏幕右上方的时间跳至20时17分时,有两条身影飞快地窜进超市,一个胖子冲向正在数零钱的女老板,另一个瘦子先后将超市墙上悬挂的两个监控器砸毁。

幸存下来的这枚探头可能因为过于隐蔽或歹徒踩点不周,没被发现,更幸运的是这枚探头位置有利,能将收银台、门口以及大半部分货架涵盖进来,只可惜画质不够清晰。尽管如此,所有人都清楚它无可替代的破案价值,也明白它是研究刘振木生前事迹最弥足珍贵的第一手资料。

刘振木很快就出现在镜头中,我注意到在场的女民警不约而同闭上了眼睛。我却睁大双眼,生怕错过一个镜头。

刘振木穿着警服推门而入,直到走至收银台前才忽然停住脚步,显然他被超市内正在发生的血案惊呆了。当时胖子已经杀害了激烈挣扎的女老板,浑身是血,在极短的一愣后,胖子持刀冲了上来。

这时,令人惶惑的镜头出现了:刘振木几乎没有做出任何抵抗,甚至在胖子还未冲到自己跟前时已经举起了双手。紧接着,他侧面的瘦子也迅速持刀围了上来。

刘振木高举双手一边后退一边向歹徒激烈地说着什么，直到他被逼上货架无路可退。胖子向他腹部率先捅出了第一刀……

"等等！"这时，省厅华副厅长突然喊停，面色铁青的他低头和市委李副书记耳语几句，随后命令播放人员："你看视频能不能调出声音来？"

民警小赵奔到笔记本电脑前，经过一番调试，声音有了，且效果出奇得好。华副厅长再次命令："你把视频往回调一段，回到刘振木进入超市前。"

画面上，刘振木重新进入了超市。他进入超市的第一句话就是："老板，有没有枣泥汤圆？"女老板当时已死，无法回应，而刘振木一直走到收银台前才发现事情不对！刘振木惊呆了，胖子也愣了片刻，接着就浑身是血地持刀冲上来，刘振木随即举起双手边向后退边大声地说："兄弟、兄弟，冷静、冷静！"胖子越逼越近，刘振木的声音也越来越高："兄弟，你听我说！我今天不值班，我不认识你，你快走！"刘振木被逼到了货架上，这时瘦子也持刀冲过来，刘振木大声地喘着粗气，声音都开始急剧地颤抖："两位兄弟，我的好兄弟！我发誓我今天虽然穿着警服但我不值班，我没看见你们，你俩快走！趁着没人赶紧走！再晚可就来不及了！"然而，胖子没有理会，对着刘振木的肚子就是一刀，这一刀从下往上捅进去，痛得刘振木身子当即向上窜出半截，高举的双手正要下意识落下来，瘦子的刀已从他心脏处扎入，或许这一刀扎得并不够深，刘振木两手下垂试图攥住刀子，同时嘴中向外流血，声音仍断断续续地传出来："兄弟，别捅了！给我留条命，留半条也行……"然后，刘振木就哭了。哭腔像一头驴被宰杀时发出的一样喑哑粗鲁，伴着话音时大时小："兄弟，我家里还有老婆……还有儿子……我出来买……兄弟，我还不到五十岁……兄弟……"说话间，胖子又朝刘振木的小腹连捅两刀，刘振木双脚一软险些摔倒，被瘦子从一边用力顶住，眼见瘦子的刀子再次扬起，刘振木似乎用尽了最后的力气吼道："兄弟……轻点……"话没说完，刀子从他脖子里斜插进去，立时就有冒着气泡的鲜血喷出来，刘振木蜷缩着倒在地上，瘦子踩住他的后背又往右肋处补了一刀。然后，两名歹徒一个跑去收银台拿钱，一个去服装货架上拽下两件衣服，他们在超市内飞速地换完血衣，推开玻璃门逃去。

视频结束了，会议室里静得出奇。所有人像都秉住了呼吸，只剩下暖气片发出"咝咝"的送暖声，气氛压抑得令人窒息。我发现在场的女民警不知何时都已睁大了眼睛，而领导们则呆呆望着泛白的屏幕不发一语。

突然，"砰"的一声巨响，华副厅长站起来猛地将一记重拳捣在桌面上。随后，从他嘴里爆发出了两个振聋发聩的字眼：

"耻辱！"

然后，华副厅长大步流星地带头摔门而去，勤务人员急忙摘下他遗忘的风衣追出去，然后陆续是其他领导，他们或者面色阴沉，或者不停地摇头咂舌。

我们呆呆地站着不敢动弹，果然局长和政委送走领导后重新折返了回来，徐局长将食指差点戳到了孙大鲁的天灵盖上，眼见已气愤到了极点："这就是你给我汇报的英雄事迹？！"边说还边转过头来寻找到汤主任骂道："这就是你们要树的英雄形象？！"然后又转头挨个看着屋子里的人，鼻孔里涌动着急促的气流，"同志们，听见了吗？刚才领导说的是哪两个字？'耻辱'！这个词究竟是什么意思？干什么用的？我想你们在场的每一个人都要深思！至少对我来说，这是我活到现在受到的最大羞辱！"说完，他和政委也愤然快步离去。

汤主任没有立即走，我向他请示事迹材料的事儿，汤主任忽然将火气全撒到了我身上："你眼拙啊？这种情况还搞个毛！没看出局长都被气糊涂了吗？连我都出了一身臭汗！"

我强压郁闷，低声说："那我回省城了，我爸今天下午的手术。"

汤主任眼睛仍望着空荡荡的屏幕，扬扬手示意我赶紧消失。我刚转过身去，就听他"唉"地一声重重叹了口气，自言自语说道："老刘啊老刘，枉你英雄了一生，没想到到头来晚节不保哇！"

5

我在车站买了几个肉包子，边吃边等去省城的长途车。

正在这时，父亲打来电话，我一看时间，快下午两点了，应该正是手术的时间，急忙接起来。可还没等开口，父亲的话就给了我当头一棒。

"儿子，你妈出事儿了！"父亲话音里发颤。

我大吃一惊："怎么了？出啥事儿了？"

父亲说："我没看住，她自己下楼买饭，走丢了，刚才听说楼下的马路上有个女人被车撞了……"

我当即哭出来，打断父亲："你等着啊爸，我这就赶过去！"

父亲没忘了问："那你材料怎么办？"

我说："还管什么材料啊，正好领导不让写了……"

父亲听了，声音里也有了哭腔："那你就别坐客车了，打车来吧！"

我打车赶到医院时，天已经全黑了。我等不及电梯下降徒步往八楼跑去。楼梯里安装的是声控灯，由于跑得太急，灯根本来不及亮，我在三楼转弯处摔倒了，嘴部狠狠磕在大理石台阶上，当即就掉了一颗门牙，痛得眼冒金星差点当场晕过去。可我不能逗留，继续爬上八楼，奔进最东的一间病房，看到的场景却让我出乎意料：

父亲正躺在病床上打点滴，头上丝毫没有动过手术的痕迹，而母亲安静地坐在病床边，仍像入定似的闭目养神，看不出受过任何伤害。听见动静，父亲见我进来，并且满嘴是血，急忙伸手拉住我，问我嘴上是怎么搞的。我说上楼时没小心碰了一下，父亲马上要下床陪我去包扎，我只好先把他摁下，去护士站擦了一嘴碘伏回来。

回来刚到门口，就听见父亲在小声啜泣。可我一走进去，父亲就擦干了眼泪，问："我让你回来是不是耽误工作了？战友牺牲那么大的事情没给人家整完材料，实在对不起人家！"

我疑惑中更带了烦闷，说："这事儿你就别操心了，事迹材料领导不让写了，那个牺牲的老刘就是一个窝囊废！"

父亲听了，满脸不解："怎么回事儿？人都没了，怎么还这么说！"

我就把中午的过程简单说了，在叙述刘振木牺牲前的表现时我都感觉羞愧得说不出口。可父亲听完却泪水长流，让我扶他坐起来。我把他扶起来，在他和母亲身边坐下，父亲紧紧抓住我的手，红着眼睛对我说："儿子，你这个老刘同事死得不窝囊啊！"

我说："是啊，把领导都气走了，还给逼出'耻辱'两个字来，真是死得太'好'了！"

父亲说："你胡扯啥呢？你听我说！我今天下午的电话是骗你的，其实你妈根本就没出去，更没遇上什么车祸……"

我正疑惑这事儿，生气地质问："爸，你是不是也痴呆了？这种事儿有拿来骗人的吗？你儿子我幸亏是上楼走得急摔掉了一颗牙，要是碰巧摔死了你说我冤不冤？"

父亲的眼泪大颗大颗涌出，砸在我手背上甚至感觉烫手，印象中父亲从未如此，我心里立时充满了怜惜。我轻轻抱住父亲，在他耳边问："爸，你到底是怎么了？有事儿就跟儿子直说。"

父亲忽然哭出了动静，呜咽说："儿子，我怕死啊！我怕下午进了手术室就再也出不来了，就再也看不到你妈和你还有佳佳了，我不想死啊，我很害怕……"父亲喉结上下滚动，"你不回来，我根本不敢做这台手术，我一定要再看着你……"

我把父亲紧紧搂住，"爸，别说了，我这不是来了吗？我就在你身边，儿子哪儿也不去陪着你！"

父亲这时忽然把我推开，眼中充满了悲愤："你们那个老刘，他死得真不窝囊啊！虽然他是个警察，但警察也是人，是人就都会有怕死的时候，他被围困在那个小超市里，没有其他支援，求饶说他有老婆、有儿子、没活够、不想死，说的都是些大实话，他不丢人哪！"

我的心似乎被说动了，父亲活了这么一大把年纪，老早前就因为得了脑瘤，声称不想活了、够本儿了，可临手术前仍因为想念儿子、害怕死亡，不惜撒下一个残忍的谎言。而刘振木呢？

关于刘振木的牺牲，我心里充满了深深的质疑和痛心，脑海里横冲直撞的全是惨烈和悲壮之极的场景，我正想静心梳理一下，父亲突然问我："儿子，如果是你面对老刘的情况，你会怎么做？"

我心慌意乱，不知道怎么回答："我又不是刘振木怎么会遇到和他一样的情况？再说我是文职，那种情况恐怕一辈子也遇不到。"

"可刘振木不也是下了班去买东西时，偶然遇到的歹徒吗？"父亲坚持问。

我说："这问题我真没想过，还是让我好好想想以后再说吧！"

父亲听了说："大概刘振木一辈子也从没想过这个问题，有些事情是突发的，有些反应也是事先无法进行思考再做出选择的。"

我承认父亲说得对，但如果再就这个问题纠缠下去，不但没完没了，而且心情会越发沉重。父亲手术在前，应该让他放松，于是我岔开话题，哄他说："爸，开颅手术真没有什么大不了的，你当年也是一名雄赳赳、气昂昂的军人，难道老了还想当逃兵？"

父亲点点头笑了："你说得对，相比刘振木过早的牺牲，我这点手术又算什么呢？幸亏下午的手术是因为专家有事推迟了，要不然我这个大兵也真够丢人的了！"说完，父亲张开双手把我和呆坐的母亲搂在臂弯里。

母亲忽然睁开眼，恍然大悟似的问："雨停了吗？佳佳又尿了吧？我去晒尿布去！"我和父亲顿时笑成一团。

夜里，风呼呼地刮着窗外的树枝，猫在不远处发出凄凉的嚎叫，马路上偶尔传来很急的刹车声。想着明天上午父亲就要手术，想着这一天来心情因为刘振木的牺牲而有的大起大落，我久久未能入睡。

天快亮时，我终于睡着了，却做了一个噩梦。梦中我身穿警服，浑身是血，眼前站着两个面目狰狞的持刀歹徒。

6

早上起来，天阴得很重，看来要下雪了。

我到楼下去给父母买早饭，往回走时又接到了汤主任的电话。"老爷子手术怎么样？"我说："昨天没排上，估计今天做。"

汤主任沉吟了一下说："昨天很抱歉，我脾气不好，说话不注意，你别往心里去。"

我说："哪能呢？你既是领导，又是大哥，怎么说都不过分。再说当时是那种情形。"

汤主任说："既然说到这儿了，我恐怕又得把你叫回来了。昨晚杀害刘振木的两名外地籍凶手落网了，你最好抓紧时间去趟看守所。"

我说："不是说材料缓缓再搞吗？"

汤主任说："材料还要搞，是不用太急，但我找你是因为局长点名让你回来参加座谈会。"

我忙问："什么内容？让我参加？"

汤主任说："你走后又发生了很多事儿，首先是刘振木的家属来局里问怎么办追悼会，顺便提了一些要求，可不知是谁给她透露了监控的事儿，她立刻像是疯了一样又哭又笑，非要找局长要视频。最后，是局长亲口否认有那么档子事儿，才好说歹说把她送走。

"这么说吧，昨天看视频时所有人都很意外，领导也是人，因为当时情绪激动，说话有些偏激，但要说领导的水平和境界就是高，局长回去估计想了一夜没睡，今早又专门请示了上面的有关领导，现在他们对刘振木的评价总体是一致的，还是倾向于肯定的，这样对遗属也是个交代，而且局里定于下午召开中层干部座谈会，主题就是对刘振木的牺牲过程进行讨论，与其捂着盖着让不靠谱的流言满天飞，还不如把事情摆到桌面上，大家都来谈一谈！"

我说："主任，昨晚我没睡好也想了半夜，刘振木牺牲的过程太惨了，也太不爷们了，但在那种情况下，或许有别的原因和不为人知的理由。我爸都这把岁数了，临了还害怕手术呢。所以座谈会精神你提前跟我透了，我照顾病号就不回去了吧？"

汤主任说："我也这么想，给你向局长请假时也是这么说的，可局长不同意，他说这几天你前后了解的情况多，可以不发言但会必须参加，看来他对这个事情非常重视。"说完，又补充道："他的脾气你还不了解？下午两点，五楼会议室，准时！"

挂了电话，我上楼和父亲一说情况，父亲很支持，立即就赶着我走。我实在放心不下，感觉第一次回单位时还没有那么不舍，可这一次走总感觉心沉脚重，眼泪一直在眼眶里打转。

父亲说："快走吧，我这边你在和不在，手术都照做不误，我命大着呢！你回去以后记住，一定要为老刘多说好话，人活一世不容易，不管怎么样，人都去了，我们得尊重！"

坐上长途车，窗外开始落雪。那些零散的像头皮屑一样的雪花，很快就将城市弄得越发脏乱。我脑子里反复回闪着昨天的所见所闻，努力想理出什么头绪，以应对下午的座谈。可想起汤主任说的，我不用发言，因此也就没让自己深陷在伤感的沼泽里。

车不知不觉驶出了市区，荒野里已经白茫茫一片，远处低矮灰色的山丘，像一个个奔跑的巨大的坟冢。

回到县城，我首先去了县局后面的看守所。刑侦大队长袁长富正带人审讯，笔录记了厚厚一摞。两名嫌疑人竟都很年轻，不过二十岁上下。我旁听了一阵儿，听到两人再次交代杀人过程时，尽管只是听，可还是觉得残暴和血腥。刑警们记完笔录，让我跟嫌疑人聊几句。

我悄声问那个胖子："为什么那个民警都求饶了，你还要捅他？"

胖子说："因为害怕！"

我说："胡说八道！你怕什么？他都已经举起手来了，又没有武器和其他人支援。还有，我看过监控，根本就没觉得你害怕！"

胖子说："我说的都是实话，我真害怕，尤其是心里头特别害怕，我怕他是个警察随时会抓我们，更害怕他不抵抗……"

"他不抵抗，你也害怕？"

"特别害怕。"

"于是你就对他下手？用刀捅他？"

"我越害怕就越是拿刀朝他捅，越是捅他我就越害怕……"

"胡说！我看你杀死老板娘时毫不手软！"

这时，胖子竟流下了眼泪："政府，实话跟你说，我和隋波杀过六个人，以前觉得杀人就跟闹着玩似的没感觉，可我俩从没像那天晚上杀警察时么害怕，那个警察喊我们'兄弟'，我后背当时就发冷发毛，他说他家里有老婆有儿子向我们求饶时，我的手吓得直打哆嗦，最后他让我们捅他捅地轻一点时，我们俩直接被吓破胆了，不知道怎么回事，只知道往他身上胡乱地捅……刚才别的政府问我一共捅了他几刀，都捅在哪里，我不是故意隐瞒是真不记得了……"

我又去见那个叫隋波的瘦子，问起同样的话，他始终闭着眼睛一言不发，袁长富站在门外以为他拒不配合，进来正要发作，被我连忙摆手劝住。我发现隋波短短几分钟内出了一头汗水。寒冬腊月，他鼻子上滚落大颗的汗珠，头上竟然冒出腾腾热气。

离开看守所时，袁长富突然从背后叫住我说："老纪，你有没有发现这胖子特别像一个人？"

我懵懵懂懂地问："不知道，像谁？"

袁长富说："邪门儿了，我怎么看怎么觉得他像刘振木的儿子！"

我 下愣在那里。

下午两点，座谈会准时进行。

会场没有会标，没安排录像照相，开始就直奔主题：对刘振木的牺牲进行座谈讨论。当然，主讲人是圆桌正中间坐着的局长和政委。政委首先发言，他戴着老花镜，低头看一眼稿子，然后抬头从眼镜片上方望着四周。众人都在等他开口，没想到他一开口就语出惊人：

"刘振木死了活该！"

因为之前很多人都听说了副厅长那句有名的"耻辱"，也知道这次座谈会有心"拨乱反正"，所以都没想到政委如此开场。

但政委接下来的话就让人容易理解了：他从刘振木牺牲前的"致命失误"开始讲起，从一个警察面对持刀歹徒，通常应该如何应对进行深入剖析，通过对案发现场的环境特征、位置角度、犯罪嫌疑人的身份心理特征、敌我双方实力对比以及应对战术策略等方面，进行了详尽拆解和分析，从科学角度总结出刘振木因采取应对措施不当而导致被最终残忍杀害的六方面因素。

政委讲话思路清晰，有理有据，看得出刑警队在为他准备材料时下足了功夫，也看得出他很动感情，全体中层干部听得聚精会神，很多人都在边听边记。

可是我却有些走神，就连接下来局长是何时开始讲话的都没意识到。我此时脑海里汩汩向外喷涌的，一会儿是刘振木牺牲前的表现，一会儿是陈宽平关于处警的描述，一会儿是父亲被推入手术室时的眼神，一会儿又是歹徒在被问起杀害刘振木时的反常。所有这一切像个越滚越大的雪球，渐渐阻塞了我的视线和听觉。

由于走神，我脸上的表情一定非常呆滞。所以局长几乎是一直盯着我的眼睛说完最后几句话的，我被他盯得如大梦初醒，最后几句话不但听到了，而且听得异常清晰："综上所述，我认为刘振木同志的牺牲算不上耻辱！刘振木同志本人更不耻辱！"

局长话音刚落，会议室里就响起一片经久不息的掌声。

接下来是自由发言，指挥中心、政工室、治安大队、刑侦大队、派出所等，由于时间所限，各单位负责人讲得都不多，但对刘振木的牺牲均表示了不同程度的惋惜和同情，即便如此所有中层讲完时也早过了下班的点。

令人意外的是，局长这时忽然说："宣传科掌握的情况比较全面，也要讲讲！"老实说，我这个科长不属于中层干部，只是政工室下属二级单位的一个股级民警，来之前听汤主任说不发言的，局长这么突然一点，让我完全措手不及。

我木呆呆地站起来，开口说出的第一句话竟把我自己也吓了一跳："关于刘振木的牺牲，我认为是一种耻辱。"

话一说完，我听到有人立即开始窃窃私语，也看到几乎所有的目光都向我箭一般射来。我大脑被迫飞快地旋转，感觉里面那个沉重的雪球忽然间炸开了，赫然暴露出一条泥泞的血路。

我的声音也忽然因此悲壮中带了激昂："如果是一名士兵，在战场上不论以什么理由临阵脱逃，都将成为永远的逃兵，身上永远带着耻辱的印记，不配被称作军人。身为一名警察，穿着警服面对杀人歹徒，却自动放弃抵抗被刀捅死，这也是一种对职业的亵渎，堪称一种莫大的耻辱！"

我看到有人向我投来不屑的眼神，意思很明显："你算哪根葱竟敢跟局长方才的讲话公开唱反调？该讲的内容、该表达的主题局长政委都讲过了，你逞什么能？"

我知道要想回击这种不屑，就得完全豁出去了："但是，比起我们更多活着的人来，刘振木牺牲前的怯懦表现根本就算不了什么。如果说刘振木的牺牲是一种耻辱，那么我们很多活人的所作所为就是奇耻大辱，耻辱中的耻辱！"

局长听到这里，厉声喝问："你把话说清楚，活着的人指的是谁？"

我声音也陡然一高："不是一个人，或许是很多人，数量难以统计，而且在我们中间就有！"

此话一出，下面议论又像海浪似的翻滚。我置之不理，继续一路狂奔："据我了解，刘振木在活着时，被很多人说成是奇葩！为什么？就因为他办事太较真儿、太讲原则！可这有什么不对吗？比起有些'发工资有名，干活时没影'的人，比起那些做什么都敷衍了事不求有功但求无过的人，刘振木活着时比他们强出无数倍！

"就拿当前基层最烦琐沉重的处警工作举例，假设值班民警接到如下指令：某酒馆里有人持刀行凶；某KTV前有人聚众殴斗；某路段出了交通事故；某小区群众正在追捕小偷；某人掉进了机井；某家房子着了大火；某兄弟单位要求紧急协查持枪劫匪……

"这种情形制度条令上有明文规定该怎么办，可我们有人在现实中宁愿有意磨蹭和耽误极其宝贵的出警时间！为什么？他们的解释是警察也是人，怕铁家伙不长眼招呼到自己头上；怕早到事故现场会被动尴尬；怕到小区后群众没逮住凶手多一层麻烦；怕跳进机井救人不成反把自己的命也搭上；怕冲进火场万一出不来在里面窒息；怕协查时早到万一正巧撞上枪口；怕每一次出警被手机拍下'不雅照'被网上曝光……甚至我以前还听说有这样的传言：某女性正在遭受性侵报警，可有人却故意拖延出警时间，理由居然是怕去早了证据不足、不利于立案！

"以上这种种的怕与刘振木牺牲前的怯懦相比有什么不同？我个人觉得，前者更可怕、更耻辱！因为这一群本该最勇敢、最无私的人，从内心里失去了勇气、丢掉了正义，甚至加重了受害者的伤害，是一种道德和良心的沦丧，更是对我们神圣职业的严重亵渎！刘振木牺牲前的表现的确令人匪夷所思，他反常地选择了放弃抵抗和求饶，有可能是因为他突然的软弱、恐惧、牵挂，或者别的什么，遗憾的是我们永远也无法准确得知了，他的表现看似伤害了我们心目中的警察形象，但他仅仅是一个个体，而且当时身处完全封闭的空间内，如果不是视频意外曝光，他的怯懦就不会被监控集中和放大，他的死也就不会给警察的整体声誉造成伤害，所以他有怯懦的原因和被原谅的条件。

"相比之下，那么多活人的胆怯，更自私、更隐蔽、更无耻，而且这种胆怯堂而皇之大行其道，甚至成为实践经验，像瘟疫一样会传染和扩散给许多原本充满抱负的人，这种懦夫就是我们当前队伍里的蛀虫和败类！我们敢保证身边没有这样的人吗？试问，一个牺牲了的刘振木和数量无法准确统计的活着的蛀虫和败类，究竟谁耻辱？这才是刘振木的牺牲留给我们的思考或者叫财富！我的发言完了！"

我坐下来，发现四周很安静，所有人包括局长政委都在低头沉思。我怀疑自己说得太过了，正无所适从，突然一个掌声从某个角落里孤单而又坚定地响起。接着，整个会场沸腾了。

我看见局长和政委仰起脸来眼圈都是红红的，他们坐在人群中，是鼓掌鼓得最卖力的人……

经过研究讨论，局里定于近期将专门聘请教授学者开设"勇气与智慧"演讲论坛，与全体民警共同深刻探讨什么才是当下人民警察真正的勇气和智慧,并迅速开展学习刘振木生前精神、提升警察职业道德系列活动,同时局纪委将深入基层一线单位,开展摸排、抽测、督查,用局长政委的话叫"动真格的捉拿队伍中的蛀虫和败类"!

走出会议室,我心情激动地拨通父亲手机。

接电话的人却是母亲,她告诉我:"你爸还活着。"我的眼泪顿时夺眶而出:"太好了,你快替我告诉他,他问我的那个问题我想好了,如果我遇到和刘振木一样的情况会怎么办?其实,刘振木已经用他的牺牲告诉我答案了。我的回答是一定不做第二个他,我要做我自己,即使死也要死得漂亮!"

"儿子啊!"电话那头,忽然就换成了父亲苍老的声音:"我的儿子……"

印象中,这是父亲第一次骂我。可是,骂得我浑身舒坦。

八月之旅

1

　　一进八月,夜晚的乡村就不再是乡村了,而像一场地地道道的梦。它阒寂、黏稠、芳香、甜腥、凉沁。甚至,还带着那么一点儿落寞和委屈、失落与怅惘。所以,人在八月的乡下夜晚,很容易感伤。

　　事实上,在薛家庄这块猪尿脬大的偏僻地方,尤其又在旧历十五的月圆之夜,当整个村庄和那些沟沟坎坎、草木庄稼,都被笼罩在一种安详的朦胧中时,那种泼溅得满山遍野都是的露光,又倒当真显现出了几分豪气和自鸣得意。

　　整个大地、长空、水泽,都安静下来了。像死了一样,那么干净彻底。又像一场荒废的运动,久远又暗藏深不可测的背景。此时此刻,这种空静显得如此巨大而不切实际,无边无沿又冰凉彻底。漆黑的夜风随处流淌,让人在动和静之间一时很难寻找到平衡,以为脑海中的一切恍惚都成了假象、错觉,或者相对论,让多愁善感的人如中蛊一般,在动静相宜的八月乡村之夜,陷入前所未有的迷失与彷徨。

　　远处,薛庆山与薛庆川坐在一块茎叶缠绕的地瓜堰下,点了烟,呼呼抽着,眼睛一直望向山梁下的红旗水库。近处,蛐蛐儿的嘶鸣越发频密,像雨、像泉,此消彼长,泗泗不绝。山下对岸的狗吠,俨然隐隐未灭的灯火，柔弱而飘曳，绵长又空洞。伴随着月影的摇移，山坡间几棵老树上的大鸟突然腾空而去，未能充分打开的翅膀在夜色里发出扑扑的迟钝的折叠声。

夜，更凉了。

薛庆山远远弹掉最后一个烟头，歪头再向薛庆川要烟，薛庆川无奈地晃晃空烟盒。

薛庆山问："这么快就没了？很久没在坡里头坐坐了，那就呼吸呼吸新鲜空气！"

薛庆川附和："是啊，农村就是你们城里人的免费氧吧，还没有噪音！"

薛庆山说："不过我发现，空气越好，越是安静，我心里就越是毛糙，越静不下来。"

薛庆川笑："这么说你也有心火？你不是咱薛家庄的'大隐'嘛！"

薛庆山："'大隐'？你就少埋汰我吧，我抽烟倒是有瘾！"

薛庆川："谁叫你在城里当狗？你说咱兄弟中现在谁有你威风？"

薛庆山："给我把嘴巴放干净点儿！现在可不是咱们当年光腚尿泥巴的时候了，你就是仨也打不过我，可别再狗啊狗的叫唤我！"

薛庆川："嘿嘿，叫惯了，不好改。其实当警察不就是当狗吗？这还真不是骂人的话。狗就是看家护院的，只是有好坏之分。守好了国家的门，看好了百姓的家，那就是好警察、真公安！要只是吃了原告吃被告，徇私舞弊，执法不公，那不是还不如狗？"

薛庆山："话是有理，但我就是不愿意听，你小子好歹也是人民教师，说话要文明，更要凭良心！你说我干了十几年警察，有没有叫咱兄弟们看不起、指着脊梁骨骂？前年水库下头小噶庄那案子，你说我办得怎么样？全县有几个不知道的？那个抢劫的该不该抓？"

薛庆川："那案子确实给咱兄弟扬了脸。你不是还拿了两百块奖金吗？"

薛庆山："我一条老命还差点儿搭在那儿呢！现在腰伤还没好，不信你摸摸？"

薛庆川腾地站起来,说:"走吧走吧,摸啥啊?又不是大闺女!明天还得办正事儿呢。波子考上大学,咱薛家祖坟总算也冒青烟了!走走,天短露水重!"

薛庆山说:"你倒拉我一把啊,晚上睡觉时灵醒点儿,给我看好驴!"

薛庆川一把把薛庆山拉起来,"不就一辆破桑塔纳2000吗?丢了破驴早换宝马!除非,你让我开上一个月——上趟学校也行!"

薛庆山走在前头,正打着哈欠却"扑哧"笑开了。"给你开?你有证吗?那年忘了是谁把摩托车都骑到了坡下的水沟里!哈哈……要不是这辆破2000坏了没修,局里能叫我开回来?我这是自己修的车、加的油,你以为干警察那么容易腐败?"

薛庆川说:"我不管,给你看车行,这次回来算是你给大哥面子,等明年我闺女也考出去了,你还得开回来,先上乡中学接上我,再去送你侄女!"

薛庆山说:"这个好办!实在不行我给你租一辆,兴许能换辆3000呢!"

两个人慢慢悠悠走在夜的后半段,山坡里留下的话音都湿漉漉的。

2

薛庆山是从城里回来贺喜的。

薛庆山兄弟姊妹五个,两个大哥、两个妹妹都在薛家庄种果树当农民,就他一个人当兵转业成了警察,把家也安在了县城。现在侄儿侄女们都已成人,尤其今年大哥薛庆林的独苗儿薛波还考上了省里的大学!虽然练的是体育,分数不高,但毕竟是本科!这在薛家庄历史上还是头一遭,用薛庆川的话来说,薛家庄的祖坟总算也冒青烟了!

薛庆川是薛庆山的堂兄弟,在乡中学当语文和化学老师,大凡薛家庄有个红白喜事从来都落不下他,可他唯独跟薛庆山最黏糊。没办法，俩人从小一块儿光腚长大的！

这天薛家庄有头有脸的人差不多都来了。就是下河、悬窝、小刘庄等几个水库下游村庄的亲戚也都来了。老老少少，喧喧嚷嚷，来就是为了捧场，七八十个人整个把薛庆林的老宅子围了个水泄不通。

薛庆林早在三天前就从下河薛波姥娘家牵来了五只山羊，个个膘肥体壮，能破一百六十斤！老宅院里也支起了三口大铁锅，还有一口为了省地方，直接就架在了大门外的杏树上。农村就不缺柴，眼瞅着请来的几个年轻人麻利地杀好羊，剥掉皮，掏好脏，煮开了水，丢到锅里一滚，热腾腾的羊肉香眨眼便串满了整个村子。

说实话，薛庆山特别喜欢农村里的这种场面。这场面总给人一种贴心贴肺的欢喜感。热闹是欢喜的热闹，喧腾是喜庆的喧腾，就算是吵嚷些也是能忍的，人气嘛！那么多人聚在一起，老妇人一边帮忙收拾，一边打招呼寒暄，脸上的皱纹铺展得赛过野菊花；男人们打打扑克杀盘象棋，吹牛拉呱儿，喝着大叶茶，既放松又舒坦！小孩儿就更是有了难得的撒野机会，蹦高的、蹿跳的、藏猫的、哇哇大哭的，一步不离大人后襟的，偷吃半生不熟菜肴的，乱成一片，热闹至极。

薛庆山每一次坐在人群里，都几乎是唯一的焦点。

薛庆山是个警察。

警察是干嘛的？那是和平年月唯一可以持枪工作在生死存亡第一线的人。这种人在外人的眼里总有些神秘，总有些威望，总是有些形形色色、精彩绝伦的故事。

薛庆山恰好就是一个喜欢讲故事的警察。从警十余年，他亲身经历的、擦肩而过的、道听途说的新闻故事传说太多了，有一箩筐？还装不完，恐怕得有一火车皮。

在薛家庄，听庆山讲抓犯人的故事早就是多年来的一大享受。这一次，庆山身边大人小孩儿甚至老人又围了里三层外三层，庆山哪会让他们失望？闻着大锅全羊的香味儿，他讲了一个又一个，一个比一个生猛，一个比一个出彩，人群里时不时爆发出一阵叫好声来！

薛庆山说着说着，话题情不自禁又拐到前年在小噶庄亲手抓获抢劫犯刘秃子的事上来。关键这事儿人们爱听，他也愿意讲，讲得还很有悬念。就在他右腰那儿还有块碗大的疤呢，关键时候还能揭起衬衣来吓唬一下小孩子！

薛庆山讲这事之前一歪头，看见薛波在杏树下的大铁锅旁忙着添柴，热得满头大汗。薛庆山赶忙招呼他说：

"波子，勤快上了？过来过来！"

薛波问："啥事儿，三叔？"

薛庆山说："来听你三叔拉呱儿！今天不用你干，让别人烧火！"

薛波说："没事儿，反正也是闲着！你讲吧，我能听得见。"

薛庆山说："那可不行，要听故事必须全神贯注，一只耳朵听一只耳朵冒的，我还不给他讲呢！对我不尊重！"

这时人群里有半大孩子的声响冒出来："波子昨晚又看通宵了！"

接着，人群哄地就是一阵大笑。

薛庆山好奇地问："什么好节目看通宵？不要眼睛了？又是些帅哥靓妹的言情片？啥意思?！"

薛波低着头只顾往锅底下添柴，红着脸没说话。

薛庆山的倔劲上来了，说："波子，你快过来！不过来我不讲了！"

人群里有个上了年纪的人说："波子，你三叔破案故事里头也有大闺女！"人群里又是一阵嬉笑。

薛波终于慢慢地走近来。

薛庆山说："这就对了嘛，今天谁稀罕你烧火？你不烧别人还吃不上羊肉了？好好出去学本事，将来别做孬种！有的是大姑娘跟在咱屁股后头追！"

众人又哄笑起来。薛波的脸已经红到了脖子里。

薛庆山哈哈笑着说："波子别害臊，谁都有长大那一天，人一成熟，往后的日子才大有嚼头……"

薛波低着头，害羞地笑着。不知从何时起，也许是高中后期的压力过大，薛波就开始喜欢发愣，常常走神，话不多说，对谁也爱答不理，尤其是对不熟的外人，更是基本不搭腔。他父亲薛庆林曾骂他：越长越瞎，越长越成了个大闺女！

薛庆山让薛波坐在自己跟前,音调上稍稍做了些收敛。似乎因为薛波的羞报,或者说出于严肃重视,他努力让自己的话语更加浑厚沉实。

薛庆山说:"大家都还记得吧,前年冬天,坡里的石头都冻裂了罂,人人骑着摩托车直接从红旗水库上过,我带三个人奉命来到了小噶庄……"

3

开宴的时候,已经远远过了正午。

薛庆山讲得口干舌燥,肚子也饿了,才见几个帮忙的半大闺女依次往各桌上摆茶具、添碗筷、烫白酒。

因为是薛波的三叔,薛庆山一时还不能坐,他得忙活着和大哥薛庆林、二哥薛庆河敬酒。这也是村里的老规矩。众亲戚大老远地来了,不敬酒哪能说得过去?就是桌前的小孩子们都手端小茶杯,倒满了橘子汁等着吃敬呢。谁来谁是客,谁来谁是喜,敬酒先由薛波敬,感谢众乡亲的爱护和栽培!

这敬酒不是一声令下众人简单一端就了事的,要轮流一桌一桌地敬,一个人一个人地端。直累得薛波满头冒汗。

然后才轮到薛庆山弟兄三个敬酒。

这时候,羊肉宴正是最丰盛的时候,众人已经吃得胃口大开。薛庆山三兄弟一到桌子前,大人小孩儿立即站起一大片,手里嘴里还都是羊血羊蹄子,忙得不亦乐乎。酒宴这才算是真正达到了最高潮。

薛庆山忙活完这一套,肚子已经饿得呱呱乱叫。他环视一周,想找个桌子坐下,这时候却听见有个人叫他。

"庆山!这里!"喊他的是薛庆川。薛庆川个头小,缩在人群里一时还真难找。

薛庆山几步过去,众人已为他让开了一个空,拉了个树墩子权当座位。薛庆山一坐下,拿起筷子就夹了块带着肥腻羊油的羊肉放进嘴里。

"大伙别见笑，我实在是饿坏了！"

"不笑话才怪！城里人就这水平，胃口腐败得经不起考验喽！"薛庆川打趣："怎么着？咱是不是让庆山先补上一茶碗？"

大家嘻嘻哈哈地表示同意。薛庆山却也不含糊，狼吞虎咽地边吃边将身边一大茶碗"金六福"仰脖干尽！

一桌人当即就爆出一阵"好"来，直引得别桌上的人也往这边看。"金六福"度数虽不高，一茶碗也才三两三，但薛庆山历来的这份豪气让人看着舒坦。其实薛庆山在城里很少喝酒，尽管酒量大，来请的也不少，但毕竟工作有禁令，身体也大不如前，而且醉酒滋味实在难受，既难为老婆又怕吓着孩子。

可薛庆山就是忍不住在乡下老家"发挥"，每每有这种类似的场合，他一定不是喝多就是喝吐。一方面是他自己想喝，喜事嘛；另一方面，同时又是他想在乡邻之间显示自己的性格——多少年了，我薛庆山还那样豪爽，一点儿都没变，不信你们从喝酒上就能看得出来！

但这一次，不知是因为喝得太急，还是薛庆山实在饿了，肚子里没东西，一碗白酒刚刚下肚，竟突然有股热辣辣的液体从胃里自下而上翻腾而起，直到喉咙。薛庆山想硬憋下去，但晚了，歪头间一口秽物已失控喷涌而出！

薛庆山自感太失面子，一边向众人道歉，一边吆喝远处端菜的薛波过来打扫收拾。

这时候，一个女人的声音从桌子另一头传来：

"别喝急了，再大的酒量喝急了也伤身体！快喝口羊汤压压……"

薛庆山感觉这声音十分特别，是那种轻轻的、软软的，特别有乡下女人味儿的那种话音。寻声望去，他这才发现，原来这个桌面上坐的竟有一大半都是女人！除了薛庆川，另外几个男亲戚竟都不太熟悉！顿时感觉冒失大了。

薛庆山赶紧用大瓷勺子舀了一碗羊肉汤喝着，据说这羊肉汤最补胃黏膜。这话不假，几口下去，薛庆山感觉舒服多了。

他充满感激地抬头望向对面,有心无意盯着刚才那个开口说话的女人。那女人看着跟自己年龄相仿,三十来岁,脸型是标准的鹅蛋脸,手臂、脖颈上的皮肤竟都挺白腻,要不是穿着有些暗淡,开口闭口是浓浓的乡音,说不定还以为是个县城人呢!

薛庆山心底生出几分隐隐的疑惑,这张脸怎么会看着似曾相识?声音又是如此与众不同?难道以前打过交道?为何现在又一点儿印象都没有了呢?

薛庆山一边对自己的记性不满,一边直截了当向女人提出了自己的疑问:

"我怎么看着你很面熟,就是想不起来了呢?"

女人微微一笑,却看看旁边人的脸说:"你是贵人多忘事,你忘了你二妹结婚的时候我来过吗?俺老家婆家都是悬窝的,咱这一大桌子人除了你和庆川表弟都是悬窝来的!"

薛庆山依然一头雾水,二妹结婚好多年了,他早就忘记了都见过哪些人。

这时薛庆川呵呵大笑说:"得叫表侄女啊!还大你两岁呢!你长得多老相,人家当年在村里可是出了名的俊!"

女人听了更不好意思,却也笑得更开了,连忙说:"还俊呢,马上奔五十的人了都!"接着她又生怕薛庆山还不明白其中的关系,干脆详细地掰算起来。

"你大嫂不是俺悬窝的吗?我姓张,叫张叶美,赶你大嫂叫亲姨!这下明白了吧?"

薛庆山听到这里,脑中立时云开雾散,更仿佛有一声惊雷在头顶轰然炸响!原来这个女人叫张叶美!

她还有个亲妹妹,叫张叶芬?!

"怪不得啊!"薛庆山满怀心事急迫地问,"我记得你还有个妹妹是吧?"

"记性也不差嘛!有一个,今天家里有点儿事,没来,我多吃点儿羊肉,喝点羊汤,就全代表了!"

薛庆山雨打芭蕉地发问:"她现在怎么样?几个孩子?都多

大了？"

张叶美笑笑回答："就那样，农村人除了在家务农还能干什么？她就落了一个闺女，十六虚岁了，头一个本来是儿，没养活……闺女刚上完初中，今年总算考上了县高中，可这年头学费贵得吓人……"

张叶美话题一说到学费上，好像一颗定时炸弹在桌子上引爆了，众人七嘴八舌就当前庄稼人上学难、看病难的问题，展开了激烈讨论。

此时，无论什么话题再也不能吸引薛庆山的注意力了。

他走神了。

4

张叶芬这个名字，像一本年久的老相册，掸去积尘，呈现给薛庆山的是久久的留恋和感慨。

十九年前，薛庆山刚刚转业，在家等待分配的那个夏天，大哥薛庆林的儿子薛波出生了。直到现在薛庆山还能清晰地记得波子满月时家里的热闹景象，远近村里的亲戚提着包袱、挎着篮子都来了，薛波是他们薛家的头棵男苗儿！薛庆山也还记得父亲弯腰站在老门框上热情迎客的场面——父亲满嘴的牙齿只剩下参差的几颗，脸上的皱纹密集而松散，花白的短发在夏风中像一堆扎眼的雪，可他脸上的笑却足足持续了一整天。

薛庆山就是那时候认识张叶芬的。尽管当时薛庆山发誓扫垃圾也要留在县城，不回薛家庄种地了，可当薛庆山第一眼望见张叶芬时，就愣了、傻了，连目光都直刺刺的不知道往回收。那年月哪有那么看女孩的？张叶芬还不满十八岁，是跟着父母头一回来到薛家庄，正是最最害羞的年龄，被薛庆山看得有些晕头转向，要不是薛庆山后来一系列友好而暧昧的讨好，兴许张叶芬能被薛庆山吓得掉头就跑！

一想到这些，薛庆山日渐逊色的记忆就显得格外清晰。那是那年的八月二十四日，薛波满月那天，薛庆山遇到了他生命中至关重要的一个女人。

　　薛庆山还能清晰地记得他那一天的所作所为，但是永远也搞不明白他为何会有那么多使不完的劲儿。薛庆山感觉那天自己像着了魔、中了蛊，眼前周围什么都不存在了，只剩下了一个张叶芬。

　　张叶芬，张叶芬，张叶芬。全是张叶芬。都是张叶芬。

　　张叶芬的小名叫红芬。

　　红芬有着一张鹅蛋形脸，雪白的皮肤像西山梁上白花花的太阳，眼睛不大不小，双眼皮，水汪汪的没有一丁点儿杂质，高高的鼻梁虽是倔强的，但人看上去只有羞涩和乖巧，还有一点点面对薛庆山火辣的目光渐渐流露出的勇气和心机。

　　红芬扎了两条马尾小辫子，一边一条，搭在一左一右的肩膀上。

　　红芬穿了一件深红色的的确良衬衣，下身是一截白裙子、绿凉鞋。

　　红芬像夏日里的一棵木棉，生得挺拔、开得绚丽；红芬像长风里的一朵百合，纯洁无瑕、楚楚动人；红芬的目光是那么烫，红芬的小腿是那么眩，红芬的身影是那么轻盈、那么翩跹，径直飞落到一个人的心底里去。

　　事隔多年，薛庆山仍然在心底承认，当年他在那个闷热的午后，彻彻底底地被张叶芬迷住了。他的眼睛太小，以至于只能装下一个张叶芬；他的心眼儿太窄，里面满满都是张叶芬。

　　薛庆山长这么大，从来都没见过这么美的女孩。

　　他该怎么办呢？他该怎么表示他的一见倾心呢？他不敢。他又很敢。他的所作所为全都乱套了，幸亏在他以为天崩地裂的那一天，在他发疯发飙的那一天，别人根本就没有多余的心思来注意他。

　　起初，张叶芬死死地跟着母亲在薛家老宅子里转来转去。薛庆山一会儿给她送糖，一会儿为她送花生，甚至还为她去门前的杏树上捉了一只响蝉来摘了翅膀递给她。张叶芬也屡次遭到母亲的驱赶：

　　"去，去，别老跟着我，多大了？一边玩儿去！"

　　薛庆山忽然想起什么来，返身跑回屋子里，大热天的把一件橄榄绿军装穿上了。薛庆山幼稚的身影在人群里骄傲地走来走去，长辈们夸他长大了、成人了，兄弟们人人羡慕他有一身威武精神的绿军装。最令他心花怒放的是，当张叶芬看到他一身戎装，潇洒来去的时候，眼睛里也有了敬慕的神色。

张叶芬离开母亲，混到他们这一帮弟兄姐妹们中来了。

那时候，二哥薛庆河也刚结婚，已经和他们划开了界线。薛庆山是唯一一个超过二十岁的孩子头。他领着两个妹妹、一大群兄弟、侄子、侄女，还有从悬窝来的红芬，下河沟子掏螃蟹，爬梧桐树捉蝉，挑开荆棘跳进黄瓜园里偷摘小弯把儿黄瓜，跑到二里路外的石头崖下摸野雀……

整整一天，薛庆山感觉身上的劲儿使也使不完，怎么玩儿都不累，自己仿佛忽然一下又倒回了童年时代，无拘无束，天高海阔。他的眼睛自始至终没有离开过红芬的身侧。红芬也渐渐敢于并乐于回视他的眼神。他那种火辣辣的、猴急的、充满关切和怜爱的眼神，被红芬用另一种充满温柔欢喜和心领神会的目光抵挡着、碰触着、接受着，来来回回，反反复复，充满了说不出的巨大幸福。

就是那一天，薛庆山动摇了自己的想法。

如果要他娶了眼前的红芬，老老实实在薛家庄过日子，他愿意！他又不缺力气，几年的部队生活更是让他做任何事都充满信心。薛庆山平生第一次领略到了爱情的魅力。

5

薛庆山整整一天都兴奋难抑，直到张叶芬和他恋恋不舍地分手时，才忽然感觉到了巨大的失落。离别时，薛庆山像丢了魂儿似的，郁郁寡欢，心里像被犁出几道撕心裂肺的沟壑。

薛庆山很反常地礼貌起来，张叶芬离开时，他寸步不离地跟着送出去，等她们母女二人拐上出村的路了，他还一直脚步不停地跟着。表姐一路上多次推让，不要他再送了，再送天就黑了，可他无法控制自己，执拗地替表姐挎着回程的垸子，大踏步地走在最前面，翻过一道又一道山梁。

那次分别，薛庆山难受了好几天。

他以为，张叶芬一旦回去，回到她那个比薛家庄还要破旧的村子，他们就很难再见面了。弄不好，这一别就是一辈子。

然而，令薛庆山万万没想到的是，他和张叶芬只隔了几天，就在水库下游的云岭集市上见面了。

那时候，薛庆山的安排通知还没下来，闷在家里像头发情的野牛。他最大的爱好就是四处打听着到村里赶集。

赶集在农村里就像现在逛超市，不一定非得买东西，但是赶一赶，逛一逛，看一看来来往往的红男绿女，心情就很好！

薛庆山没想到能在云岭的大集上遇见张叶芬。云岭按水库方向来说，还在悬窝的下游，离县城已经不很远了，所以历来的集市规模都不小，甚至有不少县城的小商小贩，用自行车上驮着大捆大捆的成衣或布匹特意赶来。

薛庆山是和薛庆川等几个弟兄们一起来的，在集市上晃晃悠悠大半天了，正准备反身往回走，突然，一个在小地摊前试袜子的女孩牢牢吸引了薛庆山的目光。

看那侧影，女孩太苗条了，头上是用蓝头绳扎起的两条小辫儿，上身穿一件带条杠的深红色衬衣，下身是一件茉莉花白的裙子。正弯着腰，双手拿了一只肉色的长筒丝袜往脚趾上套，细白的脚腕儿险些晃花了薛庆山的眼。

多年以后，薛庆山在电视和电影里看过类似的镜头，妩媚的女主角在银幕上一点点地往腿上套着长筒丝袜，这种镜头虽然仍能吸引眼球，但薛庆山却每每因此联想起第一次看见异性试穿袜子的情景：女孩的动作是那么自然、温婉、纯粹，没有任何放荡或炫耀的成分，相反只有一种别样的乡野风情……

薛庆山看得痴了。

也许是觉出有人在盯着自己，女孩原本大大方方的姿势，竟突然站立不稳，身子开始左右剧烈摇摆，眼看就要失去平衡。这时候，薛庆山冲上前去一把将她抱住了。

说是抱，其实是情急中的半扶半抱。可就是这种短暂的搀扶和拥抱，以及张叶芬在他怀里惊疑地转过头来时露出的惊喜的微笑，让薛庆山感觉那个夏天真没白过！

这么多年过去了，薛庆山心里早就沧桑得波澜不惊，可那个夏天他和张叶芬以这样一种方式的邂逅，却让他无数次午夜梦回、辗转难眠。

那一次，薛庆山支走了同来的几个兄弟，执意要送张叶芬回去。他以为这是一个倾诉衷肠的机会，可张叶芬是和姐姐张叶美同骑一辆"大金鹿"自行车来的。

回去的路上，薛庆山强迫自己隐忍着、克制着，但还是终于在一个长长的上坡前，把张叶芬带上了自己的后车座。

事后很多次，薛庆山重新打量那个足有三里长的陡坡，总是怀疑那天自己是不是亲自将张叶芬一步不落地带上去，而把张叶美远远地抛在了坡下面。

薛庆山的腰为此疼了很长时间，直到他去城关派出所的头半个月，他的腰都一直不敢使劲儿。从此以后，他再也没有骑上过那道十里八村鼎鼎有名的悬窝坡。

薛庆山记得他喘着粗气，支好自行车，望着眼前额上头发都一绺绺湿透了的张叶芬，说了一句他这辈子最胆大妄为的一句话：

"红芬，我想死你了！"

张叶芬听了像被针扎了一样，一下子转过头去！坡下的路很长很长，哪里有张叶美的半点影子？薛庆山觉得心跳得扑通扑通的，眼眶子一鼓一鼓胀得厉害。

张叶芬又把脸转过来了，不说话，脸色通红。薛庆山本想再大胆一些把她抱住，抱住了就永远不放手了。可是不远处红旗水库上的一阵穿山风呼啸而过，将他吹了个趔趄，连带将他冲动的勇气也一股脑地吹散了。

这次邂逅以随之而来的长时间的沉默和张叶美终于远远拐上山梁而结束。回到薛家庄，薛庆山心里充满了沮丧。也正是这种情绪，让他汹涌的激情暂时稍稍平息下来。

几天以后，薛庆山被分到县城关公安派出所当了一名自行车保管员。他为自己能够逃离那个穷山庄而庆幸，同时又对见不到、摸不着的张叶芬充满了锥心的思念。

然而，意想不到事情还在后头。薛庆山上班后的前半个月，一直住在城关派出所院墙后面的一间小平房里，房子虽小，但只有他一个人住，这让薛庆山非常高兴！

他完全没有想到张叶芬会来找他！她是搭着别人的自行车来的，一见到他，就红着眼睛表示自己永远也不回悬窝了！

薛庆山又惊又喜，却不知道该怎么劝她，他傻呆呆地除了打来几暖瓶开水，就再也不知道干什么好了。原来，张叶芬是跟家里闹翻了跑出来的，家里想把她嫁到小刘庄去，第二天就要去见面定亲。先不说对方家境是个什么情况，薛庆山单是一听"小刘庄"三个字，头就嗡地一下大了！

那可是个老鹰飞不到、兔子不拉屎，有名的缺粮缺地缺人烟的穷地方啊！

薛庆山一直没敢关门，天都黑了，才从包袱里拿出了几个从家里带出来的煎饼递给张叶芬。张叶芬只是一个劲儿地哭，最后是边哭边吃完了三个煎饼外加喝一暖壶开水。

眼前的张叶芬还是那么美，一点都没变，哭红的眼睛甚至更让她有了惹人怜爱的模样。可是薛庆山奇怪地发现自己自始至终都不够兴奋，也许是在公家的地方自己不敢放肆？也许是问题背后的严重性阻碍了他情感的洪流？

总之，薛庆山始终心怀忐忑和不安，还生怕自己和张叶芬的样子被外人看见，一直到门外所有的动静都消停了，薛庆山才意识到自己得去为张叶芬铺床。

屋里只有一张床，张叶芬起身走过来推开他，娴熟地铺起被褥来。薛庆山望着她苗条的散发着一股好闻的汗液味道的背影，一时间恍惚起来。

张叶芬很快铺好了床，还未等薛庆山有所反应，径直走过来趴在他耳边说了一句惊心动魄的话：

"哥，今晚我是你的人！以后我都跟着你……"

薛庆山就像一辆铆足了劲儿的摩托车，立时被这一句话发动起来。他把眼前瘦削俊美的张叶芬一把抱紧，舌头撞开了她的嘴唇……

6

薛庆山又喝高了。

他直刺刺地望着对面坐着的张叶美，忍不住泪水冲湿了眼眶。

一桌人见薛庆山醉了，都劝他少喝些，边上的薛庆川却打着哈哈说："都别劝，越劝他越能耐！难得今天高兴，让他喝吧，醉了就到里面睡觉去。"

众人听了觉得也是，就不再限制薛庆山。说话间，又一盆子满满当当的羊肉羊汤端了上来。

薛庆山眼望张叶美，心里想着她和张叶芬长得多像啊，是不是越老越像？他不知道，可眼前的张叶美，眉目话音之间都太像当年的张叶芬了。

薛庆山越喝越多，在完全不省人事之前，频频向着张叶美敬起酒来，"这么多年不去悬窝，我抽空一定要去看看，一定要去看看……"

张叶美虽不喝酒，但热情毫不逊色："三表叔，开上你那小轿车！俺也坐回风光风光！你把俺送回悬窝去，叫俺悬窝的老少爷们见见俺也有城里的官亲戚！"

两个人一醉一醒，一进一让，声音越来越大，笑声越来越响。等薛庆山晃晃悠悠站起来准备去茅房时，却扑通一下摔在了地上。

那一晚，薛庆山把张叶芬扒了个精光。

屋子里虽没掌灯，但从窗子里筛进的月光还是将张叶芬雪白的身子照了一个透亮。时值初秋，屋子里很热，蚊子嗡嗡乱响，但薛庆山一直感觉张叶芬的身子冰凉冰凉的。

像一块玉。

也许正是这种冰凉的玉一般的感觉遏止了薛庆山的动作。一整个晚上，直到天亮，薛庆山都只是紧紧抱着张叶芬白雪一样的身子，未曾再翻上身来。

薛庆山用手把张叶芬的全身摸了一个遍，用嘴唇把她全身上下亲了一个遍。

张叶芬像一片抖瑟的树叶，紧紧地贴着薛庆山。薛庆山感到张叶芬的眼泪滚烫滚烫的。

薛庆山整整一个晚上都只重复着一句话：

"红芬，咱们回去！红芬，咱们回去……"

薛庆山说着这句话，脑子里乱成一片。年轻的他真不知道这话到底是自己的真心话呢？还仅仅是用来安慰敷衍张叶芬的一时冲动？

总之，那天早晨醒来，他惊讶地发现张叶芬已经走了。

她什么都没留下。

薛庆山站在空荡荡的屋门前，脑子里一片空白，以为昨夜只是一场甜美而辛酸的错觉，直到所里的一位老公安来喊他该出去打扫卫生了。

7

薛庆山晚上醒来，头疼欲裂。

薛波进门端来一碗羊汤、两个馒头、一棵大葱。薛庆山笑笑："还是自己的孩子贴心！是不是，波子？"

薛波羞涩地一笑："三叔，这么多亲戚就你给了我五百块钱，听说你工资现在特别高？"

薛庆山眉头一皱："小孩子别学这一套！我给的多是因为我是你亲三叔，亲可不是买的，别人有钱想给咱，咱还不一定要呢！再说我工资高点儿花销也大，你以为我是活菩萨，洒向人间都是爱啊？"

薛波吐了吐舌头，说："三叔，我要是也能当警察该多好！"

薛庆山说:"怎么不能?等毕了业,考公务员啊?学习好,凭你的体质考上也就进来了!"

"还得四年!"

"四年还嫌长?波子,我跟你说,现在要是让我去上大学,还在省城,我什么都能抛了不干,我这些年做梦都想到你奶奶肚子里去回回炉啊!可现实吗?等四年以后你学好了本事,干啥都行啊。只要是凭正经本事吃饭,哪里也不受难为!沉住气。"

薛波听了,沉默了一会儿,再开口话题也改了:"三叔,你们现在还打坏人吗?"

薛庆山正喝着羊汤,抬起头惊讶地说:"那都是老皇历了!快走吧,回西屋睡觉去!"

说着话,薛庆山的大哥大嫂进来了,薛庆山朝他们打招呼说:"今天都累坏了吧?"

薛庆林眼瞅薛波出去了,才眯起眼睛坐上薛庆山的炕头说:"累死了也值啊!波子这回总算给我争了口气,学费的事儿,我就是再难,砸锅卖铁也得拿啊!"

薛庆山终于喝完了手里的羊汤,说:"是啊,你这个钱不拿还想留着干吗?波子这回在咱薛家庄放了卫星了!"

话未说完,薛庆山忽然发现大嫂的眼睛竟是湿漉漉的。薛庆山笑了,说:"大嫂,多年的媳妇熬成婆了!终于把波子供出来了,往后就轻松多了,静等着波子给你往家领媳妇吧!"

大嫂不说话不要紧,一说话眼泪又扑簌簌地直往下掉。

"三兄弟,我是高兴的……你说波子要是将来能有你这么一份好工作,我就是再吃二十年苦也心甘情愿啊!呜呜……"

第二天,薛庆山起了个大早。或者说,薛庆山翻来覆去一整夜,根本就没合眼。

他决定亲自到小刘庄走一趟。

看看张叶芬过得怎么样。

哪怕只是看一眼就走。

这种念头在薛庆山脑子里像兔子一样蹦跶了一晚上，根据他多年的经验，如果不在天亮之前做好决定，等天一放亮，那股子劲头下去了，就什么都白算计了。

薛庆山顶着清晨的凉意出了门，直奔村东不远的薛庆川家院子。那里，有他开回来的风光无限的桑塔纳2000。

不想薛庆川早就起了床，昨天他虽喝得也不少，但这几天老婆的侄女生孩子，去小刘庄串门了。薛庆川早早起来准备去地瓜地里锄锄草。

薛庆山小声地跟他打了个招呼："庆川，你上你的坡，我开我的车。"

薛庆川很惊讶："这么早干啥去？回城？有任务？"

薛庆川这么一说，倒正好提醒了薛庆山。

"对，有点急事，先回去一趟！"

"还回来不？话还没聊够呢！"

"还回来，说不定很快！别人我可都没告诉，我去去就回！"

薛庆山在浓浓的晨霭中轰轰地发动起车子，像一头拱进田里的老牛，吼叫着向着山下奔去。喇叭声在清晨的山谷间显得格外清脆。

说实话，薛庆山快有小二十年没到过小刘庄了。上一次来也是唯一一次来小刘庄，还是小时候跟着大哥来接新娘，大嫂就是小刘庄的，他印象特别深。

小刘庄终于也有了一条勉强能通过拖拉机的土渣路。摇摇摆摆绕过那座方圆二十里有名的"奶奶顶"——两个山尖远远看去真像女人的俩人奶子！山下有稀稀拉拉羊屎蛋子一样的几户住家，而路两旁已经没有了过去那些怎么也望不到头的树。

薛庆山想起小时候跟着大哥来小刘庄时的情景。那时候时近隆冬，天寒地冻，路上黑得伸手不见五指，北风像冰刀子似的在山梁间乱突乱吼。薛庆山戴着厚厚的奄耳帽子，望着路两边黑压压的怎么也望不到边的树林，感觉那里随时都有可能蹿出几只猛兽来咬自己，害怕得一个劲儿拽着大人的棉袄后襟走！

薛庆山当时就想，怪不得人人都说小刘庄孬呢，这地方根本就没有庄稼地，那些密密麻麻生在石缝里的树要多吓人有多吓人！是个鬼才住的地方啊！

凭着记忆走，下了一面坡，拐过一道长弯，薛庆山发现小刘庄就着山势新整了几块斜地，种上了些果树。此时此刻应该正是果树挂果套袋的时节，可这些果树上竟没有几颗果子，零星的几个挑在单薄的树枝上，也是烂的烂、蛀的蛀，很不成样子。

倒是过了果园再往里走，几排院落平房红砖绿瓦，颇有点新鲜和温馨的气象。

薛庆山在房前找了处略微宽敞的地方停稳车子，回头望望远处的红旗水库和水库上方隐隐约约被雾气所笼罩的薛家庄，再看看眼前光秃秃的小刘庄，不禁觉得恍若隔世，心里萌生出一种无法言说的悲壮。

8

经过打听，薛庆山很容易就找到了张叶芬的家。

那是附近几户房子中盖得稍有声色的一家，院子里有一棵枝繁叶茂的大杏树。

薛庆山心情复杂、脚步半是迟疑地向前走着。进了院子，便看见一个消瘦的女人正蹲在压井边压水。

别看小刘庄在水库下游，可地方闭塞，发展滞后，村民至今都还没吃上自来水。用水，大都得靠一管伸进地下的压井人力抽压上来。

薛庆山假装咳嗽一声。女人满脸温和地转过头来。

"谁啊？"

话突然就僵在半空里。人愣住了，脸上疲惫的笑容转眼即被惊疑所代替。

"红芬……我是薛庆山啊。"

薛庆山感觉嗓子眼儿发干，眼眶却发潮。眼前的女人苍老得厉害，是不是他看错了呢？她竟要比姐姐张叶美还要苍老黑瘦。

"……"

女人张开口，想说一句什么，又似乎怎么也说不出口来。

脸上的表情经过短暂的扭曲变化后，忽然再也崩不住，嘴里万分吃力地冒出半句含混的话来："三表叔……"

这一次，愣住的是薛庆山！他恍然惊呆，心头失落之极！

张叶芬的反应有些出人意料的迟钝，她下意识地在围裙上擦擦湿漉漉的双手，傻站在院子里，竟不知道该让薛庆山进屋。

薛庆山仔细地打量着张叶芬。对，是她。是当年的她，没错。可又不对，眼前的张叶芬又已远远不再是当年的她！当年的她什么模样来着？薛庆山脑子里开始搅糨糊似的乱成一团。

张叶芬终于"醒"过来，但似乎很不高兴，脸上温和一扫而净。

"进屋，进屋吧！"张叶芬麻利地收拾着盆桶桌凳，把薛庆山往屋里让。

"哦，不了，不了。来看看就走……"

"进来，进来吧……"张叶芬几乎要急着上来拉他了，薛庆山才犹豫着往里走。

"小孩他爸没在家？"

"嗯。"

"上坡了？"

"不是，你快坐！她三爷爷……"张叶芬再次改口称呼，对薛庆山不啻又是一惊！

"哦，出去打工了？"薛庆山不知道自己为什么要这么刨根问底。

"死了。"

"什么？"张叶芬的回答再一次让薛庆山始料不及："红……芬，别开玩笑！"

"死了就是死了，我拿这个跟你开什么玩笑？"张叶芬的脸色发暗，薛庆山想，自己一定是戳到她痛处了。有心还问，但强行忍住了。

张叶芬却像看透了他："大前年，在工地上干建筑，摔下来，没抢救过来……"

薛庆山沉默了。他没想到是这样。

屋子里光线较暗，整个陷入一片沉静，只有张叶芬两只穿着布鞋白袜的脚走来走去，给他沏茶倒水。

薛庆山一边喝着发了潮的大叶茶，一边四处打量屋子里的一切。

东墙和西墙挂着几个玻璃镶木头边的相框，里面胡乱贴了些看不清楚的黑白照片，正北的墙上贴满了一张张撕下来的年代久远的空姐日历，一根长长的绿色尼龙绳电灯开关从屋梁上垂吊下来，桌凳上落满了灰尘。整间屋子除了一台14寸的黑白电视机外，几乎没有任何像样的家电和器具。

薛庆山觉得压抑，问："孩子上学去了？"

张叶芬说："在里屋躺着。"

"怎么了？病了？"

"病了。"

"什么病？"

张叶芬抬起头来，有些好奇又有些紧张地盯着薛庆山："你来查户口吗？"

薛庆山听了想笑，但没能笑出来，假装咳嗽一声，说："哪里，我来庄里找个人，顺便来看看你……"

"看什么看，有什么好看的？该看的你都看见了，看完了你就走吧！"张叶芬语气突变。

薛庆山想不到她会如此匆匆下了逐客令。

他不走。他觉得有些事情不应该是这个样子的。既然已经来了，他怎能不帮帮这个穷困潦倒的家呢？

"生活困难吗？"

张叶芬见薛庆山没有要走的意思，只好拉过了一只马扎远离薛庆山坐下来。

"还行。"

"庄稼收成怎么样，今年？"

"这庄自古以来哪里收过什么庄稼？"

"我看见种了不少果树？"

"种了几棵，一阵雹子全砸花了！"

"那不是没了收入？小孩学费怎么办？"

"说是县里有救济，不知道啥时候下来……"

"小孩考上县城高中了，有出息，学费够吗？"

"你怎么知道的？"张叶芬有些吃惊。

"你姐姐告诉我的。"薛庆山盯着张叶芬的眼睛，这双眼睛远看还是那么饱满和漂亮，但紧接着就被涌出的眼泪包围了。

"她告诉你这些干啥呀？"

"是我问的她。"

张叶芬越发压抑地哭着："你问这些有什么用？"

张叶芬一哭，弄得薛庆山心里很不是滋味，说实话，此刻他突然很想再抱抱她，安慰一下她，可是他能吗？

冲动之下，薛庆山不知道哪里来的一股劲儿，突然站了起来。张叶芬以为他要走，慌忙地也站起来，想送送他。

薛庆山走到门口，突然转身一把把张叶芬抱住了。

张叶芬的身子瘦弱柔软，但在薛庆山怀里拼命地挣扎着。薛庆山并没有恶意，只是任着一种悲悯的冲动和宽慰的心思来实现着昨晚梦中的臆想。

要不是张叶芬紧接着说了一句话，也许薛庆山短时间里不可能放开她。张叶芬突然低声吼道："闺女出来了！"

9

其实没有，背后什么人也没有。甚至薛庆山还依稀听到了里间的咳嗽声。他的心情变得愈加不安和烦躁起来。他害怕张叶芬误解他。他薛庆山还不至于是那样的人。

张叶芬像一头受了伤的雌鹿，退缩到房间一角的床沿上，低着头，一手掐住另一手的手背，眼泪扑簌簌地往下掉。

薛庆山也算多年的老公安了，可这时候却慌乱得没有一点儿主意，他站起来，准备离开这个让他心乱的地方。

薛庆山试探性地往外迈了几步，抬头再看张叶芬，对方却没有抬起头来停止哭泣，更不用说来送送自己。

薛庆山正待大步迈出房门，却听到屋子里一声憔悴的声音传出来："娘，你怎么了？谁来了？"

薛庆山急忙止住了步子，他认为这个问题与自己有关，若不声不响地走了，心里倒无端地有种负罪感。

张叶芬这才抬起头来回答："没事儿，你……三表爷爷来了……"

里间里传来穿拖鞋往外走的声音，接着又是一连串上气不接下气的咳嗽。

薛庆山就看见一个面如纸白的女孩，相貌几乎跟年轻时的张叶芬一模一样。

"娘，你怎么哭了？到底咋的了？！"女孩一走出来就用两眼狠狠瞪着薛庆山，充满了敌意。

"你怎么着我娘来？！……"她气咻咻地质问薛庆山。

"丽丽，别胡说八道！"张叶芬一下子站起来，走到女儿身边："这是你三表爷爷……在县里上班，顺路来看看，小孩子家别胡说八道！"

丽丽红了眼圈，说："我在里间里都听见了……他欺负你，娘！呜呜……"

薛庆山这下才真慌了，假使刚才张叶芬能体谅他、理解他，那眼前这个病怏怏的丽丽怎么能不把他当坏人呢？他在她眼里简直就是个流氓啊！

薛庆山站在原地，不知道该说什么好了。

张叶芬强行把丽丽往屋里拽："快进去躺着，还发着高烧，你出来做什么？"

丽丽就是不挪步子，一个劲儿哭着说："我不能让人再欺负咱！咳咳……"

薛庆山终于再也忍不住了，问张叶芬："孩子怎么了？"

"感冒，发高烧……"

"生病不能耽误，吃药打针了吗？"

"吃了点儿药。"

"不行，高烧不退很危险！"薛庆山说："坐我车上乡里看看去吧，我开着车来的，打一针好得快！"

"不去！"丽丽突然吼叫着说。

"算了，再躺躺看看……"张叶芬无奈地说。

"但是有病千万不能耽误啊！"薛庆山忽然想起张叶芬姐姐的话来，这个家里原本还有个男孩，没能养活……

"再说究竟得的啥病得去叫医生看看！你知道孩子得的什么病？快给她穿上件衣裳咱走！"薛庆山的嗓门儿高起来，这种事情他义不容辞。

可张叶芬的回答却出奇地执拗："不去！"

丽丽的开口更让他无地自容："你滚！滚！别狗拿耗子假装好人！"

薛庆山听出了丽丽语句中的诟病，但觉得一点儿都不好笑。他变得无比沮丧，到现在才真正意识到自己真的不该来这个地方。别人讨厌你、憎恨你，甚至敌视你这种人，你却巴巴地送上门来，不是自寻难堪吗？

这么多年过去了，太多的物事已经改变，薛庆山开始为自己的冒失和荒唐感到后悔。

但是他总不能看着丽丽生病发烧而不管，语气极尽婉转地柔和下来："要不我去乡里拿点儿药，或者找个人夫来看看……有病不是小事儿。"

张叶芬总归是做母亲的，她听了不再说话，只是一个劲儿地流泪，却不料丽丽依旧坚决不许。

"我不看！我不看！得什么病也不用你管！你给我滚，你这个流氓……"

薛庆山有点儿气恼，转过身子，几步走出门外，头也不回，大踏步朝着自己的车子走去。他想快点儿离开这个家。

薛庆山正要打开车门，忽然听到身后急促的脚步声响。回头一看，竟是丽丽冲着他跑上来！后面跟了张叶芬急急地追着。薛庆山突然有点儿紧张，这个丽丽是不是神经有问题，她想怎么样？

丽丽穿着拖鞋跑得飞快，半途中丢掉了一只也不顾上，等她跑到薛庆山跟前时，早已没有了力气，咳嗽声一阵接一阵地高起来。

"你是警察？"丽丽气喘吁吁地问。

"丽丽！"张叶芬从后面大声喊着。

"是，怎么了？"薛庆山回答。

"那有人耍流氓你管不管？！"丽丽双眼通红，逼视着薛庆山说。

薛庆山皱起眉头说："对不起，丽丽，我不是那样的人……"

"我就问你管不管？没说是你！"丽丽说着却被追上来的张叶芬一把抱住，死死往后拖。

薛庆山忽然感觉到丽丽的话里有话！他急忙抓起张叶芬的手臂说："别拉孩子，让她把话说完！"也许是情急之下用力过大，张叶芬的胳膊被薛庆山甩出老远！

丽丽借势挣脱追问薛庆山："你说你到底管不管？"

薛庆山立即大声回答："管！"

这时候张叶芬猛地上来用两只手分别拉住薛庆山和丽丽，近乎哀求着说："算我求求你们了，咱回家里说！"

10

"砰！"的一声，薛庆山的右手拳头砸在厚实的门板上，手脊骨立即渗出血来。他完全没有想到，在这个一穷二白的小村庄里竟然发生了一起性质极其恶劣的强奸案！

随着丽丽断断续续地哭诉，薛庆山几乎肝肠寸断！不用说他是一个警察，就是换了任何一个普通人知道了丽丽的遭遇，恐怕也会忍无可忍拍案而起！

"对方长什么样？身高多少？什么口音？还说过什么话？衣裤上

有没有……"薛庆山一一详细问来,以一个警察多年的丰富经验做着种种的推测和判断。

此时此刻,他觉得这一趟没有白来。张叶芬过得并不如意,甚至相当糟糕,而且女儿丽丽又遭受了如此大的打击,这种时候他不来拉一把还能算是人吗?

薛庆山望着眼前两个哭成一团的母女俩,望着憔悴而消瘦的张叶芬,心如刀割。他暗暗发誓回去立即立案,并主动申请亲自侦破,一定要把这个案子破得漂漂亮亮!

于是,薛庆山在极度悲愤中,向母女二人发下毒誓!此案不破,自己再也没脸回薛家庄!

丽丽的脸上终于露出了一丝微笑,薛庆山看在眼里,喜在心间,他终于能为这个家做点儿什么了。

等丽丽沉沉地睡去后,张叶芬一边忙活做饭,一边对薛庆山说:"你一定留下吃了饭再走,但我告诉你,丽丽的事儿不用你操心了,我自有主意。"

薛庆山不解:"出了这么大的事儿我能不管吗?相信我……红芬,我一定抓到那个狗娘养的!"

"不用。"张叶芬手里提着菜刀,抬起头直视着薛庆山说:"我不希望你插手,听我这句话。"

薛庆山忽然从这种对视里读出了一丝恳求、一种肯定和一份信任,当然还另有一种隐隐的柔情。

薛庆山也放缓了语气,一字一句地说:"红芬,你得相信法律,自己蛮干绝对不行!况且你现在连个怀疑对象都没有,自己打的什么主意?不靠公安局给你查你自己又怎么查?难道你就不想让那个畜生进监狱?"

"想!"张叶芬忽然哭出声来:"可我得为丽丽着想!要是报了案,丽丽以后还怎么做人?小刘庄才几户人家?整个乡才多大的地方?你能担保她不再受人欺负吗?"

薛庆山一下子沉默了。他不得不承认张叶芬说得很对。一个十六岁的姑娘家,大白天遭受了强奸,下阴都被撕裂和感染,这种事儿一旦传出去她还怎么做人？这种事情在十里八乡传得像风一样快，即使抓到了凶手谁就能担保丽丽不再受任何伤害？

"那也不行！"薛庆山仍旧以一个警察的职责坚持原则地说，"这是地地道道的刑事案件，公安局必须要立案侦查啊！"

"可你不说出去，公安局上哪里知道去？"张叶芬啜泣着说，"所以我不想你插手管这件事，就算是为了我们娘俩好，你行行好！"

薛庆山知道自己终于碰到了麻烦事，眼前案子的关键不是立即侦察破案，而是怎样才能说服张叶芬，让她接受这个事实，勇敢面对，而不再受到任何伤害。

薛庆山本想马上就开车赶回县城，可是他转而决定留下来，吃了饭再走。因为他觉得要打开张叶芬的缺口，还得从丽丽身上开始才行。

然而，令薛庆山没想到的是，丽丽这一觉睡得几乎是天昏地暗，七八个小时过去了仍没有醒来。在此期间，薛庆山一直默默坐在屋子里想这件案子。凭直觉，这绝对不是一起容易侦破的案子，犯罪嫌疑人明显早有准备，他戴着头套，一语未发，从丽丽身后悄然扑过来，选择的地点在丽丽家的果园深处……即使抓到了嫌疑人，丽丽的内裤早已被张叶芬清洗得一干二净，只凭其被丽丽在右肩胛处咬破的伤，能定罪的难度也很大。

张叶芬一直在屋里屋外不停地忙活，她似乎已经忘记了屋子里还有薛庆山这么个人。薛庆山不时用眼睛盯着张叶芬的背影出神。他发现，实际上这个女人的容貌和身材依然是出众和俊美的，只是期间掺杂了太多的疲惫，仔细端详着她的头发、嘴脸、腰身，薛庆山心里忽然漾出一种幻想：这就是他和这个女人的三口之家，丽丽是他和她的女儿，他们朝朝暮暮生活在一起，日出而作，日落而息，虽辛苦但甜蜜，虽清贫但欢喜。他想起十几年前那个夜晚，他和红芬赤身躺在城关派出所的一间小屋里，激动得热泪长流却最终又错失秋毫……

想到这里，薛庆山忽然打了一个冷战，他意识到自己的荒唐和可耻，他怎么能想这些呢？他想到了丽丽，他要千方百计说服张叶芬报案！

丽丽一直睡到临近黄昏才醒，可咳嗽得越来越厉害，高烧始终未退，浑身像洗了澡似的出着虚汗。

薛庆山忽然想起了门外的桑塔纳轿车，他再顾不上张叶芬的意见，背起丽丽就出了门去，背后却传来张叶芬急切的声音："我也跟着！"

车子在山路间盘旋，飞速地向着乡政府驻地开去。

乡医院已经下了班，但薛庆山凭着他的"关系"，还是用最快的时间找来医生给丽丽打上了点滴。

等丽丽睡去，张叶芬悄悄地问薛庆山说，"忙了一天了，累不累？"

薛庆山心里立时滚过一道暖流，"没觉得。丽丽打上针了你就放心吧！"

张叶芬说："那你快回吧，还有那么多事儿。"

"不忙。"薛庆山说，"我再忙也不能眼睁睁看着丽丽发烧不管。再说，我再忙就是忙丽丽的事儿了！"

张叶芬听了不再说话，却从病床前一步步走出急诊室，薛庆山后脚紧跟出来。

"你不睡会儿？这里有的是床。"薛庆山关心地问。

"我不困。哎，这里有护士看着丽丽，你送我回去拿点儿东西？"

薛庆山笑笑，他很愿意。

再回小刘庄，夜色已经像张漆黑的大网，将整个村庄包裹得严严实实。薛庆山和张叶芬一路上很少说话，只是聆听着车窗外一阵紧似一阵的蛐蛐儿叫声。

到了家，张叶芬走进里间，拉开昏暗的电灯寻找着什么，薛庆山一跟进来，只觉电灯一黑，怀里已多了一个温热的身体。

薛庆山抑制住内心的惊喜，竭力将张叶芬向怀里箍紧，生怕一松手这一切就会变成一场虚幻的梦境。薛庆山感觉到了张叶芬的丰满和柔软，他努力寻找着她的唇，可张叶芬低下头拒绝了。就在薛庆山不知所措之际，他感到怀里的身子一软，竟随之倒向了床铺。

薛庆山在脑子里始终恪守的底线，没想到会在对方热情的迎合中崩溃得如此彻底，薛庆山恍然觉得这更像一场梦，梦中的自己在忐忑中异想天开，却又在惊喜中心想事成。

薛庆山醉了。

穿上衣服，薛庆山正不知该怎么开口打破沉寂，张叶芬突然说："哥！丽丽的事儿，你就别管了……"

薛庆山心头一沉，几乎脱口而出："不行！"

黑暗中，张叶芬用粼粼的目光一直瞪着薛庆山，瞪得他心潮起伏，久久难以平静。他靠近了她，双手掬起她的脸，用嘴唇轻贴了一下。再次摇着头说："不行。"

张叶芬的眼睛一眨不眨，用弱无气力的话反问道："不行？"

薛庆山不再说话，也用同样的目光回视着张叶芬，将她再次揽入怀中。

张叶芬抽出身子，弯腰从床铺的被褥下取出一团卫生纸来。

"给，我全听你的。"张叶芬的泪水无声无息地掉落下来："这是那个畜生留下的证据！"

11

第二天清晨，薛庆山匆匆返回薛家庄，打算跟大哥、二哥打个招呼就立即返城。

大嫂却将薛庆山好一通埋怨："出门也不言语一声，都以为谁又冒犯你了呢！"薛庆林也有些不悦，问他能不能再多待几天，好些话还没说够，薛波马上开学了，外面的事情要多教导教导他。

薛庆山心里着急，几乎一刻也待不下去，他答应大哥："我回去尽快忙完就回来，争取亲自送波子去学校！"

正在一边垛柴的薛波听了，却朝薛庆山喊："三叔你忙你的！上大学我自己走，谁也不用去送！"

薛庆林听了直摇头："你看这孩子！"

薛庆山却竖起了大拇指："大学生觉悟就是不一样！我说你们就

让波子锻炼锻炼吧，有好处！"

薛庆林听了，眉头紧皱，一副心事重重的样子，不再言语。大嫂这时端了箅子出来，招呼薛庆山："三兄弟，你听我说，就是城里的天塌下来，你也得吃了饺子再走！"

薛庆山一听，笑了，奔波了一夜，正感觉累，闻到他喜欢吃的芫荽馅儿饺子的香味，心里顿时感到一股浓浓的温情。

"好，吃了再走！波子，快给三叔上醋！"

一家人边说边笑，吃着热气腾腾的饺子，都感觉到了一种实实在在的幸福。尤其是大嫂，连连给薛庆山碗里夹着皮薄馅儿多的饺子，这次波子上大学，光学费薛庆山就一次性支援了两千块，这在农村可绝不是个小数字！

八月正午的日头雪亮异常，知了在舍了命地嘶唱。薛庆山抬眼望向屋外，屋外白花花的一片，刺得人眼睛发烫。薛庆山脱了衬衣长裤，还是觉得燥热。

薛波低着头喝完一碗饺子汤，站起来就走，薛庆林问："上哪儿？"

波子头也不回地说："下水库洗洗！"

不料薛庆林立即站起来，摔掉手里的碗。

"你给我回来！你今天哪也别去，陪你三叔多待一会儿！"

薛波拧着脖子头也不回地说："我不，我洗澡去！"

"你给我回来！"薛庆林急了。"今天我非要你在家待着不可！"

可说话间，薛波早已出了院门，头也不回地去了。

薛庆山有些纳闷，这爷俩是怎么了？又看见薛庆林气得直打摆子，连忙打圆场说："叫波子游去吧，从小在水库边长大的，识水性，有什么不放心的？"

薛庆林猛得叹了口气说："你是不知道，我总觉得这孩子越长越没出息，见人爱答不理，一点儿礼貌都不懂，平时跟我和他娘更是轻易不说话。这回总算是考上大学了，给我争了口气不假，但整天就知道疯窜，说他两句就往外跑！以后还不知道能出息成啥玩意儿呢！"

大嫂也插言道："这孩子越大越内向，小时候没有赶上皮的，你看现在，一天说不了三句话！"

薛庆山笑笑，依然慢条斯理喝着饺子汤，说："当爹娘的永远有操不完的心！人家波子长大了，咱哪能老拿以前和现在比，能比吗？以前他是孩子，不懂事，可现在是大学生！有自己的自尊，咱得尊重他的选择。毕竟两代人，沟通起来有些难，谁都有这么个过程！我看波子哪点儿都不错！放心吧，这孩子肯定能成才！"

大嫂一边收拾桌子一边说："三兄弟说得也是，不过我就觉得最近右眼皮老是跳，还是得叫波子收收心，要是玩儿野了，到大学里还能安心念书？"

薛庆林似乎仍旧余怒未消："把他叫回来，叫他跟他三叔多聊聊，有些事儿出去了再学就晚了！"

薛庆林这番话显然是冲老伴儿说的，在这个家里头，他的话还是很有分量的。薛庆山把碗一放，干脆站起来说："这样吧，我也出了一身臭汗，也去洗洗，顺便看着波子点儿，再和他聊聊！回来我就走了。"

大嫂连忙说："这样也行，你可得叫波子快点回来啊，八月份水开始凉了，水里头有'秋狗子'，咬着人半个月都好不了！"

薛庆山答应了，拽起衬衣就往外走。薛庆林点了杆烟袋送出来，嘴里不说什么，只有"吧嗒吧嗒"的抽烟声，伴着薛庆山一路出了院门。

走在野草丛生的庄稼小道上，薛庆山感觉大哥大嫂真是既可爱又滑稽，可爱的是那份对待儿女永远不变的真情，而滑稽的却是那种有些根深蒂固的愚昧。

薛庆山便想起了自己在县城的女儿，也想起了远在小刘庄的丽丽。心情霎时间沉重下来。

红旗水库是二十几年前县里用炸药炸出来的，目的是为了蓄水灌溉，储水量居全县之首，海拔属全省最高，四面环山，郁郁葱葱，水平如镜。薛庆山远远看见波子在水库中间踩着水向对岸游去，头在水面上只露出芝麻粒儿大的一个小点儿。

八月的正午，正是一天里水温最热的时候，薛庆山人还没到水库边，心里早已巴不得跳进水里畅游个痛快！

薛庆山边走边脱衣服，到水库边时只剩下一条短裤，他一个鱼跃，溅起一小朵水花，人已经潜进水里游出十几米远。

薛庆山尽情享受着这一刻的欢愉，改用仰游姿势，让身体随意漂浮在温热的水面上，头脸任凭骄阳曝晒，这种感觉真要比在城里洗桑拿浴强上百倍！

等薛庆山漂够了，脸也被晒得火烧火燎了。他翻身抬头，见薛波依旧远远在水库的对岸沿堤坝游着，看来他已经不停地游了很久。

"好小子！"薛庆山一个猛子扎进水里，迅速向着薛波的方向游去。

薛庆山游到对岸，几乎是在水最深的地方追上了薛波，薛波依然沿着堤坝往返回游。薛庆山手搭坝沿儿向薛波喊话，却忽然一脚踏空，双腿抽筋，身体迅速向水底滑去！

幸亏薛庆山有着极强的水性，他赶忙向上翻转身子，深吸一口气，让身体凭借浮力漂浮在水面上。不过毕竟嘴里被呛了水，薛庆山觉得鼻腔里酸痛得厉害，脑子嗡嗡地响成一片。

"波子！波子！"

薛庆山拼尽全力呼喊着，在就要失去知觉时听到身边溅起一阵激烈的水花。

12

薛庆山和薛波一丝不挂，仰躺在平整如砥的石坝上。

阳光直射下来，像用炙热的炉火蒸烤着两块牛排。

他们不觉得烤，相反，却像死一样安静，又像彼此两个人在较劲，较量究竟看谁最有耐性。

突然，薛庆山翻转身子，悄悄冲薛波喊："哎，起来，快起来！来大闺女了！大坝上过大闺女了！"

薛波听言，赶紧用手捂住下面！

薛庆山仰天喷出一阵大笑，并用手直挠薛波的腋下。薛波被骗，又被挠得难受，直像条泥鳅在石坝上挣扎翻腾。就在这时，薛庆山愣住了！半坐半躺在原地，眼睛直直盯着薛波的左边腋下。

"波子！"薛庆山两眼通红地逼问："你这儿是怎么了？"

薛波吓了一跳，猛得收回双臂反问："哪儿？"

"你腋下？！"

"咬的！'秋狗子'咬的……"

"咬的？"

"嗯不，碰的！刚在坝上碰的……"

"刚碰的？不像！你说实话！！"

"真是碰的，不信算了！"波子说完，站起来就往坝下走。

"你回来，波子！"

波子头也不回。跟出门时一模一样。

"你回来，波子！"薛庆山心里倏地滚过一道惊雷！

"波子，到底怎么回事儿？"薛庆山声音近乎嘶吼，"伤口上怎么有牙印儿？"

"被野狗咬的，行了吧？！"薛波话音未落，一个猛子远远地扎进深水。

薛庆山想追上去，可猛一起身却一个趔趄摔倒在地，脑海里满满都是薛波方才腋下触目惊心的伤疤和他敏感慌张的表现。

薛庆山无时无刻不在惦记丽丽的案子，可当他面对如此突然的巧合和疑问时，大脑却陷入了彻底的空白。

难道波子他——就是凶手！？

薛庆山重新躺倒在烙铁般的石坝上，脑子混沌一片。

就在前天，乡亲们刚刚为薛波举行了庆贺仪式。薛波是薛家庄历史上正式考出的第一个本科大学生！他寄托了薛家乃至整个薛家庄的多少厚望？而就在方才，正是薛波及时游过来，将体力不支的自己拖上了岸……薛庆山自感他们这一代的事业和生活已基本定型，可对薛波来说，才刚刚开始……

如果凶手就是薛波，那他们薛家还有什么颜面去见列祖列宗！

如果薛波就是凶手，那么他们薛家的天可都要塌了！

薛庆山联想起大哥对薛波的评价，有人打趣薛波看碟的细节（说不定那就是一些黄碟），再加上薛波腋下那触目惊心的伤疤，凭他多年的经验和直觉，越来越深地感受到了一种恐怖和绝望！

可如果这一切只是巧合和误会呢？是不是有点走火入魔和太小题大做了？

一阵清爽的山风漫坝吹过，薛庆山稍稍镇静下来。他明白，警察破案最最需要的就是证据。没有证据，什么都是扯淡！

接下来，关键是要弄清薛波的伤疤是怎么来的？或者必须先弄清楚，出事儿那天薛波在哪儿？有没有作案时间？

其实，或者一切都想得太复杂了，薛庆山想用更加简便直接的方式，当面质问薛波："波子，那件事是不是你做的?!"

"是不是？""是不是？你快说！"薛庆山在心底反复地追问着，似乎薛波此刻就站在他面前。

不知过了多久，他才缓缓站起来，感觉浑身酸软，脊背就要爆裂似的疼。薛庆山也想一个猛子扎进深水，让身心彻底凉爽下来！可他刚刚一走近水边，双脚再一次抽筋了。

13

薛庆山直到太阳落了山，才拖着疲惫的身子往回走。不知道究竟是年龄的原因，还是因为在他眼前翻来覆去的波子的伤疤，让他半生第一次在水里感觉那么吃力。

八月的庄稼异常丰实，水库边的芦苇在晚霞里摇曳，路边的玉米棵子更是肥墩墩的让人看了心里觉得踏实。

八月的秋景，是属于乡村的，是真正属于八月的乡村的。

薛庆山火烧火燎的心境来不及品味这一路上陌生已久的景色，但脚下的步子始终快不起来。

薛庆山感觉浑身发软、头重脚轻，如果不是因为心里装着满满的心事，他真想立即躺在路边的玉米地里睡他个天翻地覆。

薛庆山正迷糊着向前走，突然感觉身侧的玉米棵子一晃，一个身影斜刺里冲出来，双手反剪住了他的脖子！

薛庆山暗叫一声"不好"，倏忽一个下蹲，同时半翻身使出一记黑虎掏裆，将来人的下阴牢牢锁住！

只听对方"啊"的一声惨叫，一把匕首"哐啷"掉在地上！薛庆山被惊出一身冷汗，这才发现来人一身黑衣，头上套着一个黑色的头套！

说来也怪，薛庆山本来疲软至极的身体，忽然因为这突如其来的变故瞬时爆发，冲对方又是一个扫堂腿，将其狠狠撂倒在路边的地沟里！

来人像块泥巴被狠狠摔进了狗屎堆，但又出人意料迅速地爬起来冲进了玉米地。

薛庆山一时兴奋难抑，一个箭步跳过水沟，直奔玉米地里追去！

正所谓"踏破铁鞋无觅处，得来全不费功夫"！薛庆山没想到事情的转机来得如此之快！猎物竟会自己撞上门来？一定要抓到他！否则自己还能算是什么警察？

此情此景，也勾起了他三年前在小噶庄追捕凶犯时的回忆。

薛庆山刚刚还为游泳抽筋感到沮丧，对自己的体力感到怀疑，没想到上天立即给了他一个自我证明的机会。

大片大片的玉米棵子扑倒下去，薛庆山起初觉得浑身扎满了刺、着起了火，后来就渐渐失去了知觉，只知道追，像一条野狗，没命地追下去！

地势渐渐高耸，一跑出玉米地，薛庆山心里一阵狂喜，前方是一面足有十米高的石堰！此处正位于薛家庄与红旗水库之间的落差处，高耸的石堰上方是另一块玉米地，而除此之外，两面全是陡峭的山坡！

薛庆山高吼："站住！"

对方果然站住。

薛庆山再吼："蹲下！你跑不了了！光天化日之下敢拦路抢劫？快给我抱头蹲下！"

对方大口喘着气，突然开口瓮声瓮气地问："大哥，我不抢了，你放我走行不行？"

"不行！"薛庆山喘气声比对方更粗，"你快累死我了！想走？"

"我给你钱行不？"

"不行……多少？"

"二百。"

"先拿来！"

"说好给你你放我走？！"

"你先拿来！"

对方右手一挥，两张叠成三角形的老人头朝薛庆山飞来！

薛庆山本能一躲，见果真是钱，正犹豫时，忽听对方一个转身，"噌"的一声抓住堰顶，双脚一蹬，单脚一搭，眼看竟要翻上石堰！

薛庆山大吃一惊！他绝没想到这人连助跑都不需要，原地起跳竟能翻过十几米的石堰！

薛庆山发出震天般的一声怒吼："下来！"猛奔几步，上前蹬住堰壁，身子顺势向上一弹，双手已抓住对方的一只脚！对方身体一抖，站立不稳，向后一滑，眼看就要仰面跌下石堰，不料慌乱中反手一抓，竟又薅住了一根玉米棵子！

薛庆山死死拉住对方的脚想与其对峙，不料手中一松，自己先后仰着跌下堰来！情急中薛庆山凌空一个鸽子翻身，手臂先落地摔入一片杂草丛中。

对方趁机立即消失在上方的玉米地里。薛庆山恼羞成怒，再看手里，那是一只破旧的散发着浓臭的"金星"牌运动鞋。

14

薛庆山急急走进院门，和抱着柴火的大嫂迎面撞个满怀。

"呦！三兄弟你怎么才回来？这是怎么了？"大嫂被薛庆山的面目吓了一跳。"摔沟里了？快去洗洗！"

"大哥呢？波子呢？！"

"你大哥上坡还没回来，咋着，有事儿？"

"波子呢？！"

"在里屋睡觉，咋着了到底？三兄弟？！"

"没事儿，我在水库边睡着了，回来时摔了一跤！"

"那快进去洗洗！我刚摊完煎饼，你大哥一回来就炒菜吃饭！"

薛庆山从裤兜里掏出一只破鞋来，让大嫂看："大嫂，你看这是谁的鞋？"

大嫂本想放下满怀的柴火再说话，见了薛庆山手里的鞋随口说："波子的啊，怎么了？一双破鞋，早就该扔了，波子没舍得扔，我也没给他刷！"

薛庆山竭力使自己镇静："没事儿。他那么大了，以后让他自己刷。"

说完，薛庆山就往里走，"大嫂，我去卷张煎饼吃，薛家庄我唯独就爱吃你摊的煎饼！"

"尽管吃！临走我给你包一包袱！"

薛庆山跑进薛波住的西屋，用脚"砰"的一声踢开屋门，眼前的情景让他目瞪口呆！薛波躺在地上，口吐白沫，两腿剧烈地抽搐，屋子里全是农药味！

薛庆山大脑轰地一下炸开了似的，急忙抱起薛波就往屋外跑！大嫂望见他俩的背影，以为他们爷俩又在闹着玩儿，远远喊了声："你爷俩少野一会儿！我马上就去炒菜！"

车仍停放在村头薛庆川的院子前，薛庆川老远见了薛庆山叔侄俩问："天晚了，干啥去？"薛庆山来不及答话，将薛波塞进车后座，呜呜地发动起车子，横冲直撞了出去。

薛庆川在汽车尾部嘀咕了一句："开车总是那么毛！"

薛庆山开车下着盘山路，脑子里乱成了一团麻。

波子为什么喝农药？他是否就是刚才妄想刺杀自己的凶手？！是否就是强奸丽丽的真凶？！

波子是大哥的儿子！是他们薛家唯一的一根独苗儿！是自己的亲

侄子！又是村里第一个考出去的本科大学生！

——不管波子是谁，到目前为止拯救他的性命最为要紧！波子若是就这样死了，那他薛庆山一定会内疚后悔一辈子！

夜，彻底地黑下来。

薛庆山想起昨天同一时刻，他也正奔波在这条山路上。送往乡医院的人，一个是他魂牵梦绕了多年的女人的女儿丽丽，另一个是他从小关心疼爱视同己出的亲侄子薛波。

薛庆山的思绪像远处渐渐依稀可见的灯光一样飘摇无序。猛然间，车厢后座上有个声音清晰地响起来："三叔……你带我去哪儿？"

这声问话，一字一句，清清楚楚。音量虽不大，却似一串惊雷在薛庆山耳边悄然炸响！

薛庆山毛骨悚然，立即起了浑身的鸡皮疙瘩，右脚下意识一个急刹车，汽车首尾在山道间尖叫着对调了个个儿。薛庆山猛地回过头来，见薛波正双眼通红、满脸泪痕地望着自己。

"三叔，我们去哪儿？"

"医院！"

"别去了，我没喝药……"

"你！你有毛病？！"

"是我要杀了你……"

"真是你？波子？！……"

"……"

"你想杀我？你想亲手杀了你三叔？！"

"……"

"你混蛋！你……"薛庆山喉咙里似乎被什么噎住了，浑身剧烈地哆嗦，"你给我滚下来！"伸手便去拉薛波的衣领，一把就将薛波推出车外。

"跪下！"薛庆山怒吼，"给我抽自己！"

"抽！使劲儿抽！！抽死！！！"

"我今天就让你死在这里！"

薛波用手狠狠地抽着自己，薛庆山一把推倒薛波，脱下自己的警用皮鞋照准薛波劈头盖脸地砸去，"我今天就砸死你这个畜生!!……"

薛波被锹翻在地，随着下坡的地势翻滚着、号叫着。

两个人在巨大的下坡上跌撞翻滚，薛庆山跟跟跄跄追赶，薛波越滚越快。薛庆山边赶边吼："你给我停下！停下!!"

突然，薛波在下滚途中双手使出一个斜撑，立即减小了下滚的惯力，使整个身体在斜坡上站了起来！

"你杀了我！你杀了我！你来杀了我吧！"薛波狂吼着，嗓子霎时喊破。

薛庆山一惊，转而更加恼怒："好啊！爹妈出钱叫你练体育，你练成杀人犯了！我今天非除了你！"说完扔掉皮鞋，顺手捡起一根树棍朝着薛波狠抽过去！

"你打啊！"薛波一动未动，闭了眼静等棍子抽上脑袋。

木棍夹风带响横抽过来！擦着薛波头皮"嗖"的一声飞了出去。

薛庆山拼尽全力将木棍扔进了山下的红旗水库，"为什么?！波子，你给我说你是为什么?！"

"不为什么。"薛波冷冷地回答。

"因为你是个强奸犯！"

薛波微微地抬起头来，眼睛里流露出了恐惧。

"你都知道，还问什么？求求你三叔，把我带走吧！"

"别叫我三叔！你猪狗都不如！"

"我是猪狗，三叔，要不你就杀了我吧，彻底让我解脱了吧?！求求你了……"

"你想得美！我没这个权力，你等着坐牢吧！畜生！"

薛波双腿一软，突然仰面栽倒在土坡上。

薛庆山也颓然一歪，躺倒下来。

良久良久，山梁间只有呼呼的夜风穿梭呼啸，很有些凉意。

薛庆山慢慢地坐起来，缓慢地挪倒薛波身边，用手捅捅他："起来！起来！波子？波子……"

薛波突然睁开眼睛，说："我喝的是肥皂水，死不了。你把我毙了吧，三叔……"

薛庆山在薛波身边躺下："告诉我，你腋下的伤口是不是被人咬的？小刘庄的丽丽是不是你强奸的？"

"是。"

"你想杀我就是为了灭口，害怕我会追查你、发现你？"

"是。"

"这一切都是真的？"

"是。"

"不是！你撒谎！"

薛波有点儿意外地回答："我没说谎，这一切全都是真的。"

薛庆山说："强奸和杀人，傻子都知道有什么区别！因为失足强奸了一个女孩儿，就要杀害自己的亲叔叔灭口？波子，我不信。除非，是因为别的事儿！"

薛波说："没有！这没什么讲不通，这就是全部事实！"

"全部事实？"薛庆山冷笑着说，"换了别人可能我还信，可你是我看着长大的！你今天必须说实话，究竟为什么事你要杀我？"

"三叔……我错了！你能饶了我吗？我真知道错了……"薛波浑身颤抖，"我不是真想杀你，我脑袋一热就冲出去了，我根本不想杀你啊……我对不起你！三叔！……"

"那你对我说实话！"薛庆山疯狂地摇着薛波的头问，"你给我说实话！"

"是我爹干的……是我爹强奸了刘丽丽！"薛波终于放声大哭。

15

薛波的话，无疑又像一根重棒再次狠狠抽在薛庆山的头上。

根据薛波供述，当时薛波是跟着薛庆林去小刘庄配猪。小刘庄庄尾有户人家，近年买了两头上好的种猪，喂养时间短、上膘速度快，名声响得很。远远的农家养猪户经常来此给猪配种。

薛波跟着薛庆林赶着猪往小刘庄走时，天已快晌午，为了赶时间，避开人家的"饭点儿"，他们径直穿果园抄近道往那户人家赶。中途薛波忽然想大便，实在憋不住了，找了处旮旯就蹲下，可一等解完，才发现没带手纸！

薛波提着裤子低着头，远远近近找了好几块滑石才擦好屁股，直起已经发酸的腰。因为低头在果园里转了好几圈，薛波头有点儿迷糊，一时找不到正路，正犹豫时忽然发现父亲薛庆林就在前边不远处跪着！

薛波感到好奇，没出声，慢腾腾地走过去。不料薛庆林突然站起身，向着果园外急跑出去！薛波这时瞪眼往地上一看，吓得差点喊出来！地上躺着的，竟是个衣不遮体的昏迷少女！他竟然还认识，正是和他在同一个学校念过书、比他矮几级的刘丽丽！

薛波直觉气血上涌，他没想到自己的父亲竟做出这种丑事来！他慌忙蹲下身子为刘丽丽盖好衣服。可哪里会想到刘丽丽突然从地上诈尸般醒来，拼命咬住了他左边腋下！薛波疼得直出冷汗，但又丝毫不敢吱声，顺手抓起地上一块黑布，用力蒙住刘丽丽的眼睛，另一只手则使劲儿封住她的嘴巴，直到刘丽丽再次昏了过去……

后来，薛波跑出果园才发现，自己手里头还拿着那块黑布，仔细一看，竟是个能遮到下颚的头套！

薛庆山将信将疑："当时周围还有没有其他人？"

薛波非常肯定地说："没有。果园很静，没有其他人。"

"那你解手用了多久？"

"大约十分钟左右，找石头又用了得三五分钟。"

"波子！"

"嗯？"

"咱回去，今晚的事儿谁也不许再提了！"

"三叔！"薛波热泪长流，"你能不能饶了我爹？他养我、供我上学，已经操碎了心！求求你放了他……都是我有罪，敢拿刀子要杀你……你要抓就抓我吧！"

"你给我听着，波子！谁作孽也逃不了！你的孝心尽错了地方！

敢和你三叔亮刀子？你的事儿我可以不再提，你爹的事儿你就别操心了！一切我自有打算！"

"三叔！求求你！求求你了！……"

"别说了！如果真没你的事儿，你就赶紧离开这个家！越快越好！离开薛家庄，去上你的大学！"

薛庆山拉上薛波开车往回返，脑子里谜团紧簇，久久缠绕不散。

薛波的话到底是真还是假？看样子很可能是真的！

然而以大哥薛庆林的为人，能否会突然去强奸一个未成年的少女？薛庆山实在不敢想象。凭他们多年兄弟之间的接触感觉，薛庆林应该不会是这样的人！

薛庆山对强奸丽丽的凶手恨之入骨，可万万没想到自己的大哥和亲侄子都扯了进来！并且很有可能就是那个令人发指的犯罪嫌疑人！

回到薛家庄自己该怎么面对大哥？该使用什么语气来问这件事？如果大哥能证明自己清白，那就是薛波在撒谎！但假如他当即低头认罪，那多年的手足必将一朝反目，势不两立！

大哥能承认吗？他能证明自己吗？

他一定能！薛庆山心中的大哥绝不是那样的人！

剧烈的颠簸间，脸上沾满泪痕的薛波已在副驾驶上沉沉睡去。薛庆山的心却始终难以平静。

窗外，蛐蛐儿又开始了新一轮的奏鸣狂潮。

16

刚一进门，薛庆山就闻到一股扑鼻的酒味儿。再向昏暗的屋子里看，大哥明显已经喝多了，脸色深得赛过树上的红枣，大嫂则垂着头在一边抹泪。

薛庆山牙关一咬，将缩在身后的薛波拉出来，猛地一把推出去，薛波踉跄一下身子直接扑到了低矮的饭桌上！

大嫂吓得"哎呀"一声站起来，薛庆林却兀自坐着未动，被掀翻的茶水溅了个满头满脸。

大嫂战战兢兢地说:"三兄弟,你这是干吗?有话好好说,你们怎么才回来?"

这时薛庆林忽地站起来,将手里的酒盅"吧唧"一声摔得粉碎,截断老伴的话怒吼:"怎么才回来?我看回来得太早,本就不该回来!"

薛庆山疑惑道:"大哥?"

薛庆林喷着酒星子吼:"你别叫我大哥,我不是你大哥!"

薛庆山似乎意识到了什么,刚要开口,就听薛庆林说:"波子你和你娘先出去,我有事儿和你三叔谈!"

薛波似乎等的就是这句话,没等父亲把话说完就已经拔腿跑出了屋子。薛庆山捕捉到了大嫂临出门前眼神里闪过一道冷漠和绝望。

薛庆山的心脏似乎"嘣"的一声碎掉了,他忽然意识到:这个原本温暖可亲的家,很有可能马上分崩离析,而他就是这一切的"罪魁祸首"!

薛庆林依然黑着脸,声音却陡然变得软绵无力:"庆山,找个地方坐下。"

薛庆山凄然说:"大哥,要不要我给你跪下?!"

薛庆林说:"哪里话,应该下跪的人是我。这件事发生在咱们家,是老天爷对我的惩罚,可惜连累了你!"

薛庆山眼眶潮湿:"大哥……咱兄弟你别这么说。"

"本来我以为能躲过去,可是这种事儿怎么能躲呢?伤天理啊!"

薛庆山心里彻底凉了下去,他想不到大哥会这么快就向自己坦白。

"大哥,有什么话就痛痛快快地说出来吧……"

"说!我都说!既然躲不过去,就得接受惩罚!但我绝没想到来惩罚咱们的人居然是你,是我的亲兄弟!"

"……"

"我和你大嫂心急火燎了半个月,愁得整夜睡不着觉,不是愁学费啊兄弟!是愁波子!我们连死的心都有啊!一心想瞒过去,想逃过去，没想到你回来就是为了查这事儿！"

"愁波子？我查这事儿？"薛庆山心里一惊："你说的什么事儿？你怎么知道的？"

薛庆林抬起头，已是满脸泪水，眼神里竟突然透出了一股如同大嫂一样的冷漠与绝望，"庆川什么都跟我说了！"

"庆川？他跟你怎么说的？"

"庆山，你就别和你大哥绕圈子了，我都认了！我都认了还不行吗？！庆川去小刘庄接他那口子，早听说你去了小刘庄，去的谁家我就不用再说了吧？"

薛庆山向前一把薅住薛庆林说："大哥，既然你都知道了，你就一五一十地把事情说明白！说出来不就痛快了吗？！"

薛庆林的眼泪像止不住的洪水，眼睛红得似要滴出血来。但紧随其后，他爆发出了一阵冷笑："到了亲兄弟查自己的份儿上，我还能不说？我全说！"

17

"都是波子造的孽啊！这个畜生！"薛庆林此话一出，再次将薛庆山推入雾里云端。

"大哥，你慢点儿说。"薛庆山搀扶着痛哭流涕的薛庆林坐到床沿儿上。薛庆林继续哭诉着："都是我没教育好这个孩子，让他做出了那么伤天害理的事情！我后悔啊……"

"那天我拉着波子去小刘庄配猪，中间从刘化真家的果园里穿过，没想到波子骗了我！他说半道上去拉屎，谁知他是去祸害了刘化真家的闺女啊！"薛庆林悲愤欲绝，胡子眉毛上全都是眼泪，薛庆山看在眼里，更大的疑惑却埋在心里。

"你怎么知道是波子干的？你看见他祸害人家了？"

"不是亲眼看见，你以为我能往自己儿子头上扣屎盆子吗？就是我亲眼看见的啊！"

"你都看见什么了？说得仔细点儿！"

"波子去拉屎，半天没跟上来，我恐怕他迷了路，就返回头去找……谁知道他听见动静几步就跑开了！我跑过去一看，却见那闺女光着身子躺在地上……我当时的感觉就好比天塌了一样啊……"

"照这么说，你还是没亲眼看清楚是波子干的……"

"咳，要是我真没看清楚也就罢了……我说死……也不能相信这种事儿真是波子干出来的！我往波子跑的方向追了一会儿没追上，心想不能就这么走了，得快回去给那闺女穿上衣裳……可我万万没想到……等我回去正好又看见那个畜生压在人家闺女身上！起头我想喊，但我看见波子把那闺女生生捂死过去了！我心想一定是波子想杀了人灭活口啊，可他不知道这一切都让他老子我都看见了……我真是被吓破了胆儿了，你说他怎么敢这么样做啊？老天爷……"薛庆林哭得一抽一抽的，声音不时被连串的咳嗽打断。

"那闺女没死，发了好几天高烧……"薛庆山一脸沉重地说。

"我知道，庆川都和我说了。我没想到消息传得那么快，她一报案你们就下来了！看来老天爷有眼说得一点不假啊！"

"她们家没报案。"薛庆山话一出口，一下子就后悔自己太冒失了！果然，薛庆林听了，立即仰起满是泪痕的脸问："三兄弟，事到如今就真没有办法了吗？她们没报案，只要能让波子出去念大学，叫我死我也愿意！咱多赔点儿钱行吧，三兄弟！？"

薛庆山眼含热泪："你有多少钱赔？那闺女一辈子的创伤你赔得起吗？大哥！咱不能掩耳盗铃、伤天害理啊……"

"呜呜……"薛庆林双手捂头，像个女人似的痛哭起来。薛庆山也跟着扑簌簌地垂泪，脑海里旋转着张叶芬那个破败的家、她那张柔软憔悴的脸、刘丽丽那种苍白空洞却又悲愤倔强的眼神，还有那身强体壮的波子、亲如手足的大哥，整个薛家、薛家庄……

若是这一切没有发生该多好！若是自己不报案就此压住是否就能把一切掩盖住？反过来若是自己执意追查凶手，就将亲手毁灭了这个家！一时间，薛庆山的胃又疼起来。胃疼早已是薛庆山干公安后的老毛病，可这一次疼，像是排山倒海，难以承受。

募地,薛庆山忽然惊醒,自己这是怎么了?事情真相还没有搞清楚,怎么就陷在人情里了呢?薛庆山想起了薛庆川那些关于警察是狗的调侃,同时用力狠压自己的肚子,表面上是想减轻一下胃痛的折磨,可实际上他正艰难地下着痛彻心扉的决心。

"大哥,你肯定你说的是实话?波子真的祸害了刘丽丽?"

薛庆林已经哭干了眼泪,嘴唇哆嗦着,许久说不出话来,终于说出一句,却更加坚定了薛庆山追查下去的信心。

薛庆林说:"你看着办吧,我不怪你……"

薛庆山走出昏暗的屋子,屋外的夜色浓得像化不开的冰。薛庆山大步走向薛波已经亮起电灯的西屋。一进屋,薛庆山就看见大嫂整个人趴在床上,头被被子蒙着,却依然掩盖不了那扭曲的哭声。

薛波坐在床沿上呆若木鸡,两只眼睛直直地望着地面,只流露出冷漠的神情。

"波子,你站起来,跟我上堂屋。"薛庆山小声朝薛波说。

薛波似乎没听见一样,仍然坐在原处发呆。

"波子,你听见了没有?起来!"薛庆山走近薛波。薛波仍是未动,像是睡着了,又像傻了。

薛庆山一怒之下上前抓起薛波的衣领就将人拽起来,他本想聚了劲儿将薛波像拖木头一样拖到堂屋里去,没想到大嫂突然从床上爬起来,从薛波后面用力地推搡着吼着:"波子你快去!快叫你三叔把你和你爹一块儿枪毙了算了!我也不活了!"

有了大嫂的一臂之力,薛庆山拖起薛波就往堂屋里走,上门阶时薛庆山一使劲儿竟将高高大大的薛波提离了地面!

可堂屋里的场面立即叫薛庆山失声吼叫起来!

屋子里弥漫着再熟悉不过的农药味儿,薛庆林口吐白沫倒在地板中间一动不动,两只眼睛瞪得奇大,似乎要撑出眼眶子外。

薛波"扑通"一声跪倒在父亲身边,高声哭喊:"爹!爹!……"大嫂闻声从西屋里跑进来,见此情景身子一歪顿时昏死过去。

"快送医院!三叔!"薛波没命地叫着。薛庆山则将大哥的身子翻转过来，用力挤压，同时高喊："快去端肥皂水！快！"

薛庆山拼尽全力才终于扒开了大哥的嘴："快，往里倒啊！"薛波端着一大碗肥皂水往父亲嘴里倒，可似乎一切都晚了，肥皂水很快又从他嘴里流了出来。

薛庆山猛掐薛庆林的人中。

薛波猛压父亲的腹腔。

薛庆林丝毫未动。

薛波歇斯底里地晃着薛庆山问："怎么办，三叔？怎么办？快送医院啊！快啊，三叔！"

薛庆山失魂落魄地一下子瘫倒在地上，说："你爹没了……没了……"

18

从县医院停尸房里出来时，天已经放亮了。

薛庆山站在医院门前木然地抽着烟，眼前是一个熙熙攘攘的早市，人来人往，叫卖连天，薛庆山看着看着眼泪再次止不住地流下来。

大哥的死是想让自己停止调查！是想自己让给薛家留下最后的颜面！可是，这行得通吗？别说大哥自己说服不了自己一死了之，他薛庆山能这么蒙着眼睛骗自己吗？受害人即使不是自己旧爱的女儿，换做是别人，他也照样会坚持下来。

发生了这么多事，薛庆山却越发坚定了信心：一定要把事情查个水落石出！他决定立即将薛波和所有相关证据带回局里。虽然大哥薛庆林猝然去世，但有关丽丽被强奸一案的疑团仍然沉重地压在他心上。

面对着眼前的嘈杂，薛庆山狠狠摁灭烟蒂，返回病房。

薛波却正在走廊里等他。

"你娘醒了吗？"薛庆山盯着薛波问。

"醒了，刚打了镇静针。"

"那咱们走！跟我回去把事情彻底说清楚，你娘这里我叫你婶子来照顾。"

薛波突然抬起头来，两眼流露出一股狠劲儿："三叔，到现在你还不相信我？"

"我相信你爹！"薛庆山盯着薛波，一字一句地说。

"我发誓我真没碰刘丽丽一根寒毛！"薛波咬牙切齿地说。

"没用，波子，你跟我回去把话说清楚！难道你想让你爹死不瞑目？！"

"可我当时真的看见他在刘丽丽跟前！"

"可你爹说看见你在她跟前！"薛庆山愤怒地吼完这句话，忽然发现这两点似乎并不矛盾！

是的，薛庆林看见薛波在刘丽丽跟前，而薛波看见薛庆林在刘丽丽跟前，这似乎并不矛盾！会不会这里面有一个时间差的问题？毕竟谁也没有亲眼看见对方正在实施强奸！

这种想法闪电一样划过薛庆山的脑海，难道这案子中，还另有其人？薛庆山浑身渗出了一层冷汗。

难道，有人在大哥和波子到来前实施了犯罪？而波子或大哥的突然出现惊走了凶手，随后他们爷俩在案发地点相互兜了一个圈子，彼此都看到了对方，于是误以为对方就是那个凶手？

"波子，你好好回忆一下！当时果园里除了你还有没有别人？"

"没有……不知道。"

"是真没有？还是不知道？"

薛波开始犹豫不定，一时间又有些发愣，似乎努力使自己重新回到"噩梦"里去，"我真的想不起来了……"

薛庆山抓起薛波的衣领逼问道："想不起来你也得给我想！否则你就等着进监狱！"

薛波木然地盯着薛庆山，突然放声大哭起来！薛庆林死的时候薛波甚至都没有来得及号啕大哭，可在这一刻，薛波哭得天昏地暗，整座医院里都回荡着他撕心裂肺的哭喊。

薛庆山松开抓住薛波的手,他知道此刻不能再逼这个孩子了,否则他说不定会发疯。薛庆山在薛波的痛哭声中薅住头发蹲下来,开始陷入痛苦的思考,几天来的所有事情在他脑海中颠来倒去地重放。

猛然间,他似乎记起了什么,兴奋地大喊:"头套!头套!波子,你用的那个头套是哪儿来的?"既然是有预谋的犯罪,那么那个黑色的头套一定有着非比寻常的意义!

"不知道,是我在小刘庄果园里捡的……"

现在,薛庆山清醒地认识到,查清楚那个头套的来历才是最关键的!

薛庆山望着眼前痛哭流涕的薛波,突然悲从中来,一把将他紧紧地抱在怀里,"好孩子,咱们等着你娘醒过来……"

薛庆山本想打手机将妻子马瑞敏叫过来,但转念一想,暂时打消了这个念头。他紧紧搂着薛波一道去车里拿来了那个黑色的头套,然后就一起静静守候在病房里,生怕再有一丝一毫的疏忽,从而引发新的灾难。

一个小时以后,薛庆山听到大嫂痛苦地呻吟了一声,接着吃力地翻身并睁开红肿的两眼看着他。薛庆山慌忙一步跨上前,说:"大嫂……你不要紧吧?"大嫂不答,只是痴痴地望着他,眼神中没有焦点,一片漠然。

"大嫂,你好好看看这个头套你见过吗?"薛庆山焦急地问道,"你看清楚,你认得这个头套吗?你说啊,大嫂……你不说难道要让大哥白白死了吗?"

薛庆山看见大嫂的眼里很快又蒙上了一层厚厚的雾。接着,止不住的眼泪再次流了出来。她瞟了一眼那个头套,忽然冒出一句话来:"这种布,全村上下只有她们家里还有……"

大嫂的这句话既像梦呓又像自言自语,声音微弱,却听得薛庆山心惊肉跳。

"到底是谁家里有?大嫂……你说清楚,只要你说清楚我就能还大哥一个公道!"薛庆山哽咽着说。

"公道?"大嫂眼神里突然有了内容,那是一种恨之入骨的熊熊燃烧的烈焰，"是谁逼死了你大哥？又是谁拆散了这个家……"

薛庆山扑通一声给大嫂跪下，"嗵嗵"地磕起头来！他经不起大嫂这么一问！

病床上的大嫂却倏地拉过被子将头蒙住，全然再不理会薛庆山了。

"娘！"薛波长叫一声扑向病床，紧紧抱住母亲。

屋子里哭声响成一片。

忽然，薛庆山在混沌中听见大嫂吼了一句话。尽管隔着厚厚的棉被，但他还是听清了从大嫂嘴里吼出的那个名字。

19

几天内连遭骤变，即便大嫂喊出谁的名字薛庆山也不该再感觉吃惊了，可那三个字仍然使他打了一个冷战。他觉得如果不立即找到这个人问明白，自己就要倒下去永远也起不来了。

薛庆山打电话叫妻子马瑞敏火速赶来医院，这个时候恐怕也许只有她才能让他彻底放手去做最后一搏了。想到此处，薛庆山不禁对妻子有种深深的负疚感。但他实在来不及多想，妻子一到，他甚至连事情的来龙去脉都没交代就拉起薛波重新发动了车子。

手一摸到方向盘，薛庆山的思路渐渐开始活跃。风驰电掣中，他心里的疑问也像春天山上的积雪一样开始消融。

薛庆山在县公安局门前停稳了车子，从车前工具箱里掏出一副手铐，转头面向车后座的薛波说："来，自己戴上！"薛波迟疑地回答："我不戴！"话音未落，薛庆山已经强行拉过薛波的双手，"咔嚓"一声给他上了手铐，"你老实待着，波子，只要不是你做的，我会给你解开！"

随后，薛庆山将张叶芬亲手交给他的那块卫生纸送到刑警队化验，然后简要向大队报了案。做完这一切，他重新发动车子载着薛波径直奔向薛家庄。

薛家庄的路虽比小刘庄宽些，但能让桑塔纳轿车调头停放的地方也只有薛庆川家的院子。薛庆山将车停稳，转头望着薛波说："波子，你给我在车上老实待着，我下去办点事儿，记住，如果半个小时之内我还回不来，你就打电话报警。"说完，薛庆山把手机撂下，给薛波打开了手铐。"但你要有事儿瞒着我想跑，让我抓住你……"

"放心吧三叔，我以我爹的名义发毒誓，你叫我怎么着就我怎么着！"

薛庆山"砰"的一声摔上车门，径直朝院子深处的篱笆门走去。

篱笆门没关，里面传来骨碌骨碌磨磨的声音。薛庆山冲着那个声音喊了一嗓子："庆川！"

"呦，三兄弟，还没走？"薛庆川正和老婆推着磨。

薛庆山说："听不见我的车响？"

薛庆川老婆笑着说："俺们又没有坐过高级轿车，知道啥叫车响？"

薛庆山说："我问薛庆川！"

薛庆川老婆说："说话像放炮似的，兄弟俩怎么回事儿？"

薛庆川朝老婆说："你推你的磨，别瞎掺和。"

薛庆山说："咱屋里说去？"

薛庆川说："什么事儿在这说就是，你嫂子又不是外人！"

薛庆山说："我就是非要和你见见外！"

薛庆川老婆笑："今天真是活见鬼了你俩。"

薛庆川说："庆山，到底什么事儿？我忙着呢！"

薛庆山说："你进来不进来，还不让我喝口水了？"

薛庆川说："叫你嫂子给你倒，我把这点玉米糊糊推完！"

薛庆山说："这么勤快还叫嫂子织老粗布穿，你看她的裤子像啥？"

薛庆川老婆抢白说："我推我推！你们进去聊，兄弟俩动不动就发神经！我织老粗布多少年了，庆山你埋汰我做啥？别人不愿意穿，我就喜欢穿！"

薛庆山抢先一步迈进了屋里。等薛庆川一进来，抬起右胳膊就将他逼到墙角。

薛庆山狠狠地发问:"为什么做见不得人的事儿?"

薛庆川一脸迷惑:"庆山别胡闹,怎么回事儿?"

薛庆山说:"有脸问你的学生去!"

薛庆川问:"谁?到底怎么了?"

薛庆山一字一句地说:"刘丽丽。"

薛庆川说:"她不是我的学生,毕业了!你放开我……"

薛庆山冷笑:"那么好的学生都不敢认,禽兽不如!"

薛庆川脸膛发红:"我做什么了?你疯了?!"

薛庆山:"现在就老老实实跟我走,咱们还是兄弟,不然别管我翻脸不认人!"

薛庆川大急道:"你有什么证据?有本事你拿出我糟蹋她的证据来?!"

薛庆山怒火中烧,说:"我还没说她叫人糟蹋,你是怎么知道她被糟蹋了?"

薛庆川脸色煞白,说:"我听你嫂子说的!我去小刘庄接她时听说的!"

薛庆山问:"听谁说的?"

薛庆川汗如雨下,说:"我告诉你干啥?你审问犯人去,别来问我!"

薛庆山猛一转身,再次用手锁住薛庆川的脖子,说:"你真不要脸我也不给你脸了!告诉你,你丢下的头套上有你的头发和精液!"

薛庆川语无伦次地说:"不可能,没有……你胡说八道!"

薛庆山掏出手铐,说:"你敢再叫,别怪我不客气!"

薛庆川忽然身子一瘫,说:"我求求你三兄弟,别给我戴手铐……"

薛庆山说:"那你自己出去,上车!"

薛庆川说:"庆山,我给你跪下!求求你饶了我……"说着身子一沉就要跪下,薛庆山却死死锁着他的咽喉不让其往下出溜。

"饶了你！那我大哥呢？他死了你知道吗？你还他一命来！你简直猪狗不如……"

薛庆川的老婆在外大喊："兄弟俩又吵啥？吃饱了饭撑的呀！"

薛庆山说："你不走，我喊一声，外面派出所的人一起进来你信不信？你到底走不走？"

薛庆川头耷拉下来，说："你放开我，咱俩说着话往外走。"

薛庆山松了手，装起手铐，说："这是看在往日兄弟的面子上，你快走！"

薛庆川抬脚出了门，不忘嘱咐老婆："我和三兄弟出去有点儿事儿，你悠着点儿干……"

薛庆川的老婆说："又上哪儿疯去？少喝酒！"

薛庆山说："嫂子你放心吧，有我看着他呢。"

俩人说着走出篱笆墙外，薛庆川忽然趁薛庆山不注意拔腿就跑！薛庆山在后面紧追不放。眼看薛庆川跳过几道石堰就要跑远，却突然直挺挺地栽倒在地上。

随后，薛庆山就看到了从路边草垛里跳出来的薛波，手里紧攥一根手腕儿粗的木棍，两眼杀气腾腾。

20

三天后，薛庆山大嫂基本康复出院。薛庆山也正式回到县公安局上班。薛波人生中第一次乘坐火车，开始了他的大学生活。而薛庆川却身陷囹圄。

令很多人都大吃一惊的是，刘丽丽一案的破获，不但为刘丽丽一个山村女孩雪了耻，更先后引发了近二十名争相前来报案的农村女学童。她们声称此前竟都曾经遭受过薛庆川的糟蹋！经县公安局刑警大队民警深入调查，查明共有九名女孩曾遭受过薛庆川的强奸，其中还有一名因此怀孕堕胎！有八名被强奸未遂。

薛庆山去大哥坟头祭拜过了，又让妻子马瑞敏专门包了一顿饺子给看守所里的薛庆川送去。

那是一个阴云密布的黄昏，薛庆山让同事把经过详细检查过的饺子送进了监区，而他自己没有进去，一个人默默地站在高耸的红墙下，背对漫天狰狞流散的云翳，像一块沉默的石头，久久伫立无言。

那天，薛庆山回到家里时已经是傍晚，妻子马瑞敏心急火燎地告诉他，刚才二嫂打来电话，说二哥年纪一大把了，却执意要跟辍学的女儿一起外出打工。现在恐怕早已坐上了开往广州的火车！

薛庆山颓然坐在沙发上，脑子里想的全都是那个曾令他魂牵梦绕的村庄，那个生他养他、温暖热闹的老宅院。可是现在，那里除了茅屋断墙和空空的屋子，就只剩下一些年老孤独的女人。那里已物是人非，再也不会拥有先前喜庆的喧嚷和温暖的惦念，所有的记忆和情感都已黯然，只留下丑陋的疤痕和无法抹去的悲凉。

系列强奸案的破获，引起了全县的强烈轰动，局里正准备给薛庆山记功。可薛庆山始终无法高兴起来，这不仅是因为他再也没有地方可以讲述他的那些精彩曲折的破案经历，相反每一次回忆都将像枷锁一样让他濒临窒息。

况且，薛庆山心底依然觉得莫名的惶惑与不安。他还一直惦记着那对家徒四壁的母女，心中充满无法弥补的愧疚；也还惦记着送到市里然后递交到省里，最后有可能交由公安部查验审核的关键证据。

不知为何，薛庆山始终对薛庆川流水般的交代感到怀疑，而对那团卫生纸念念不忘。薛庆山在疲惫地等待，等待那个最终的结果。这种等待让他充满前所未有的忧愁和焦虑。

果然，那份化验结果出来了：卫生纸团上的精液是由两个人留下的。

如影随形

如我会见到你，事隔多年，
我如何贺你，以沉默，以眼泪。

——拜伦

1

有些创伤，莫名其妙。

比如那天，米臣一觉醒来，右腿钻心嗜骨的疼痛，让他狠狠惊出一头冷汗。

身为警察，米臣对这点伤情还不难判断：骨折。

米臣百思不得其解，他明明记得昨夜周末加班到了十点，临睡前还在房间里转了五分钟的呼啦圈，上网浏览了一会儿体育赛事新闻，最后是跟一个法国网友苏珊娜在 QQ 里互道了晚安才上床睡觉的。

这算怎么回事？

难道说，人在梦境里也能把自己弄残？

米臣自己做了一个夸张的鬼脸，依稀记起昨夜那个荒诞而冗长的梦来。

说实话，像他这样年纪的单身男人，做那样的梦也算正常生理反应。无非是几张浮动的妩媚的脸，几双摇曳的细长的手……在一座密密地开满了樱花的山间草坪上，和风轻拂，笑声不断，琴声悠扬，人在其间嬉戏笑闹追逐……突然，跑在最前面的一个女子失脚踩塌了石堰，米臣这才莽撞地冲进那副缱绻的画卷，伸手去救那个樱花一样美丽的女子。

可那女子看似婀娜，轻盈若一团雾气、一片花瓣，当米臣竭力抓牢她的手臂开始用力时，却突然变得青厉狰狞、重如千钧，细长的手指只是轻轻一勾，米臣便向着无底深渊惊恐地坠陷下去……其间米臣右腿狠狠磕上一块突出的鹰鼻岩，一阵凄厉痛彻的惨叫直冲云霄划破梦魇……

米臣就是这么惊醒的，下身竟然积有一团冰凉的糨糊。他晃晃昏沉的脑袋，感觉自己超级无聊，正要起身穿衣去冲杯咖啡，忽然右腿骨折的剧痛汹涌而至。

米臣不只是一名警察，而且是个靠头脑和尖端技术吃饭、从事特殊行务的警察。面临突如其来的创伤，又尴尬地躺在床上，他对自己的身体既疑惑又愤懑。

米臣吃力地拧转身体，用左手食指尖费力拉开床头厨最上格的抽屉，摸索翻找了大半天后，终于捏起了那张粉红色名片。

躺在床上，第一次拨打那串号码，一张秀美成熟的脸转瞬浮现眼前。

直到听到楼下的救护车响，米臣才恍然发现自己光顾着发呆，还没来得及清洗穿戴。他慌里慌张正往身上招呼衣服，就听见防盗门被清脆地敲响。

"米哥？米哥，开门！"

是她，就是她。

2

冯凯媛静静地坐在大落地窗前。

雪白色的窗帘随风飘扬，露出近在咫尺的海。

夜幕一点一点垂落，成群结队的海鸥在不远处咿呀低旋。

冯凯媛久久盯着自己光洁的脚背，抬起头来时眼眶里沁出晶莹的泪花。泪珠噼啪跌落，撞上光滑的木地板，晶莹剔透的粉碎折射出窗外明媚的月光。

冯凯媛是半年前，从这座城市一座医科学院毕业的。原本她是多么渴望走得远一点、再远一点，能考上一所名牌医科大学。可最终一切都未如人愿，似乎一切又都像命数天定。她考得根本不理想，较之平时或也大失水准。所以接下来的三年大专学习，冯凯媛根本没有全身心投入，尽管她已足够努力，成绩也足够出色，但这一切都离她想象的太远太远。

她甚至怀疑，如果后来没有方子曰的出现，自己还能不能坚持到毕业。

毕业那天，在医科院对面师大念中文的方子曰曾很认真地问她："媛，如果不打算考研，嫁给我好吗？我们一起远走高飞！"

冯凯媛站在校园深处的那棵大芙蓉树下，目不转睛地盯着方子曰，一直盯了很久很久，似乎用尽了全身力气。而后，眼光忽然软下来，倾斜在地，自言自语似的重复着："嫁给你？"

方子曰显然早已习惯了这样的旁顾和游离。他轻轻扳过冯凯媛的瘦肩大声回答："是啊，我养你啊？！"

冯凯媛笑了，朱唇轻启似初绽的樱红。她终于想起来她和方子曰一起看过的那部《喜剧之王》。周星驰对张柏芝就曾那么落魄而又认真地承诺过。

于是，她也同样认真地点点头。

她答应尽快嫁给他，他们一起去飞。

方子曰在那一刻兴奋得脸色橙红雄心不已。他真的太爱眼前这个美得不可方物的女孩儿了！爱她樱花般的娴雅，百合般的纯净，兰花般的质朴，蔷薇般的羞涩，茑萝般的忧伤……

对，尤其是那种忧伤。方子曰曾在日记里如此痴迷地描述："她虚无缥缈的忧伤，像时断时续的雨线，似如泣如诉的琴语，如漫天辉闪的星辉，注定将成为装饰我漂泊的一生中，最炫丽的幻象……"

新房很快就布置妥当，尽管所购是二手房，靠的是方子曰废寝忘食自由撰稿赚来的稿费，但一切对两个年轻人来说，生活已经足够丰美。

之后便是逛遍了大半个城市，他们精挑细选租借了十几款西装和婚纱。去公园里、铁道边，拍摄浪漫奢华的外景。

离婚期眼看还有三天的一个傍晚，方子曰最后一次跟酒店联系完毕，想想所有请帖确实都已分发出去，整个人忽然一下瘫倒进沙发里。

极度疲惫的方子曰本想迷糊一阵儿，可此时晾台上冯凯媛一直默默伫立的背影使他隐隐感觉不安，或者说此时此刻冯凯媛的沉默让他缺少把握，让他恍惚中觉得她对这桩婚姻还存有些许疑虑。

他小声呼唤她的名字。她听到略一迟钝，转过头来，却是一脸的明媚。"怎么，累坏老夫子了？"

"为人民服务！"方子曰俏皮地回答。然后，一把将走近的冯凯媛拉进怀里，用力抱住。在她耳边无限温柔地说："媛？我们就要结婚了，你就要永远永远属于我了，我好幸福。"

冯凯媛任方子曰紧紧地抱着，在他背后喃喃地应道："子曰，你真的会爱我一辈子吗？你有没有听过一个叫作'三天'的故事？"

3

晃动的背影、颠簸的车厢、浓重的福尔马林味道，以及窗外迅速穿流而过的街巷，这一切都让人恍然若梦。

米臣望着眼前那个白色背影，心里忽然涌起大片的感动。他索性再次闭上眼睛，回想起大概半个月前的那次初识。

半个月前，刑警支队的老领导吴支队给他介绍了一位姑娘，当时米臣手中正有几颗人头在忙，本不想去，可红娘毕竟是支队的头儿，又是接连第二次做媒，无论如何都不好拒绝。

米臣下了班匆忙赶回宿舍，洗浴、更衣、嚼口香糖，临出门前还特意喷了摩斯，皮鞋擦得铮亮。大有将约会当成一项政治任务来完成的架势。

可事情偏偏就有那么不巧。他早到那家"绿岛咖啡"五分钟，忽然接到队里的电话，有紧急任务必须火速归队！

米臣奔出咖啡厅，拦下一辆的士正要上车，却发现从车后厢里走下一位成熟稳重的姑娘。对方看见他，满脸歉意地刚要说话，米臣却已坐进了副驾驶。

可也就在这电光石火的一瞬，他们迅速读懂了彼此的眼神。那算是一种惺惺相惜的彼此倾慕和默契。米臣满脸遗憾地将头探出窗外，高声喊着："没办法，我有急事先走一步，电话联系！"而对方紧跟几步，将一张飘香的粉红色名片掷进车窗里来。

她叫邵紫……

米臣仍然是从一堆纷乱杂冗的脸面中醒来的，头顶是肃穆洁净的日光灯，周围静得出奇。一位中年浓眉男人见他睁开眼，迅速停下手中记录的笔，开始自我介绍："米警官，你醒了？我是麦卫东，咱们寰宇医院的骨科主治医师。你的病情虽然不重，但属于沉积性胫骨骨折，往后可不能掉以轻心啊。"

见米臣满头雾水，麦卫东继续解释说："感觉很奇怪是吗？不过咱们中国人不是有句老话嘛：千里之堤，溃于蚁穴。你的腿就算是一座再坚固的堤坝，长期的肌骨劳损也会在不知不觉中导致骨折！"

"这么跟你说，NBA总看过吧？你这伤就类似于姚明的沉积性脚踝骨折，看似没有任何直接诱因，却差点害他错失奥运会！所幸能及时发现，迅速手术，再住院观察一段时间，应该很快就能康复。"

难得听到这么通俗的详解，米臣心里敞亮了许多。他想坐起身来向麦卫东表示感谢，却感觉浑身软绵无力，直到低头看见那条被裹成粽子似的右腿时，他才恍然大悟，原来自己早在睡梦中接受了手术。

麦卫东一走，走廊里随即传来一阵"啪嗒、啪嗒"的清脆的高跟鞋声。米臣心头倏地漾起一丝甜蜜，很快就看到邵紫娉娉婷婷地走了进来。

"米哥，睡得还好吗？该打消炎针了。"

4

冯凯媛的故事让方子曰有些不以为然。

"一对热恋中的男女,还有三天就要正式举行婚礼,可新娘突然像人间蒸发似的消失了。

新郎发疯地找遍全城,却始终没有新娘的半点消息。

一天、两天、三天,三天过去了,正当所有人都一筹莫展、婚礼即将被迫取消时,新娘回来了。

新娘的出现,让所有知情人长舒一口气:人安全无事,婚礼终于能如约举行。然而令所有人大跌眼镜的是,新郎毫不犹豫地选择了分手。

原因是:新娘死也不肯说出她消失的三天究竟去了哪里、做了什么。"

冯凯媛淡淡地讲完这个故事,疲惫地趴在方子曰肩头,像头忧伤的小鹿。方子曰只沉默了一小会儿,就咻咻地乐了。

方子曰用滚烫的嘴唇频频啄着冯凯媛的额头:"媛,你以为我真有那么傻?爱一个人,当然要给她想要的自由,而且还要无条件地信任,只有自由和信任才是爱情最坚固牢靠的根基。你尽可以放心,从今往后无论你干什么我都无条件支持,做你永远坚不可摧的后盾!"

冯凯媛听了摇头笑笑,拿手点划着方子曰的脑门:"你这个青年,什么时候也学会油腔滑调了?咱们婚期还有几天?"

"不多不少,三天整。"

"那我们现在一起默数倒计时吧?"

"嗯,好啊!"

"三(三)、二(二)、一……"

突然,冯凯媛尖叫着从方子曰怀里跳起来,嘴中喊着:"蛇,蛇,蛇!"

方子曰倏地转过身去,见屋子一角正有团黑乎乎的东西乱攀乱爬，立即起身冲过去，一把提起那团滴溜溜乱颤的家伙笑着说："媛媛，你胆儿也忒小了吧？是风吹的，这是我刚从超市里买来的防蚊草！"

5

有邵紫在，米臣的住院简直就像难得的休假。譬如能经常吃到各种时鲜水果，能看到琼瑶、岑凯伦或者福尔摩斯大全，病床前除了同事先前带来的一些营养品，还被破例摆上了一簇青鲜欲滴的香水百合。甚至到了最后，麦卫东和邵紫干脆为他安排了单独病室，从此开始享受更高级别的诊治与呵护。

可米臣迫不及待地想出院。这一切都让他感觉很不安。

他不想让邵紫这样没完没了地照顾下去，堂堂男子汉又不是身患重症，怎能安心赖在床上持续他们间的默契？即使是邵紫心甘情愿，他也不想让那个浓眉大眼的麦卫东把自己看得太娇嫩。

再者，一想到手头上尚未竣工的人面肖像，米臣心里就开始发堵。作为全市乃至全省刑侦总队屈指可数的颅骨人面鉴定复原专家，米臣甚至为工作将恋爱的时间一延再延，毕竟但凡到了他手上的活可都是人命关天的大案！他简直一天也躺不下去了。

可没想到，院方意见正好相反。

尤其主治医师麦卫东的措辞更是有些咄咄逼人："米警官，你是警察，在看守所里你可以说了算；而我是医师，在寰宇骨科里只有我说了算！不让你出院，并不是限制你人身自由，我只是出于一名医生职业道德和良知操守来挽留你。如果你非要出院，你可以无视我们的付出，但你首先要对自己的身体负责，对有尊严的个体生命负责！"

话都说到了这份儿上，又见邵紫眼中暗含忧郁，米臣只好恭敬不如从命。

他开始拄着拐杖四处游荡。在这座二十二层的病房楼里，到处是形形色色的病人和充耳不绝的婴啼。不时还有一具具沉寂的担架被推往大楼的最底层去。

米臣很快也就发现,整座大楼里唯一可以自由抽烟的地方,就是最底层的太平间区了。去太平间抽烟?或许常人听来像天方夜谭,可米臣早已是个习惯跟死亡打交道的警察,这方面倒是有着得天独厚的条件。

抽着烟,米臣往往会陷入无边的沉思。一时间,眼前又开始活跃起那些纷乱杂沓的脸:有男人、有女人、有老人、有孩子、有标准的瓜子脸、有圆嘟嘟的阔脸、有狭窄的长脸、有慈眉善目、有凶相毕露、有温和安静、有伤残变态……

"叭",米臣中指一弹,手中短促的烟屁股在黑暗中划出一道微弱的光线,在碰到对面硬物时火花溅开。

米臣就是这时怪叫一声站起来的!浑身寒毛直立,后背阵阵窜凉。

烟头明明击中了一个人。

"谁?!"

空旷的底楼,只有惊恐的回声,一波波荡漾开去,久久不散。

米臣掏出手机来照明,一步步缓缓向前。终于看清的,竟是一具白森森的骷髅!骷髅凹凸嶙峋,布满积尘,体架虽不高大,然无声伫立在黑暗中,乍看之下令人毛骨悚然。米臣意识到那只不过是一具骷髅后,反倒有些自嘲。常年跟它耳鬓厮磨,他早就有了自己的一套经验,甚至还总结过一句在全支队里流传颇广的名言:"干咱这行的,不怕坟地里的鬼,倒怕人群里的人!"

或许出于职业的敏感,或许是因为太过无聊,米臣很轻松就记住了这具骷髅的样子,而且心中居然对它念念不忘。他尽快返回病房找出一把强光手电,再回底楼时用手机对着它就是一阵狂拍。

米臣反复盯着手机里的骷髅照片观察,一时竟兴奋得心痒难抑。他突然迫切地想知道,这具在医院里服务了十几年的骷髅标本,会是个什么样的人?背后又有着怎样的故事?

米臣兴奋地给同事打电话,他现在急需他那本带无线网卡的手提电脑!

随着照片在 Redsun、JH—D3ECS、Photoshop、2xcard 等专用软件的技术处理下，米臣很快就对骷髅完成了全方位的数据测量，然后是精细地比对描绘，随后又频繁从适合亚洲人种的人面颅骨库和五官库中翻寻、核查、勾画、上色，终于赶在黄昏来临前，大致完成了骷髅生前的相貌恢复。

米臣盯着屏幕中逐渐明晰的人面，先是感觉似曾相识，继而突然目瞪口呆！

6

冯凯媛离开的时候，正是子夜。

此时距离她和方子曰的婚期，还有两天。

她关了手机，一个人打车径直奔向海边。先是在一家宾馆客房的大落地窗前，久久地发呆，静静地流泪。然后在夜风中走出宾馆，徐徐步入海水，直到被奔腾的海浪抛起来，彻底吞噬。

良久，巨浪滔天的海面上浮现出一个黑点。那黑点越荡越近，终于靠岸。

冯凯媛艰难地从海滩上爬起来，任凭海风舔裹着丰满的身体，将衣裙吹成一面猎猎大旗。随后，蓦然转身，拔脚向着泛起鱼肚白的东方走去。

经过冰冷的海水一番近似狂轰滥炸般的洗礼，冯凯媛像变了一个人。她终于下定了决心。

墨镜、匕首、浓硫酸、氢氰酸咁，冯凯媛逐一整装完毕，开始一步步朝那个方向挺进。

最后，她打车回到市里。先是买了一束香水百合，而后来到那家檐壁上缀满了爬墙虎的"Double"西餐厅，找个临窗角落坐下，眼睛瞄向对面的寰宇市立医院。

从那一刻起，冯凯媛不断地续着咖啡，偶尔翻翻手边的菜单或餐厅简介。从清晨一直坐到日暮，像是无比耐心地等待一个朋友。她的气质是冰冷的、高贵的，这让西餐厅的女侍即使是在闲暇时也不敢放声高语。

冯凯媛选择在餐厅渐渐人满为患的晚间突然起身离开。

她戴上那副大方黑框墨镜，左手攥起那束香水百合，右手提一个绿色的帆布口袋，每往前走出一步，奶白色的高跟鞋都踩踏出清脆的有力的回响。

街灯将她的身影越拉越长。

冯凯媛熟练地拐进医院病房大楼，绕过装有摄像探头的一楼入口，从楼梯直接步行来到四楼，然后开始站在电梯门前等候。

电梯升上来，冯凯媛随人流涌入，隔着几条肩膀，她看到有人按了17楼。可是到17楼时，她并没有下，而是跟在几个中年妇女背后出现在了20楼。

冯凯媛站在冲着20楼电梯口的《手术室须知》面前，逡巡了足足五分钟后，徐徐转身开始从楼梯口往下走。

步行来到17楼骨科住院部，站在夜间人影稀落的长廊里，冯凯媛感觉胸口血脉贲张，两手臂青筋暴跳。

她缓缓向前探着步子，突然一个跨步躲进一侧的开水间内。与此同时，从她刚才站立的身后，走过来一个白衣大夫。

冯凯媛胸口怦怦直跳。隔着开水间的毛花玻璃，她看见那个男人径直拐进了9号病房。

7

米臣听到脚步声临近，迅速关掉电源将手提掖进被窝里去。

见是麦卫东两手端着托盘走进来，他略吃一惊。

"打针了，米警官。"

米臣笑笑，顺口调侃："怎么，麦医生今晚亲自下手？"

麦卫东或许认为受了嘲弄，有些不快："难道米警官非邵护士不打？"

"哪里，哪里。"米臣解嘲说，"有点受宠若惊而已，再说平时不都是你跟邵护士搭档吗？"

说话间，麦卫东已经完成了注射。

"放心米警官，明天一早邵护士就来向你报到，我们医务工作者可不都像你们警察那么只讲奉献不图回报。"

米臣无奈地点点头，示意麦卫东可以走了，他还想上网查点资料。可麦卫东手中的托盘还未收拾妥当，一阵疲倦像席卷的潮汐涌来，使他疲惫地倒头就睡。

闭上眼帘，米臣眼前立刻又跳出了那副他刚刚复原的骷髅人面。

真曾有过那样一个人吗？如果是真的，那该是怎样一个少女啊！———鹅蛋似的标致脸型，杏核样的大大的眼睛，鼻梁挺翘，嘴角微扬，看上去善良温柔安静从容，含羞带笑风华正茂，如果再配上当今的流行发型，活脱脱就是一位下凡的仙女！

米臣不得不承认，活这么大，他还从没在生活中遇到过这么完美的一张脸。

渐渐地，美女很快在米臣大脑中变得立体和生动：妩媚浮动的脸盘，摇曳白细的手臂……在一座密密地开满了樱花的山间草坪上，她冲他微笑、邀他嬉戏……突然，她失脚一下踩塌了石堰，米臣慌忙向其伸出手臂，那女子却倏忽化作一片花瓣、一团雾气……

米臣在一阵难忍的焦渴中竭力睁开厚重的眼幕，迷蒙中极度惊恐地发现：刚才睡梦中的女子，此时正挥舞着寒光四射的匕首向他猛冲而来！匆忙间米臣抬起右腿遮挡，一阵钻心裂肺的疼痛霎时让他陷入昏厥……

米臣再次恢复意识，窗外鸟鸣正浓。睁开双眼，墙上挂钟竟已走到了十点。正纳闷沉睡的时间反常，米臣起身却被一阵剧痛击中，低头间，他发现右腿已被重新进行了五花大绑！

"来人啊！医生！"米臣失声大叫。

邵紫闻声跑进来，满脸惊慌："怎么了，米哥？"

"我的腿……我的腿是怎么回事？！"又是一阵剧痛袭来，米臣的话音里充满了颤抖。

"别紧张，米警官。"麦卫东出现在邵紫背后，"我们也感到很奇怪，本来你这两天就可以拆绷带出院了，没想到早上查房时发现你的伤口突然扩大和溃烂，现在我们正在积极观察和全力会诊。"

这简直就是天方夜谭！

米臣充斥了一肚子的愤怒和疑惑想找人发泄，但忽然意识到这根本就不可能———难道自己又一次在梦境中遭受重创？

可这一次，分明就连医师也再不能给他合理的解释。

8

冯凯媛走进9号病房的时候，那个白衣男人刚刚完成注射。

冯凯媛斜倚门框，徐徐摘下墨镜。

男人警觉地转过身，一下子目瞪口呆！

"麦医生，多年不见，你还是那么勤奋？"

"你？你……是人，还是鬼？"

"麦卫东，不是不报，时辰未到，你作恶多端，我就是变成了厉鬼也绝饶不了你！"

"你怎么知道我的名字？你、你神经病！"麦卫东额头上开始汗流不止。

冯凯媛暗暗从帆布口袋里抽出匕首，突然冲上去举刀就刺！麦卫东慌忙侧身躲过，一把将手中的托盘向冯凯媛劈头盖脸砸去！

冯凯媛躲闪不及被击中肩膀，绿色帆布口袋"吭啷"掉在地上，冯凯媛蹲下身抓起那瓶浓硫酸就向身后泼去！

直到冯凯媛跑出病房，冲进电梯，她仍能听得到身后传来的那阵惨嚎……

9

米臣觉得自己的脑袋就要爆炸了。

要不是邵紫一遍遍不厌其烦地来回穿梭,春风化雨似的耐心抚慰,说不定他早就疯了。米臣木木地望着右腿,脑海里全都是那个死而复生的骷髅少女。

——假如这一切仅仅是幻象,那自己怎么会再次受伤?况且这一次,不仅是右腿,细看下就连手臂、耳朵、脚趾上,都冒出了星星点点的灼伤!

然而如果昨夜所见真实,那么跨越时空的复活奇迹岂非真的已经上演?

米臣人虽坐在轮椅上,大脑却一刻不停地飞速运转着。任由邵紫温柔的双手将其轻轻推进电梯,径直往 X 光拍片室去。

此时电梯里人满为患,几乎每下一层都要做短暂停顿。

终于下到 10 楼,电梯门打开,邵紫正要推起轮椅往外走,米臣突然中邪一般,指着对面洞开的电梯激动地大喊大叫:"邵紫,快!你看!你快看!"

对面的电梯里,此刻只剩下了一个人。

那人久久地盯着米臣,似终于要开口时,电梯"砰"的一声关闭了。

就是她!

她就是那具骷髅!

她,怎么能是她?

她,怎么能就是那具骷髅!

"你看见了没有?邵紫!——你刚才有没有看见电梯里那个身穿白裙的女孩儿!"米臣惊讶地向邵紫求证。

邵紫几步绕到米臣眼前,却是满脸的狐疑和惊讶,眼神也是温柔中充满了怜悯。"米哥,你说什么呢?对面电梯里没有人啊,到哪儿去找一个穿白裙子的女孩儿?"

"不、不！邵紫，这不可能！你好好想想！就是刚才，明明……你看！快看，电梯升到17楼去了，她就是那个复活的骷髅！她又出现了！"

邵紫神情抑郁地摇摇头，表示无法理解，随即转身继续推着米臣往X光室走，剩下米臣受蛊似的自言自答："是她？就是她……我亲眼看见的，她又出现了！……"

拍完X光，米臣甚至来不及询问结果如何，就执意让邵紫推他去病房楼的太平间。邵紫目光忧虑地拒绝，想不到米臣扑腾一下从轮椅上栽下来。

"你不推我去，我就自己爬着去……我必须要再亲眼看看那具骷髅！"

邵紫听了闭上双眼，似乎被米臣的执着所打动，再睁开时眼睛里闪烁着泪光。她蹲下身去将米臣半搀半抱地扶上轮椅，转身又去护士站带上一把强光手电，便推起米臣向着底楼的太平间走去。

然而他们找遍所有角落，甚至找来太平间管理员查询，却是一无所获。那具骷髅标本，曾几何时已消失得无影无踪！

米臣惊疑地朝着黑暗大喊："这不可能！我一定要找到你！……"

晚上，米臣依在被窝里上网。突然一个念头令他莫名兴奋：何不在互联网上寻找一下那个下凡的仙女？在这个资讯空前发达的时代，有谁能逃得过网络？

别看米臣在进行人面颅骨复原时显得小心翼翼举步维艰，可作为资深网虫的他一上网，就好比大鱼入水格外生猛。最终经过一番按图索骥，他仅用了十几分钟便进入了那个名叫"子曰博客"的虚拟世界。

在这片浮萍样的弹丸之所，遍地都是一个人的照片。照片上那个水汪汪的女孩儿，像是一盏盏饱满的向日葵熠熠盛开。

米臣盯着屏幕却越看视线越热，额头直沁冷汗。

10

  酩酊大醉的方子曰接到那个电话时,就像溺水者突然抓到了一根稻草。虽然也许只是一根稻草,但是有就总比绝望到死强得多。
  尤其当他得知打电话的是一名警察时,那种不祥的预感就如暴雨前的阴云,越聚越密越来越重地向他俯冲而来。
  方子曰在病房里秘密见到了米臣,后者打开手提,指着上面一幅少女的复原图像询问道:"仔细看看,这是不是你要找的人?"
  方子曰望了望米臣,目光里像蒙了雾。等他终于将头转向荧光屏,眼神却倏地就被死死摄住。
  良久,方子曰才像从大梦中苏醒,目光仍被屏幕吸住,嘴中夹了哭腔喊出来:"是她,就是她!她就是我的未婚妻,冯凯媛!"
  米臣不忘提醒:"可这只是一张复原的草图,脸型及五官均系根据颅骨数据比例和亚洲人体貌特征勾画搭配而成,也许会有失之毫厘谬以千里的差错,你真能确定?"
  "我能!"——方子曰乍一听到提醒,猛然意识到图中人已经化为尸骨,再也抑制不住悲痛地放声大哭:"世上只有媛媛才可能有这样的脸,这样的眼,这样的眉毛,这样的鼻子,这样的嘴唇,这样的美丽!这样的高贵!这样的忧郁!这样的神秘!这样能要了我的命!……媛媛,老婆!老婆你在哪里啊?究竟发生了什么事情?你告诉我,我答应过要好好爱你保护你一辈子的啊!我,我要为你报仇!我一定要将害你的人碎尸万段!!"
  方子曰泪雨横飞,夯住米臣的双肩:"大哥我求求你了,告诉我这究竟是怎么回事?究竟是谁把她变成了一具骷髅?!"
  面对如此逼问,米臣痛苦而又矛盾,一时竟不知如何回答。
  假如事情允许巧合,然而骷髅岂能真的复活?!
  难不成这个名叫冯凯媛的女孩儿竟有通天之术,跨越了生死轮回的空间维度,来与眼前这个男孩儿接续前缘?

米臣竭力制止住方子曰的情绪，他不想让医生或护士听到引起更多的注意。经过深思熟虑，他终于把这几天的奇遇向方子曰托盘而出。

方子曰听着听着脸上不可思议地露出了微笑，显然他对米臣讲述的骷髅复活丝毫不感兴趣，他只是迫切地想知道对方发现的冯凯媛现在在哪里！

"大哥，你敢保证你没看错？你看到的就是屏幕上的这个人？你说你现在需要我做什么？我全都听你的！让我死都行！大哥，只要能再见到她，你真的要我做什么都行！"短暂的几分钟，方子曰却像亲身经历了生死轮回，眼下手中的稻草仿佛一下变成了巨木。

米臣双眉紧蹙："你听我说，通常越是让人费解的事儿，当事人就越不能激动和惊慌！事情总有水落石出的时候！这样，你再跑趟刑警队，就说以前报案要找的人有眉目了，请求立即派人协查，同时在这附近多发些寻人启事，至于我，我会继续躲在病房里守株待兔，咱们来个双管齐下！"

两人正商量着，走廊里传来一阵急促的高跟鞋响。米臣催促方子曰赶紧离开，夜值护士邵紫要进来打针了。

11

米臣匆匆把电脑摁进被窝，闭上眼睛卷起衣袖伸出胳膊，静待那块冰凉的棉球轻轻地擦过手背。

然而想象中的微笑和默契并未出现，一种尖锐俏皮的话音倒让他好奇地睁开眼来。

"打针啦！——咦？挺自觉的嘛，把拳头攥起来！"

米臣看到的是一个非常年轻的陌生护士，大概只有十八九岁，脸上带有明显的稚嫩，但无论是态度还是技术却都空前老练。

"怎么又换人了？今天不是邵护士值夜吗？"米臣勉强朝她笑笑。

"少来啦，好好攥拳！谁打还不是一样？你敢说我打的不如她好?"小护士杏眼圆睁,分毫不让。

"岂敢岂敢,你打得确实比她强,这下总行了吧?"

"哼!一听就很假,我还没打呢,心里不知道怎么想人家吧……"小护士撇撇嘴,"可能邵姐休假了吧,我只是被临时抓来的替补。不过啊,我要是看见她,一定会把你的想念如实转告!"

打完针,小护士风一样转身离去。留给米臣一脸的无奈,同时还有一份莫名的牵挂。

仅仅两天过后,米臣就接到了方子曰绝望透顶的一个电话:"米大哥!你哪儿也别去,等我!我刚才接到电话,是寰宇医院太平间的看门老头打来的,他说媛媛是昨天夜里被推到他那儿去的……我不相信!我现在就过去找你……"

米臣听后全身再次不寒而栗……骷髅复活……完成使命……顾不及眼前的恋情……不得不重归沉寂?这一切,明明只可能在电影或梦境中才会出现!

方子曰赶到医院,推着米臣疯狂地奔向医院太平间,隔得很远两人便看到太平间门上的那盏蓝灯亮着,门框里影影绰绰站着一个人。

方子曰顾不上害怕,冲那人直奔过去:"是徐大伯吗?"

那人未动,粗重的腔音一出口便在四周回荡不绝:"是小方吧?快看看,走吧,我还有事急等着锁门!"

方子曰听了大步冲进去,米臣则手摇轮椅奋力地跟上。

老徐快步走到最里面唯一的一具尸体边,"哗啦"一声掀开遮体的白布,未等方子曰反应,自己却先"啊"的一声大叫起来:"不对啊,错了错了!不是她!什么时候换的人?昨夜我明明看见就是她推着你们寻人启事上要找的人进来的!她怎么……也在这里?"

方子曰木木地站着,一时不知所措。

当米臣看清尸体时却猛觉大脑"轰"的一声炸裂开来:"不!……不可能!这到底是怎么回事?这是谁干的!!"

歇斯底里的喝问,在底楼显得无比凄厉。

可躺在尸床上的邵紫,却已永远无法苏醒。

12

案情如此重大且错综盘杂，米臣决定立即报案。

在等待刑警和法医到来时，他和方子曰都痛苦到了极点。因为据目前亲眼所见和太平间看门人老徐的证言，能够确定的是邵紫和冯凯媛都已遇难！

很快，法医就对邵紫尸体做了全面细致的检查，结果发现邵紫手臂上有个细微的注射孔。经进一步尸检证实，邵紫系中毒身亡！

米臣似乎对这个结果并不感到意外。几乎也正是从此刻起他更加清醒地意识到，自他住院以来，这里接二连三发生的事情越来越令人匪夷所思。

假如说先前的骷髅复活带给他的只是层层迷惑，而眼下接踵而至的死亡却无不充满了血腥与恐怖！

米臣回忆起与邵紫在一起的点点滴滴，这才隐约记起邵紫曾经叮嘱过他：晚上要关紧门窗，一定少管闲事，小心照顾好自己……

还有，一向素有"夜猫子"之称的米臣每天晚上打完消炎针，总是被一种巨大的疲倦所席卷，直至翌日清晨方才像从死亡中醒转……

最可疑的还是那条右腿！最开始只是一般性骨折，经过治疗非但不见好转，却似乎越来越重……

一种如影随形的惊恐使米臣感到毛骨悚然，四周空气亦仿佛骤然凝重。

米臣望着刑警将邵紫尸体抬走，转头寻找方子曰，不料正与其目光相遇。

那是一种灼灼逼人的熊熊怒火。

这天晚上，米臣躺在病床上显得出奇得安静。长时间盯着头顶白花花的日光灯，一种不真实的感觉渐渐袭来，让他干脆闭上了眼睛。

可一旦闭上眼睛，那些花花搭搭的脸面再次纷至沓来：像皮影，像风筝,像花朵,像蝴蝶,像纸屑,像炊烟,像刀片……

走廊里,隐隐传来一阵冰凉的铿锵的脚步声。

"起来了,打针!"米臣看到的还是那个小护士。

"人家刚睡着,打什么针啊?"米臣朝小护士狡黠地一笑,"我想小便!"

"毛病!"小护士一脸严肃:"当然是消炎止疼针了,你当警察的有公费医疗你怕什么?快点打了我还有事呢!"

米臣面露难色:"是真不行啊,我刚才睡过头了,现在实在憋不住了……"说完,米臣起身穿鞋就往卫生间走。

小护士放下托盘刚要阻止,突然一只大手从其身后捂住了她的嘴巴。

实际上,米臣只向卫生间走了几步便折了回来。他显然听到了身后的声音。回到病床上重新躺下,他在等待着下一种脚步声。

"咔啪,咔啪,咔啪……"像是一把铁钳,接踵而至的脚步声渐渐抓紧米臣的咽喉。

米臣随之打出一连串震耳的鼾声,这鼾声还曾是邵紫提醒过他的:"打鼾也是病,你自己要多加注意啊!"可是如今,邵紫已然不在人世……

璀璨的日光灯下,一抹浓黑沉重地压上眼幕。来人从洁白的长褂里迅速掏出注射器,对准灯光熟练地推射出一注药液,随后一把掀开被单,预备推药注射。

"麦医生,敬业得很哪!"

米臣骤然诈尸般挺身而起,吓得眼前人"扑通"一声跌坐在地!

13

"你、你刚才没麻醉?"麦卫东边爬起来,边惶恐至极地问。

米臣一声冷笑:"麦医生,任何时候都不要低估一个警察!"

正说间,麦卫东脸色忽然狰狞扭曲,手举注射器冲米臣捅来。米臣急忙侧身躲过，劈手死死攥住麦卫东的两只手腕。

麦卫东竭力挥手将针管狠狠向下插去，米臣高擎的双手渐渐被压低到床上，针尖即将插进脖子里。突然，米臣曲起左腿朝麦卫东胯下猛踹，麦卫东尖声惨叫着仰面摔出去。

米臣就势滚翻到病床的另一侧地上，正要撑起身体时眼前一花，一条人影已闪出来用力推倒病床，随着"哗啦"一声巨响，沉重的病床将麦卫东压了个严严实实。

来人正是方子曰。事先就是他把小护士拉上了阳台，堵住了嘴巴。

方子曰拉起米臣，两人合力将病床缓缓掀起，赫然发现麦卫东胸膛上正插着那个注射器！

麦卫东脸色蜡白，嘴唇和两眼迅速充血外翻，像一堆烂泥瘫软在地上，面相极其龌龊而血腥。

方子曰冲上前抓起他的衣领："你这个混蛋！魔鬼！你为什么杀死冯凯媛？为什么?！她现在到底在哪儿？"

麦卫东大声喘气，说不出话来。

米臣也厉声质问："为什么连邵紫也不放过？为什么！！"

麦卫东胸腔里的气息似乎越来越弱，鼓翻的双眼里尽是眼白，嘴唇终于费力地张开："邵……紫是……咎由自取！本来……她可以拿到更多钱，可……她……爱上了你这个警察……她必须死！至于另一个……你们永远也别想再见到她……"

说完，麦卫东头猛地一歪，乌黑的舌头"哧啦"一下吐出了嘴外。

方子曰眼见如此惨状，惊恐地转头问米臣："这就是他给你注射的药？"

米臣喃喃地道："不，以前只是开胃点心，这一次才是致命大餐……"

闻讯赶来的刑警很快拖走了麦卫东的尸体。米臣和方子曰为吓得一脸土色的小护士松绑，却除了关于"麦医生和邵护士都是工作狂"之外的评价，再没得到任何有价值的线索。

经过调查，麦卫东的确是市立寰宇医院最优秀的骨科医生无疑，从医十多年来他曾先后研发出多种新药，并获得国际专利，工作成就有目共睹，是全院医学革新的带头人；而邵紫从一毕业就是麦卫东的得力助手，两人配合默契从未传过绯闻……

　　那为何偏偏邵紫对米臣动情后，却遭到了麦卫东的毒手？

　　——死而复生的冯凯媛与麦卫东之间，又曾有怎样的瓜葛？

　　时至此刻所有当事人都已经死亡，可这些萦绕在米臣脑海里的疑惑，仍是没有半点头绪。

　　难道说：这世界上本就许多永远无法解开的谜？

14

　　真相是半个月以后，最终由方子曰解开的。

　　方子曰从医院回去，几乎变成了一块木头，躺在先前布置一新的房间里不吃不喝，痴痴发呆。

　　他想不通。他不甘心。

　　他弄不明白冯凯媛为什么会突然离开，为什么会去医院。

　　后来，他就接到了警方通知：冯凯媛的尸体找到了，只不过是分批分批地陆续找到的。他在痛心疾首之余，翻遍了冯凯媛的所有遗物，甚至只身去了一趟冯凯媛的大学，可依然一无所获。

　　他反复揣摩着冯凯媛讲述的那个《三天》的故事，对人生越来越充满绝望。

　　直到半个月后，方子曰上网更新博客时，才偶然发现信箱里多了一封信。最初看到这封信时，方子曰简直不敢相信自己的眼睛！来信目录上居然写着"猪头，我是媛媛。"

　　可是，当他终于看清来信的时间时才发现，这竟是一封预先写好事后寄发的Email：

　　"Dear 子曰：

假如你收到了这封信,我已经离你远去。

你会为我的消失而伤心落泪吗?

请,不要那样。我还是喜欢你的勇敢、乐观和坚强……

原谅我的不辞而别,好吗?这辈子,我只爱过两个人。一个人给了我生命,另一个人给了我全世界。

如果不是十三年前的那场变故,我想我一定能好好爱你,让你、让我、让我们俩,成为全世界最幸福的人。

我何尝不想呢?我想得都快发疯了!可是我,做不到。

上天早就剥夺了我的爱,向我的内心注射了仇恨。如果我一天不能解除这仇恨,我将一天也无法正常地活下去。

我是多么想爱和被爱,可是我只能去恨,并且一恨到底!

十三年前的那一天,我的妈妈,从小带大我的唯一亲人,摔伤住院。几天后就在她要康复出院时,一天晚上妈妈吃过护士送来的药后沉沉睡去,随后主治医师走进病房,在她的伤口上实施了注射,当时我就蹲在病房的阳台上玩泥巴,这一切都被我记在心里。

没想到第二天,妈妈的病情突然恶化,被那医师推进急救室后就再也没有出来。后来院方声称妈妈拖欠医院巨额病款逃走了,让我赶紧离开医院!我当然不信,吵着嚷着向他们要妈妈!可是我哭喊了整整一天一夜,没有人管我。

我嗓子哑了,心彻底伤成碎片。

我知道,是他们害死了妈妈!

从此以后,我发誓要学医找出妈妈死亡的原因,并开始天天关注那个医师的一举一动。可我发现,随着自己医学知识掌握得越来越多,那个人研发的医学成果越来越深,我感到有越来越大的恐怖和绝望笼罩着我,使我濒临窒息,举步维艰。

我也终于开始明白,他是在拿活体做着巨大的医疗风险试验。我妈妈,就是他卑鄙疯狂的牺牲品!

一切的罪恶都是要受惩罚的,我坚信这一点。

所以,硫酸是给那位漂亮却贪财的护士留下的,而氢氰酸咁则是与那医师以彼之道还之彼身……

可我,失败了。

我的出现一定让他、让她、让所有人,以为是妈妈的灵魂再现。这一点我从他们的眼神中已经体会得无以复加,是上天的旨意将妈妈的美丽毫无保留得复制在我生命里。可我要的不仅仅是这些!恐吓并非是我的本意,惊吓根本于事无补,我是来索命的——那个杀人恶魔还在疯狂地为着功名利禄无情地践踏生命,甚至敢向警察下手……

要想彻底消泯我内心的爱与恨,必须要由死神来主导这一切……明天,明天,是我们最后的面对面……

子曰,我的爱人!我说过,我只消失三天。三天后,如果我们还能相见,我会自动取消这封信的发送,让我们远离尘嚣,去一个陌生的地方幸福地共度余生。你不知道你给我的温暖有多重要,我差一点就要放弃这一切。

可我最终还是不能。

答应我,如果我真的没有回来,请一定不要为我复仇。这是只属于我的噩梦。你唯一能为我做的,就是重新开始好好生活,把这所有的一切统统忘记,让所有的爱与恨,无声无息地消失,答应我!

我爱你,此刻窗外正飘着细雨,我的思念和吻就像漫天飞舞的雨线。相信我,即便是我化为无声的尸骨,我亦会在遥远的天国呼唤着你的名字。

Your KY

宴 席

天一直阴沉着，我开车去盛源宾馆参加唐晓东的婚宴。

其实接到唐同事的电话时，我一直犹豫着去还是不去，就那么犹豫时方向盘已经打到了那条道儿上。那就去吧。

我正害胃病，到哪儿喝酒都怵。想到那帮人，除了律师就是法院的，少有女同志，还都不认识，心情就有点抑郁。

况且唐在我那个时候并没有来。前段时间我倒是让他以律师为背景身份帮我向某个无赖要过一次账，当时唐显得比我还冷静，而且中立得很，这一切都让我对他刮目相看。

于是我怀疑前几年，我们是不是曾在一起那么昏天暗日地闹腾过。

盛源门前此时明显有些不合时宜的冷清。远远看去，唐正穿着藏青色的西装，一只手掐腰，另一只手捂在耳朵上，像个日本浪人似的低头打着电话。唐的老婆，那个听说比唐小八岁的女人，穿一件红绸料子的旗袍，旗袍叉开得很低，无论从哪个角度都很难看清她穿的是哪种颜色的丝袜。

直到有熟人开始向这边张望、招手，我才关掉了CD，打开车门，把近视眼镜摘下来塞进西装内侧的口袋里，向着大厅门口走去。

唐的亲戚反应很快，在我用遥控器锁车时迅速围拢上来。这时候唐还在打电话，用眼神向这边打了个招呼，一把把老婆推过来。

我不得不握住了她的小手，那双手可真小。但我很快就松掉了，我发现她脸上的表情和手温，像这个初春的天气一样凛冽。当然我还发现，即便如此也很难看出她到底年轻在哪里。

唐大概让她很不高兴。这大概也是唐在一直不停打电话的原因。我看见唐仍缩在门厅一角，鞠着身子，脑袋一点一点地说，"方院长，请您无论如何一定要来……"

我站在门厅正中、唐和他老婆的背后。样子有些狼狈。透过酒店的大玻璃墙壁，我看到自己的头发油腻腻地贴在头皮上，有一绺被风吹开了，像一把荒杂的野草。

很快，那些我认识的和不认识的法官们一同下了面包车，向着门厅方向涌过来。我对他们所有的好感仅仅因为岳父曾经是他们中的一员并且短暂地领导过他们。

我站在大厅旋转门里侧的一角，安然享受着自动擦鞋器的服务，在那种轻柔润泽的触摸声中我暗暗希望有谁过来，像以前我请客时那样拍拍我的肩膀，然后一同谈笑风生地去坐电梯。

可没有人过来招呼，就连酒店素日里那些麋鹿一样娇嫩的女服务员们也看不到。此刻，她们应该正在三楼的喜宴大厅里忙碌着。

我想过要离开，可这显然并不合适。

我把脚从擦鞋器里抽出来，尾随着那些气宇轩昂的法官们径直往三楼上去。

三楼到了，一出电梯间，我们就淹没在一片喜庆的汪洋中，巨大的音响正在播放婚礼进行曲，一个身高足有一米九的瘦小伙子站在主席台上调试着话筒的音量。

"喂？""喂喂？"

"喂！""喂喂！"

"再开大点……"

放眼望去，喜宴大厅里到处都是人，走廊上铺设了长长的红地毯，主席台前布满了恐龙蛋大小的红气球。至少有两对男女左胸前都佩戴着红底烫金的胸花，因为隔得太远，看不清上面写的什么字。

我想找个角落坐下来，但失败了。更多看起来比我谦虚的人提前坐满了那些灯光较暗的地方。不过我意外地发现，流光溢彩的灯光下面倒是有几桌年轻的女性来宾，姿色还都不错，其中更有几个说着普通话，鼻梁和脚底的鞋跟差不多陡峭。

这样我就更不能坐过去了。当然，也不是说坐过去就非怎么样，到这时候了还能怎么样？这时楼下传来了剧烈的鞭炮声，我已经够尴尬了，索性下意识地伸出手去压了压那些油腻腻的头发，然后迈开大步向女宾那桌走过去。

我的胆识受到了意外的青睐，异性们明显兴奋起来，坐在我对面一个戴着大塑料框眼镜的女孩儿立即伏着身子问我："呀，你长得像李亚鹏！"说这话的时候，她拉直了的长发珠帘一样纷垂而下，遮住了大塑料眼镜框和一整张圆脸。

我不置可否，努力想向两边笑笑。

这时候，主席台上的话筒伴着一阵铁钉划过玻璃时的尖锐声响起来。

正如开场白中自我介绍的那样，台上站着的的确是个很业余的司仪。加上劣质嘶哑的话筒，我感觉很难受，下面几乎憋不住要尿出来。此前我也应邀主持过不少婚礼，但有这种感觉还是第一次。

我终于决定未等这场仪式结束，就趁乱走掉，此刻二楼的零点餐厅里应该还能订到位子。我决定要去点两只蟹子，喝点高度的牛栏山。

正闹的时候走，虽然顺利但还是感觉很唐突。我甚至在刚出喜宴大厅的时候被地上翻起一角的红地毯绊了一跤，但我管不了那么多了。

两座电梯都没闲着，一座似乎在地下睡着了，那里是酒店的停车场；另一座从十层一直跌到四层，像是受了重伤。

我是个懒人，跟电梯较着劲，等地下的那座终于上来，门一打开，我跟里面唯一一个男人打了个照面，就低头往里面走。

男人站着没动，忽然破口而出："哎？老同学！"

其实就在刚才照面时我就已经认出了这个男人，他是我的初中同学唐永平。但我的反应明显不太礼貌,慢了半拍。这么多年过去,我对自己向来很不灵光的记忆感到吃惊。在我印象里,似乎这个人过去还常常被我无端地想起过。

"唐永平?!"这时候电梯开始降落。

"你还认识我?!"唐永平一下子走近,两只手自下而上抓起我的手举至胸前,活像两把钳子。

"你也来吃喜宴?"

"是啊,今天我堂弟唐晓东结婚,刚给他放完鞭炮,坐电梯时没想到坐到了地下!"

电梯缓缓降到了一楼,唐永平还没有放开我的手,我感觉他的掌心像一面粗糙的砂纸,快要把我的手背磨穿了。

我说:"今天盛源的服务没跟上,以前至少有人陪坐电梯的。"

唐永平听了松开一只手,另一只手仍然拉着我往电梯外走,他说:"都是忙的!今天唐晓东都快忙死了!"接着,唐永平的声音又弱下来:"今天他对象单位上的一、二、三、四把手都来了……可他那边的不行!他对象都急眼啦!"

唐永平的口水有意无意喷溅到了我的脸上,整个过程他一直攥着我的手,从初中开始就明显外翻的嘴唇急促地一张一翕,始终都很激动。

我说:"不好意思,我有点事,得先走了。"

唐永平听了却恍然大悟似的,坚决不允。他腾出一只手来搂住了我的肩膀,执意要让我回去吃宴席。

在这座三星级酒店明晃晃的大堂里,我们的拉扯有些荒唐,而且忽然让我对唐永平产生了强烈的陌生感。这种陌生并不建立在过去的熟稔之上,相反初中时我们基本上形同陌路,缺乏任何印象深刻的交往。

直到我跟唐永平非常虔诚地互留了电话,详细介绍完了彼此的现状——我在一家事业单位当和尚,而他眼下正在老家务农——唐永平才站在高高的酒店门阶上向我挥着手,直到看着我走远。

那天傍晚，我不记得我最终是在哪儿喝醉的了。从盛源出来，我怪异地连续串了好几个酒场，每一场都放得很开，而且我的胃也出奇地争气。

第二天，我照例正在上吐下泻的时候，接到了唐永平的电话。

唐永平开始热情邀请我去他家里玩。"来吧，老同学！来家里看看，吃顿饭。你定个时间吧！"态度非常诚恳。

我很奇怪自己为什么一直没有被打动。挂上电话后，唐永平的声音倒勾起了我好些心底深处的回忆。

我想起来，我以前去过唐永平的村子，而且那里不仅只有他一个初中同学。初中时，有一年护校——当时我们那所崭新的县城中学刚刚拔地而起，需要有人在暑假里给那些临时从学生家里搬来用作美化环境的盆花浇水拔草，可班主任在暑假前疏忽了这项任务，有一天他专门打电话来要我去想办法联络同学。

我受宠若惊。于是，曾专程和另几名班干部骑车去过唐永平的家。

在那个离县城不远的村子里，我们根据唐永平的提醒还一举找到了另外一男一女两名同班同学。男的叫唐守业，女的叫许晓莲。他们同样热情招待了我们，然后一听说是护校，就一起骑着自行车高高兴兴地来了。

或许就是因为那年的护校经历，使我后来与许晓莲成为前后桌时，我才敢于在桌子下面捡拾钢笔时突然捏住她纤细的脚。

其时她那声惊天泣地的惨叫声再次穿越时空而来——等我迅速狼狈地坐回到凳子上时，意外地并没受到应有的惩罚，但我从女物理老师迅速由惊疑转向鄙夷的眼神里看得出，我彻底打碎了自己在她心目中苦心经营的形象。

唐永平说，唐守业当兵退伍后去了青岛，做诺基亚品牌手机维修发了大财。许晓莲现在就在村子里开着饭店，她对象当厨师，她就是服务员兼老板。

我没有给唐永平明确的答复，我搞不清楚这是为什么。

甚至在我想到许晓莲天蓝色的平底凉鞋和小巧玲珑的脚腕时，我都没有说服自己。

一个三十郎当的男人，傻乎乎地去刚刚邂逅的初中同学家里吃饭，之前并不熟稔，仅有的热情来自于最近的一次照面。这一切，靠得住吗？

当然，我平日里也没少参加一些特别令人沮丧的宴席，唐晓东的那次其实根本就算不了什么。

可这一次，邀请我的人是唐永平，他是我的初中同学。

隔了好几天，唐永平又打电话来，这期间他一直都在不停地给我发着短信，但我大多数都没有回。

有一次，我正在参加一个酒场，唐永平发来一条短信，我当时就把它念给在座的各位听，结果有一个人当场把嘴中的酒菜喷出来，唯一的一位女士也红着脸跑了出去。

唐永平在电话里除了热情的邀请，还额外让我帮他打听一件事情。他说他准备在村里承包300亩荒地，打算全部种植速生杨，问我在县农业局有没有熟人，帮他问问是否先要办理农业产权证的问题。

我依然推脱着做客的事情，但帮忙却很爽快地答应了。我那个农业局的朋友恰好又很给面子，所以我很快就给了唐永平一个听起来非常圆满的回复。

但是唐永平听完我的话后，说："老同学，其实我早就知道了，我也找别人问过了。"我很吃惊，声音一下高起来："那你还找我是什么意思？"

唐永平说："没什么意思，老同学！我就是想找引子请你来家里吃顿饭。"

"真的，就是玩玩，没别的事。来吃顿饭吧，老同学！"

我忽然有了别样的兴致。

"你那里都有什么好吃的？有山珍海味？还是有河里游的，坡里蹿的？"

唐永平的回答让我很无奈："我这里确实没啥好吃的，老同学，既没有河里游的，也没有坡里蹿的。就是有，挨着县城那么近，前几年就都绝迹了。

可你来了我保管用好酒好菜招待你！大不了我去县城订菜嘛！再说你嫂子的手艺也很好的，会做泡菜鱼！要不我先去买一条大点的红鲤鱼……"

我急忙打断他说："唐永平，吃饭的事情以后再说吧。各人都挺忙，以后吧！"

唐永平听了，似乎还有很多话要说，可我照例还是先挂断了电话。

以后的日子里，唐永平继续隔三岔五地给我打电话，就连发来的短信里，最后都要缀上一句："老同学，啥时候过来吃饭？"

我有点厌倦。毕竟他的电话内容太枯燥了，我们所有的交谈，归根结底还是要落到去他家做客吃饭上去。这很有意思吗？一开始，他还只是邀请我一个人去，可后来他一定是想幽我一默，让我带着老婆和孩子一起去。

"就是带着情人来，我也照样好好地招待你！"他还说。

有时候，正有应酬，或者晚上已经上床了，都会接到唐永平的电话。一番大同小异的寒暄过后，他在电话里笑着问："兄弟，啥时候有时间来吃个饭吧？你来，咱们玩玩呀！"

……

我对朋友说："又是他，又是他请我去他家吃饭呢。这星期几乎一天一次。"在座的，恰好有刚认识的人问："谁呀？有病啊！"

我对老婆说："听听，又来了，又是请我过去吃顿饭呢。要不咱俩周末真的去一次吧，老婆？"

我老婆笑起来。

这种经历反复了多次以后，我身边的很多人就都知道我的初中同学唐永平了。

又有一次，我新认识的一个商业局的朋友问我："你这个同学是干嘛的？"我一下有些语塞，但很快反应过来。

"他现在种树，家里有300多亩树林。"

商业局的朋友惊讶地"哦"了一声，说："种树？那可是种银行啊。现在，就他妈的木材最值钱！"

夜里，喝多了酒，或者无故亢奋时，我翻来覆去，忽然竟被朋友的话提醒了。

唐永平的现状果然就像他跟我说的那样"正在务农"吗？他真的种植了300多亩荒地的速生杨？还是一切都在说谎？他是否欺骗了我，而实际上，他非常富有或恰恰相反。因此他特别需要有个过去的旧相识前去他家里做客。

这样想着，我又觉得自己有点克格勃了。或者，小品实在看得太多了。

然而，还有一种猜测忽然让我感到心惊！唐永平说过，同在一村的女同学许晓莲正在村里开饭店，她的对象是厨师，而她就是服务员和老板。难道，难道唐永平真在骗我？他一直邀请我去他家里做客吃饭，难道他就是那个所谓的厨师，而许晓莲就是他的老婆！

这种想法让我在暗夜里兴奋难抑。我记起来，就在许晓莲在物理课上失声大叫以后，我们明显地生疏了。即使我的钢笔真的无意落到她的脚腕边，我也会闭上眼，绝不再去看她包裹在长筒袜里的脚趾了。

也就是在那一年的圣诞节，我的桌洞里意外多了一张精美的贺卡。看得出，那上面的字迹是经过反复仔细描写的，在"祝你圣诞快乐"这句话中，"圣诞"的"诞"字写错了，后用橡皮擦很小心地涂改过一次。

贺卡的最右下方，写着一个很小的"莲"。

我对这张卡片的态度非常草率和无礼，一眼就看出这是后桌许晓莲对我的道歉。何况当时我正绞尽脑汁地讨好另一位女孩儿，直到圣诞节过后很久，我才无意中发现许晓莲的桌洞里其实还有两张空白的贺年卡。

于是我半是调侃地问她："你今年买了多少张贺卡？"许晓莲声音低低地回答："一共，买了三张。"

也就是说，那一年的圣诞节，应该也就是临近毕业的那年圣诞节，许晓莲唯一只给我"寄"出了一张贺年卡。

想到这里，我像当时一样感到难受和沮丧。我为什么没有从我手中厚厚的空白贺卡中抽出一张来回赠给许晓莲呢？也许当时充斥在我心里的人太多了，多得盛得下面目狰狞的班主任，却把坐在我身后的许晓莲给忘记了。

现在我才意识到，当年对那样一个沉默得近乎孤僻的乡下女孩儿来说，买贺卡本身就很奢侈，而将卡片"如何"赠送给"谁"，更是一种对胆量和心计的双重考验。

这样的夜里，因为这样胡思乱想着，我睡得很迟，醒来得却很早。身子略微一动，下身竟到处黏糊糊的，像洒了一摊胶水。

两个多月以后，唐永平打给我的电话逐渐减少了。短信几乎没有了。闲着的时候，我还曾为此感到过有点不习惯。

终于有一天，唐永平的电话又打过来了。这一次，他使用的是公话。

"老同学，我是唐永平。你好吗？"口气大约还是老样子。

"挺好，就是忙，你现在在哪儿？"

"我说出来你信吗？就在你们单位楼下。"

我忽然意识到事情有点不一样了。忙问："是不是真的？有急事？"唐永平说："没事，我的手机丢了，给你打个电话告诉一声。"

我说："怪不得没你的消息了，你等着我，我马上就下去。中午咱俩去工业路上吃泡菜鱼！"

唐永平听了，略一停顿说："不用了老同学，还是你到我那里去吧，我再邀请你一次，到我家里去坐坐吧。让你嫂子给你炒几个好菜，咱兄弟俩好好地喝点……"

我忙打断他说："这可真不行，下午上班，中午又有禁酒令，实在是去不了啊！"

这时候，我似乎听到话筒里传来异样的声音，淅淅沥沥，像是风声，又像雨声，更像是哭声。正想仔细听清楚，电话却悄然挂断了。

我百思不得其解，不敢确定我听到的是不是真的，因为公话就在单位楼下，沿街非常喧哗。

我急忙往楼下跑，到了楼下四处观望，却始终没有发现唐永平的身影。等我跑到那家本单位职工家属开的电话亭边问老板："刚才那个打电话的人呢？"

老板怪怪地看着我，说："一上午了，没人打过电话啊？"我急忙低头从手机来电记录里查询一番，确定号码就是这部公话！我想把唐永平的模样仔细向老板叙述一番，可这时大脑忽然一片空白。

"不可能，刚才明明有人打过电话。"我把表情尽量放得认真。可老板的声音一下子尖起来："我骗你，有意思吗？"

爱与恨

像一块巨石抛进沉静的湖水，班主任老卡神情慌张地跑进来时，教室里立即掀起了一阵喧哗的声浪。

所有人都看到一贯温文尔雅的老卡，几乎不由分说，三下两下就把孱弱的女物理老师徐美丽从讲台上拽了下来。

徐老师那天身穿一条长及脚踝的黑色毛料裙子，由于突如其来的外作用力过大，两只雪白的高跟鞋尚来不及做更快的反应便争先恐后地脱轨而出。

每个人都看到，徐老师在被老卡拉出教室的最后一刻，脸上阴云密布。

然而，教室里的喧哗完全遮蔽了那场走廊上的短暂私语，大家正沉浸在莫名的兴奋和惊疑中，徐老师却迅速赤脚折返了回来。

此时的徐老师看起来，也完全像是变了一个人，一双眼睛通红通红，整个身体打着剧烈的摆子，径直奔向了教室的最后一排。

直到徐老师苍白的手指抚上后脑，昝方家还没完全收敛掉脸上的讪笑。他完全没有想到事情居然会跟他有关，可当徐老师俯下身子开始向他耳语时，那种笑刹那间像冰，冻结在昝方家发烫的双颊上。

昝方家完全被震慑了，感觉自己像条暴风雨中的木船，转瞬间支离破碎，分崩离析，然后不知是怎么狂奔出教室去的，任凭班主任老卡在身后声嘶力竭地吼叫着。

坐在班主任老卡崭新的摩托车后，昝方家感觉天旋地转。

有一阵儿，昝方家似乎完全丧失了意识，随时都可能从摩托车上坠落下来，滚到冰冷的柏油路上去。可即使是这样，昝方家也始终没有去抓班主任老卡那身纹理粗糙的正鼓荡在秋风里的褐色皮衣。

路两边到处都是凋零的法桐落叶，摩托车夹着秋风飞快地一碾而去，那遥远的声音听起来像极了一根钢针——哧啦一下，哧啦又一下，在昝方家扭曲痉挛的心里飞针引线。

是去医院。

见父亲的，最后一面。

昝方家是多么无法接受这个从天而降的噩耗。他还只是个十四岁的孩子！在他必然手足无措的时刻里，幸亏有他平日里常常拿来开涮的班主任老卡夹裹着他，与他并肩冲向那个他必须要面对的终点。

此时此刻，不知为何，昝方家心里跳出的却是些乱七八糟的闪念：逃课、捣乱、文身、早恋、打架。这与他素日的表现完全格格不入。

昝方家痛苦地闭上双眼，竭力排除了这些匪夷所思的杂念。他在巨大的牵引力下向着急诊室踉跄疾跑，根本没来得及睹一眼老卡被秋风吹荡后而蓦然苍凉的脸。

灰压压的人，像一团低徊起伏的鸦群。

昝方家猛地甩掉一脸衰相的老卡，人群骤然沉静，渐次分开，像突然绽放的荷花，露出中间一张狭窄的急救单人床。

昝方家木然地走到里侧，在床畔半跪的母亲看见他，突然爆出的哭吼吓了他一跳。

昝方家模糊着双眼再去看单人床上的父亲，父亲赫然像口臃肿的麻袋，五官模糊，满脸血污，残损不堪，纹丝不动地晾在那里，肢体早已僵硬。

昝方家恍然间被一种巨大的恐惧和陌生感慑住脚步，望着哭得死去活来的母亲，感觉一切就像在做梦。

这个梦，既让他惊心动魄、撕心裂肺，又让他无比尴尬、耻辱和愤怒！

随着闻讯赶来的亲属愈来愈多，母亲的哭泣越发扭曲暗哑。昝方家一动不动地望着眼前这一切，脊背上正承载着越来越重的目光，突然一转身，他狠狠地跑掉了。

直到父亲下葬，骨灰被那口尚未来得及干透的木棺埋在地下，昝方家都始终没有流下一滴眼泪。

亲属们忧心忡忡地望着他，议论他。他不屑一顾，打量人的目光都冷得令人惊悚。

其实，昝方家哪里会不想念父亲？从小到大，他太崇拜和依赖父亲了。虽然父亲是那么普通、那么平凡，可他从未想过有一天会突然跟父亲分离！虽然他从未向父亲说出、表达过自己的爱，可那是因为他感觉还不到时候，到时候了，他一定会说出自己对父亲的爱，表达出对父亲的爱！

然而现在，没有机会了。

一切，都太迟了！

父亲他，死了。永远永远无法出现在自己面前了！

那个轧死父亲的男人名叫司长勇，是县柴油机厂的一名大货司机。没有任何人注意到，昝方家深深记住了这个名字。

在家里，昝方家不再是那个乖巧的男孩儿，做完家庭作业，力所能及地帮助大人操持家务，他断绝了电视，摔碎了收音机，不再出去疯玩，而是把自己长久地关在卧室里，忐忑地坑一种投掷飞镖的游戏。

在那个塑料镖靶的中心，有一个名字很快千疮百孔。

在学校里，再也看不到昝方家与同学们一起追逐嬉笑、在课堂上认真听讲，而是目光暗淡、失魂落魄，成绩一落千丈。他把那个人的名字，深深地刻在了墙角、地面、石碑、树干，以及所有他能默默发呆的地方。

班主任老卡痛心疾首地赶到家里来走访，憔悴不堪的母亲盯着儿子黑暗死寂的卧室，先是无力地摇摇头，然后再摆摆手。

两年后，班主任老卡的这个班，大部分人都考取了县重点中学。而昝方家只勉强考取了一所技术中专。可即便如此，对于成绩一落千丈的昝方家来讲也算是恶始善终了。

昝方家上的这座技校位于县城东郊，主要是给本地的几家大中型厂矿培养技术人才。

昝方家自选了钳工专业，本来凭借他特有的耐性，老师是有意让他专修机电或微机专业的，但昝方家拒绝得很干脆。

昝方家来技校之前就曾听说过，钳工班是技校的流氓班。

因此，昝方家在新学年里开始凭借想象肆意发挥：

逃课，捣乱，恋爱，看黄色录像，打群架。

终于有一个午后，昝方家逃课后正在宿舍里补觉，被一群突然的闯入者用砖头和铁管敲得头破血流。昝方家连惊带痛险些晕厥过去，待施暴者扬长而去，剩下昝方家久久躺在安静的宿舍里禁不住悲从中来。

昝方家终于发现，由于骨子里固有的某些习性无法彻底改变，无论再怎么伪装或欺骗，他都将注定是一个怯弱而寡助的人。

两年后，昝方家的钳工绝活练得炉火纯青。

一毕业，昝方家即被顺利地分配到对口的县柴油机厂。

这时候，厂子正是最兴旺的年头，传言说兴许不久就要上市，许多人都羡慕昝方家。

却很少有人注意到，昝方家与司长勇成了同事。

事情过去了好几年，知道内幕的人就更少了。但昝方家和司长勇内心里，却始终有着无法推倒的墙。

起初，司长勇总是竭力回避与昝方家打交道，无论如何，他从后者的目光里总是能读到那份特有的冷漠和敌意。

昝方家却时常故意创造机会与司长勇发生接触。

经过调查，昝方家发现，因为当年的事故司长勇早已不再开车，快五十岁了，又刚死了老伴，现在还干着全厂最脏最累的装卸。

可昝方家丝毫不感到宽慰，一想起多年前惨死的父亲，他仍觉得气血立即开始翻涌和沸腾。

昝方家还发现，司长勇很少参与集体活动，至于酒场或饭局就更少。即使迫不得已地参加一次半次，也总是喜欢坐在角落里，沉默寡言，滴酒不沾。

每当这时，昝方家总会让自己喝得酩酊大醉，一边回忆着父亲的音容，一边用血红的眼睛瞪着身边当年酒后杀人的凶手。

每当这时，昝方家总是像个孩子似的纵情流泪，心里终于滚过一道复仇的暖流。

后来，厂子的效益就不行了。产品积压如垃圾，发工资像大便解干。

正在人心惶惶的时候，县城一家效益如日中天的军工机械厂前来挖人，昝方家凭一手技术绝活儿是能安全跳走的，可临行前，他放弃了。

昝方家忽然想起来，如果他真的就这么走了，司长勇岂非可以长长地舒一口气了？不行，昝方家像是大梦初醒一般反应过来："绝不能因为自私，而愧对父亲的在天之灵！一定不能让那个人好过。"

接着，是已经走出了阴霾的母亲劝慰昝方家："方家，把你父亲的事情暂时放放吧？你也该找个人过日子了。"

这么多年了，做母亲的当然最了解儿子。身为一个妻子，中年丧夫还好说，可作为儿子，幼年丧父，叫谁谁能接受的了？叫谁谁能不耿耿于抱憾终生？儿子这么做难道有错吗？

果然昝方家听了冷冷地望着母亲，说："你要嫁人就嫁，别不尊重我爸爸！"

母亲反复地叹气，再也无言以对。三个月后，就嫁给了一个厨师。昝方家没有出席母亲的婚礼，但是随了一份厚重的彩礼，这充分表达了他的立场：既不反对，但一次也不会迈进那个新家。

其实，有人正暗恋着昝方家。

一个名叫沈玫的女同事对他就格外好。昝方家工作时眼睛发干，她塞过来两支眼药水；一听昝方家感冒，她半夜偷跑出去给他买药；昝方家来不及吃早饭，她总是做好了带来，放在他身边的机床上……

昝方家感到无所适从。十多年以来，他检点自己的内心深处，除了惨死的父亲，就只有那个肇事的凶手！

然而，昝方家很快发现这是个自幼失去父母、羞涩、纯善而又孱弱的姑娘，一股柔情不禁油然而生。

他这才意识到，母亲的话很有道理，是该找个人过日子了。

只不过，昝方家突然打了一个寒战：他绝不可能因此而忘记父亲！

昝方家开始和沈玫约会。不久，就品尝到了人生中第一个甜如蜜橘似的吻。随后，一连串的吻开掘了昝方家体内的火山熔岩，让昝方家不断沉浸在甜美的对自我发现的震惊中。

第一次到沈玫家去，昝方家又大大吃了一惊。

沈玫原来既有父亲，也有母亲。父亲居然是昝方家的初中班主任老卡，母亲竟然是昝方家的初中女物理老师徐美丽！

这怎么可能！

这是怎么回事呢？

沈玫介绍道，父亲意外去世后，现在的父亲也就是昝方家的初中班主任老卡走进了这个家。没过几年，沈玫的母亲过世后，现在的母亲也就是昝方家的初中女物理老师徐美丽又走进了这个家。

现在，昝方家的初中班主任老卡激动地说道："现在昝方家又走进了我们这个家，我们真是有缘人哪！"

一点不错，世界很小，何况是一个指头肚儿大小的县城呢。昝方家自嘲地笑笑，一下子想起多年前，正是班主任老卡骑着他那辆崭新的摩托车带他去见父亲的最后一面，正是女物理老师徐美丽给他带来了那个令他终生悲痛的噩耗。

几年不见，班主任老卡和女物理老师徐美丽竟都那么苍老了。

昝方家心底倏地划过一阵悲凉，坐下来吃晚饭时很快就把自己灌得酩酊大醉。他跟昔日的班主任老卡和女物理老师徐美丽一杯又一杯地碰杯，喝得惊天动地，喝得痛哭流涕，任沈玫怎么拉都拉不住。

昝方家朦胧中在想，为什么世界这么不公平？要是父亲能活到现在，年龄肯定比他们都要大，可父亲一定会比他们都更年轻，因为父亲当年的身体有多么健壮啊！

昝方家执意要回去，坚决谢绝任何人送自己。这样的夜，昝方家特意警告了沈玫和他的家人，只属于他自己。

其实，昝方家没有说出来，这样的夜还不仅仅属于他自己，还是属于他和父亲的。他只有在这样酩酊大醉的夜里，才能淋漓尽致地表达出自己对父亲的爱。昝方家把自己关在宿舍里，一遍又一遍地呼喊着父亲，一次又一次地剖解着自己、陈述着自己、抒发着自己，感觉只有这样才能痛快淋漓地怀念一次父亲，忏悔一次自己。

可是这天夜里，昝方家还没等走到宿舍，在经过一段没有路灯的泥土路时，听到了一种异样声响。

昝方家立即提高了嗓门大声喝道："谁？干吗的！"

黑暗里立即站出几条人影。随后，昝方家就看到在他们身后正挣扎着一个手脚被绑的白裙子女孩儿。

昝方家酒气冲天血气上涌，二话没说拾起一块砖头就猛冲上去。混战中，昝方家仿佛回到了那个技校挨打的午后，漫天的砖头起起落落一阵猛拍，竟然打跑了眼前的几个混蛋，只是两只手臂被弹簧刀深深划出了两条血口子。

被救女孩儿感动地搀起昝方家就往医院跑。第二天一大早，又出现在厂里。

女孩儿很漂亮，意思也很明确，谈吐更是直接。

但昝方家不喜欢。昝方家坦白相告，自己已经有女朋友了，就在同一个厂里。可女孩儿听了坚决不肯放弃，竟还亲自跑去找沈玫谈判，临走，给昝方家留下了一封长长的情书。

昝方家实在没把女孩当回事，可当他漫不经心地打开那封情书时，却结结实实地惊呆了。

女孩儿名叫司艳艳，竟是司长勇的独生女儿。

昝方家整整一天失魂落魄，整整一夜辗转难眠。

第二天，司艳艳再来厂里，昝方家撂下手中的家伙就出了厂区。

半个月后，昝方家把司艳艳变成了一个真正的女人，并且带着她来到父亲的坟茔旁，开始讲述那个十多年前的事故。

司艳艳越听脸色越白，最后一头扎进昝方家的怀里放声大哭！

"告诉我，这不是真的！这不是真的！全都是你骗人的！"

昝方家闭上双眼把司艳艳狠狠地推开出去，咆哮着怒吼："这都是真的！选我还是选你爸？现在就回答！……"

司艳艳嫁给昝方家整整半年时间，几乎从未见昝方家笑过。

那天昝方家一进家门，却怎么也控制不住地大笑不止。司艳艳好奇地问他怎么了，昝方家沉重地倒在沙发上，满嘴喷着酒气回答："知道我刚才碰见谁了吗？"

"谁？"

"我初中的班主任老卡。"

"遇见他怎么了？"

"你知道吗？"昝方家醉眼蒙眬地说，"老卡骑的那辆摩托车，已经很旧很旧了……"

"你什么意思？"

"老卡还告诉我，今天是沈玫结婚的大喜日子，你可知道她嫁给了谁吗？"

司艳艳的表情一下子僵住了。她显然还不知道，她也真的不想知道。可她惊恐地发现昝方家大笑后的眼睛里正晶光闪闪，泪流泛滥。

薄如蝉翼

岳华告诉我那个消息时，我立即被震懵了。我不敢相信那是真的，我以为自己的耳朵一定是出了毛病，他也一定是在跟我开玩笑。

岳华一向这样，上初中时，岳华就喜欢跟我闹，少有正经的时候。例如他曾多次装成女生口吻给我写肉麻的情书，让我一连朦胧了好几个星期；还有一次他将我得了痔疮的消息四处传播，弄得我俩差点打起来。

但这一次，我从岳华脸上丝毫看不出戏谑的成分。他完全是一副非常严肃的样子，我想从这样一副严肃的表情状态下说出的话，很难让人相信不是真的。也许我们好几年都没有见面了，我已经失去了对他的熟识和了解。不过尽管如此，我还情愿岳华的话，根本是无稽之谈。

岳华告诉我，朱志梅死了。

其时，我们就站在拥挤的县城街头，道路两边浓密的法桐枝叶将我们全身披上了斑驳跳跃的光影，时光亦似乎哗哗回溯的流水，让这一幕，如电影中的蒙太奇手法，一下子跳转到遥远的从前。

那时候，我和朱志梅都在县城梨山中学上初中。虽然我们班级相隔不远（我是一班，她在三班），但是我们从来没有说过话，彼此仅仅是认识而已。在我眼里，一个个头不高，长着一双狐狸似的三角眼，头发略微有些稀黄，脸上永远挂着一种醺红色、走起路来像打摆一样左右摇晃的女生,根本算不上是漂亮。

算不上漂亮的女生,我几乎是连看都不想看一眼的。就在我们班里,有太多美丽女生,她们衣着讲究,打扮得花枝招展,扑烁着明亮的大眼睛,扎着朝天小辫儿,说话叽叽喳喳,让人禁不住从心眼里溢出强烈的观赏欲望。有她们在眼前,在校园,在课堂,你就觉得心里永远流淌着欢快的小河,永远荡漾着快乐的浪波。

但是,漂亮女生们对我却丝毫没有兴趣。这大概就像我对朱志梅不感兴趣一样,谁都不能怪谁,再说仅就外表讲我还是蛮有自知之明的。一个滚烫的夏季午后,我像一张饼,在床上翻来覆去备受煎熬,怎么也不能安静得闭上双眼——我似乎与午睡结下了深仇大恨。

要知道那是一些多么适合午睡的时光啊,机动车要在很远很远处才能听到一些细微的躁动,温驯的柳树叶就在窗外不远处哗哗翻响,窗帘惬意地起伏,家里自来水管断断续续地滴着水滴。如若是现在,要是有一千个、一万个这样的午睡时段要我来消费,我情愿不吃不喝,也会像花钱一样把它们痛痛快快地一次性消费个干净。甚至我想过,要是时间能够储存,我愿意把那时的午睡一次性存到现在来睡,我现在是多么需要漫长的午睡啊!

就是这样一个百无聊赖的午后,我悄然溜出了家门,轻而易举翻越了近在咫尺的一座矮墙——我进入到了我们县城的知名学府麻城一中。对于这座学校,我真是又爱又恨,爱的是它教学质量好,用大人的话说,只要想方设法进入它,那考大学是没有多大问题的了。让我恨的是,我对自己能否考入它根本没有多大把握,本来,它是有初中部的,那样,我和许多人都能按部就班地在它的初中部上学,之后,顺理成章地成为它的莘莘学子。然而该死的,就在我们临考初中的关键时刻,县里突然取消了一中的初中部,将初中单列成为一所新的学校,即我们现在的梨山中学。我们不再与一中有任何的亲近关系。

更可恨的是,我的哥哥却因为早生几年,没废多少力气,就顺利升入了一中。而且,成绩还相当不错,在年年级里正数前二十名,我爸爸因此说,只要我哥哥努力,每年前进五个名次,那他考一所名牌是没有问题的。

我翻进了这所万恶的高中校园，首先闻到的是一股浓浓的食堂里的味道。有大头菜味，有西红柿味，有凉拌黄瓜味，我知道这是他们食堂刚刚开完饭不久，我真羡慕那些在此上学的人，他们吃的可真好啊，品种也多，口感也不赖。有一次，我吃过哥哥从学校带回去的饭菜，嗯，的确好吃，甚至我觉得他们那里的大头菜都要比我妈妈煮的鸡肉好吃。

我妈妈却说，那是大锅菜，头一次吃，吃个新鲜罢了，常常吃了，就会觉得难以下咽。我坚决不同意妈妈的说法，我告诉她，如果我考上了一中，那我坚决不和哥哥似的，像一头猪一样老赖在家里吃吃喝喝。我要住校！我就要常常吃这种香喷喷的大锅菜。哥哥说，"离校近的学生学校根本不让住校，没有地方。""那我就光吃不住。"我说。妈妈说，"那等你先考进一中再说吧！"我就不再说话了。

你猜我在一中里遇到了谁？对了，你猜得非常准确，我遇到了我的女同学朱志梅。

朱志梅正在学校的食堂厨房里忙得热火朝天，不知道那一刻我从哪来生出的力气，也许是出于对同学的友爱和对一中的热爱？我毫不犹豫加入到了朱志梅的劳动中去。

我帮助朱志梅同学抬蒸笼、洗碗、刷碟子、抹桌子，我们都干得流了老汗，直到干得腰酸背痛才总算把厨房里收拾挺脱了。我问朱志梅："你干嘛呢？"

"帮俺爷干活。俺爷在食堂上班，今天中午有事。"朱志梅说。

朱志梅这样一说，我才猛然醒悟，朱志梅原来是跟他老爸一起从农村来的。怪不得她赶她爸爸叫"爷"呢。这是我们这地方农村称呼父亲的通用方式。我爸妈就是这样称呼我爷爷和姥爷的。

我一边擦着汗一边说，"累死我了。"

朱志梅也用胳膊肘抹着汗说，"走，王富强，到我宿舍里休息一会儿去！"

我几乎被她气歪了鼻子，我帮她干了老半天的活，她居然连我的名字都记错了。我说，"你叫我什么？"朱志梅说，"王富强啊，怎么了？昨天化学老师还罚你站了呢！"

我生气地说，"请你听清楚了，我姓纪，不姓王，不是什么王富强！"

"那你昨天是不是被化学老师罚站？"

"罚站怎么了？"我神情沮丧。

"就是嘛，化学老师让我去他办公室抱作业时，他说了，你给一个女同学传纸条，被他当场发现就罚你站了！他说是一个叫王富强的嘛，你们班里只有你一个叫什么富强的吧？"

我听了差一点背过气去，这么糗的事居然被她知道了。还有，化学老师，哦，不，化学老师是我们的班主任——我们的老师，居然还把我的名字搞错了！

我怀疑那是老师故意的，他既想把我给女生传纸条的消息传播出去，又不想把我的真实姓名透漏给别人。那他就想出了王富强这样一个怪名字！拜托，能不能请阴险的老师以后再说起这件事时，起一个与我差别大一点的名号呢？

我说我们班里确实没有其他的富强了。不过，我紧接着告诉朱志梅，传纸条的事可百分百是一个误会！

"传张纸条也没什么的嘛，"朱志梅忽然温和了下来，一副善解人意的样子盯着我。"我们班里也有传小纸条的呢。"

"有给你传的？"我问。

"没有。我长得又不好看。"

我笑了，我觉得也是。我觉得像她这样长得并不好看的女生一定是不会有人给她传小纸条的。起码我就不会。

说话间，来到了她的宿舍。

这是一间石头砌成的平房，门外有一排砖头垒成的不大的花圃，一棵怕有三十多年的老槐树，室内安着两张床，两挂蚊帐。朱志梅对我说，她和"他爷"住在这里。不过，她说，他爷经常有事，从来不睡午觉，有时候还天天往家里跑，回去看她娘。所以，朱志梅还对我说，"你以后可以常来啊。"

听了她这句话，我的脸倏地一下红了。她当然察觉不到，因为我发现她说这句话时，非常真诚，而我，却想多了。

我望着脱去鞋子的朱志梅的白花花的脚丫，我的确想多了。

我当即兴奋地答应，"那行，我以后常来找你玩！我家就住在墙外边那座楼上。"

"啊！是织布厂那座楼？"

"对。"

"真好！你真行，从小就住楼。"朱志梅说着，一脸羡慕地盯着我。盯得我脸上忽忽发烧。其时日头火辣，朱志梅一进门时就把木门随手关死了，这样，房子里倒显得一下子凉爽了不少。

可是我几次被朱志梅盯视，感觉非常不习惯。我的双眼还从来没有被一个女孩子这样长时间地盯视过。我在想，是不是朱志梅对我有点意思呢？转而，我立即打消了这个念头。怎么可能呢？她长得又不好看，即使她对我有意思，我也是不会对她有意思的。

静静的一间屋，窗前有淡淡的鸟鸣，我还能依稀闻到屋子里残留的大锅菜的香味，这真是一个与众不同的午后。

应朱志梅之邀，我脱去了凉鞋，也跟着她盘腿坐在了铺有凉席的单人床上。

这样，我们面对面，就彻底陷入了尴尬。我长这么大，还真得从未和一个女孩子坐得这么近过。我们坐得这么近，我们要说些什么好呢？她不说话，多言好说的我竟然也一时找不到话来说了。

我几乎被朱志梅盯视得有些害臊并紧张了。我试着回视她，发现她的脸色更加红润了，而且一双三角小眼睛也更加像一只狡黠的狐狸眼了，我再盯视她的发梢，感觉她的头发也真的比以前更加稀黄了（就像现在好多女孩子花钱去染的那种）。在我大胆的注视下，她居然心不惊、脸不臊，甚至连眼睛也不眨的。

我好几次被她的目光盯得败下阵来。最后，我铁了心要跟她一较高下！我迎着她含笑的目光狠狠地回视过去。就这样，我们居然从此拉开了玩对眼游戏的序幕。

在以后漫长的午睡时光里，我鬼使神差地一次又一次地溜出家门，翻墙而过，堂而皇之地进入到朱志梅父女的宿舍里。与她乐此不疲地玩起这种滑稽而无聊的游戏。

渐渐的，我已经不再担心朱志梅的爷会突然回来，闯进宿舍，把我和朱志梅以一种奇怪的姿势逮个正着，我已经大意到进朱志梅宿舍不再敲门，而是一拥而入，直接上床。

渐渐的，通过这种对眼游戏向着纵深方向的发展。我能闭着眼睛想象出朱志梅脸上的 11 颗雀斑或痦子的准确位置，我能把朱志梅左额上角的一块小疤（据说是她在乡下学自行车时摔倒跌破造成的）想象成蝎子、壁虎、蛇或者蚕蛹。

渐渐，通过对眼游戏，近距离地观察，我竟发现朱志梅不再像我想象中的那样难看了。比如她的鼻子，是那种翘翘的，没有任何缺点的，几乎是晶莹剔透的鼻子，我很难想象出一个农村里长大的女孩儿居然会有这样一个标志的鼻子，真是叫人啧啧称奇。还有，朱志梅的睫毛，是那样的长，它们就像是一把把小小的刷子或者长长的狗尾巴草一样齐整地生长在朱志梅的眼睛上方，这让朱志梅的眼睛不再是干瘪有余而妩媚不足，一度，在她笑起来的时候，我还发现她的眼睛差不多已经成了世上最迷人的眼睛之一。更有甚者，朱志梅的一双长腿，我甚至都不知道它们是何时、如何变得那样修长的，那时候尽管我审美方向还远远没有到达异性的腰部以下，但是，要知道那个夏季我们大多的时间是盘腿而坐，这样，在夏天，她那双白花花的长腿就好多次像璀璨的日光一样照花了我的眼睛。

其实，我是最想说一说朱志梅的胸脯的。在朱志梅温暖而肥沃的胸脯上，那对挺拔的山丘是经常让我视线分神从而一败涂地的致命根源。

在一些下雨天的午后，我被父母严加看管起来不能出门之际，我常常会躺在床上翻来覆去地想，朱志梅的胸脯前挺立的，也许根本就不是一对乳房。

要说乳房，我见过的，我妈妈那种。我妈妈有时会在家中无人的时候——当然我在家，不算是人，我是说家里无外人的时候——我妈妈就会光着她肥胖的身子趿拉着一双破烂的拖鞋去洗手间里洗澡，有时候她会一丝不挂地穿堂而过，见到我仍然在看电视，或者听磁带，她会让雪白的裸体在客厅或走廊里猛然一停，说，"你还不去做功课!"

这个时候我就看见我妈妈的一双硕大的奶子像是老爸浇花用的两只小水桶。白,而且肥大,我甚至觉得恐怖,我怀疑我妈妈那双大大的奶子里面是不是装满了油脂?她难道是用一些白花花的油脂把我喂养大?怪不得我的大脑总像是被猪油蒙住了一样混沌呢。

可朱志梅的不一样。朱志梅胸脯上的一对乳房,像一对展翅欲飞的鸽子。有好几次,我看到朱志梅起身、侧卧,或者大笑着弯腰、猛然起身要打我时,我都发现她的那对鸽子扑棱着翅膀飞翔了起来。

它们擦过我的鼻尖,飞过我的头顶,一直落到窗外荫翳如盖的大槐树上去了。

岳华告诉我,朱志梅高中毕业后去了县织布厂,后来才转去了啤酒厂。她所到之处,都得到了领导和同事们的一致好评。我知道,她当然会的,她当然会的。她是一个多么多么好的姑娘。

回忆,几次要将那个夏天,成倍成倍地删减,但我知道,无论如何,我们每一个人都曾经历过生命中那样一个漫长的季节。

后来让我们结束了对眼游戏的是一个叫袁照亮的男孩。有一天午后,我照例去找朱志梅,却发现,在她宿舍里的床上另有其人。这是个男孩,大约小我们几岁,虎头虎脑。进门时我险些以为是朱志梅的爷,吓了我一大跳。然而不是。

说到这里我真的有必要感谢一下朱志梅的爷。在我的印象里他几乎从来没有睡过一个午觉。甚至,他都没有给我一个在午后看到他的机会。我真的很想知道那个生得五大三粗、给学生打菜时非常宽容的壮年汉子,在每个火辣辣的午后都跑到哪里去了?难道他像我们一样不知道疲倦吗?难道他发现了我的到来从而故意躲到别人宿舍里去睡?这真是一个千古之谜。要是放在今天,我还遇到这样的事,那我的猜测将会卑鄙许多,我会猜想他趁了中午的时间去洗头房找小姐,或者,干脆让他包一个二奶、三奶,才说得过去。

袁照亮,不能顾名思义,他的头既不圆又不亮。

他自我介绍说他是食堂司务长的儿子，跟朱志梅是一个乡的。比我们矮三级，还在上小学。他非常友好地叫我哥，好像对我无比崇拜。尽管他的个头已经眼看就要超过我。

我对他的到来假惺惺地表示了短暂的惊讶和欣喜。在我几乎要丧失这天午后游戏的兴致时，袁照亮忽然从背后拿出了一副扑克牌。

就是这一副麒麟扑克牌，让我们三个人长时间地紧密团结在了一起。要知道，那时候我对玩扑克牌还只是一知半解，对好多种玩法都是似是而非。但是，那一整个夏天，由于袁照亮的突然到来，我们几乎摸索遍了所有的当地扑克游戏，甚至还创造发明出了许多打法。比如打地洞、数学游戏、猫抓耗子、反排火车、骑狗等，现在想来，有很多种玩法已经随着袁照亮的留学（到日本去了）、朱志梅的逝去和我记忆力的惊人衰退，永远的失传了。

一开始我对袁照亮每天中午的准时到来极度反感，甚至，我觉得他既不圆又不亮的脑袋开始又圆又亮起来。尽管我对朱志梅并没有什么企图和非分之想——我又能有什么坏念头呢？可我还是觉得袁照亮的到来打破了我和朱志梅的宁静，毁坏了我和朱志梅间的秩序。原先的静谧和休闲再也找不到了。

我还是一个非常喜欢热闹的人。随着袁照亮的频繁到来，我们三个人最终日益无间起来。到了后来，我们在一起几乎无所不谈，无所不干。

譬如我们发明了一种不睡午觉，但防止被老班察觉的绝招。

我们老师曾被公认为是一个非常歹毒的人。夏天午后的上课前，他经常会提前赶到教室里抽查我们的午睡效果。他好多次都煞有介事地教导我们说，一个人若是不睡午觉，那他下午的学习效率就根本无从保证！那么星期六、星期天的加班就显得非常有必要！老师话音刚落，随即命令几个倒霉蛋站起来，纷纷伸出自己瘦小的手臂接受他指甲的滑刮——你不觉得这一招相当恶毒吗？——如果哪个人的胳膊上当即呈现出了一片明显的粉白，那他就一定死定了。因为这足以说明，他的午睡时间被下河游泳替代了。

其时我根本还未学会游泳，仅会的"狗刨"也没能激起我下河的兴致。我最害怕的是上课打盹而被老师发现,那样一来,他一定会罚我仅用一只脚站立着记课堂笔记。

针对于此,袁照亮好多次都积极贡献出了他专门从乡下老家带来的朝天吼小辣椒。

这玩意儿一旦入嘴,别说打盹,就是睡着了都能叫人立即跳起来,奔到院子里去。

以后上下午课,我们就经常分别在三个教室里,在关键时刻咬几口朝天吼小辣椒,这让我们立即精神百倍斗志昂扬甚至激动地掉下了眼泪。有一次袁照亮偷偷对我说,昨天他因为吃多了辣椒,竟一下子从椅子上跳了起来!结果是,他被老师赶出了教室。

朱志梅对我私下里说,有一次她也吃多了,结果肚子痛得实在不行了,只好自己举手走出了教室。

而我,我跟他俩放肆地说,有一次我也吃多了那种要命的小辣椒,结果坏了,我拉屎拉不出来了,最后还像女人一样流了好多血。如此一来,朱志梅和袁照亮也都知道我有痔疮的毛病了。

等扑克牌也玩厌了,有一天,我们竟互相拿对方的名字玩了起来。

我们是这样玩的:快喊一个人的名字,反复喊,越来越快,直到把它喊变形为止。比如我喊袁照亮,喊得越来越快,最后就喊成了"圆又亮",这个电灯泡可真是又圆啊又亮!我喊朱志梅,越喊越快,最后喊成了"株支梅",我颇有诗意地对着朱志梅说,"哦,原来你是雪里梅花,一株独秀!"

袁照亮喊朱志梅则喊作了"猪吃煤",解释说朱志梅就是一头只想吃煤球的猪。喊我则喊出了"机关枪",说我是一挺"突突突"没有目标只顾乱打一气的重型机枪。

轮到朱志梅了,她的声音既尖又亮,在一连串的叫喊后,她并没有新的发现,于是继续不知疲倦地喊下去,直到硬将袁照亮勉强喊成了"圆月亮",并学着大人的腔调警告袁照亮同学,要好好学习,天天向上,要不然,早晚像猴子捞月亮,空欢喜一场!

喊我,朱志梅几乎喊出了国际水准、世界先进水平。她竟然将我的名字喊成了"鸡扶墙"。她解释说,这是一只骄傲的鸡,还没学好飞上矮墙,就想学雄鹰遨游天空,结果一不小心掉下来摔伤了,多惨!所以啊,只好扶着墙走路!

那时候我们都还不知道,鸡,并不完全代表家畜,只知道它是一种比较脏但又比较好吃的家伙。现在呢,它不光脏而且好吃,居然还代表着另一类的美丽。真是事过境迁啊。

——看我们玩得多么开心。

夏天最后的日子总是大雨瓢泼。那天午后,妈妈又在家里晃动着雪白的大奶子洗澡,而我从家里像猫一样地溜出来,飞速翻越了那座矮墙。

对于我的冒雨前来,朱志梅非常吃惊。她几乎已经睡下了,身上还盖着一张薄薄的毯子。但是她没有插门,是不是她也在等待着我的到来?

朱志梅的爷不在。

袁照亮也没有来。

朱志梅高兴极了,她一把将我拉上床,替我拍打沾满雨水的头发,说下这么大的雨怎么还来。我调皮地说,"想你。"她的脸忽地一下,更红了。说:"你胡说八道。"我说:"要是你在我们班我早就给你写小纸条了。"我也不知道自己是怎么了,居然一下子这样大胆和不要脸。

"我才不要。"

"我给你写历史试题答案。"

"那还差不多。"

我趁势拉住了朱志梅给我擦雨水的手。没想到,有点粗糙。

"哎,最近你测试怎么样?"她一下拔出手。

"还行。历史考了第三名!你呢?"

她说,"我的历史还是没有及格,其他的除了化学也都不行,以前落下的课太多了。"说完,却开始笑。狐狸眼渐眯成了一条直线。

"要说历史啊,多亏了我们许老师……"不知道为什么,说起我们漂亮的女历史老师和课堂上的种种故事,我刚才的一点坏心思突然间不翼而飞了，我们俩开始热烈地滔滔不绝地谈论起学校里的事情来。

我们从操场到教室，从车棚到花坛，从水池到小卖部，从宣传栏到实验室，从图书馆到食堂，几乎无所不谈——说起食堂，我们的话题就像夏天的暴雨一样细密而又迅疾。我们学校的食堂除了咸菜馒头外几乎永远都没有别的花样，因为宿舍楼尚未盖起，学校住校生很少，食堂一时成了专为体育专长生而设的。所以，我们学校好几年都没有考出几个像样的体育中专生来。我看，那时候的食堂就是罪魁祸首无疑。

讨论着学习成绩，我和朱志梅不禁都伤感了下来。

朱志梅忽然问我，"你长大了想做什么？"这是一个小时候被很多人问了无数遍的无聊问题。

"你呢？"我反问。

"我？我想接我爷的班。"

朱志梅的回答远出乎我的意料。可我转念一想，依她的成绩，的确很难考上高中。

"现在还兴接班吗？"我问她。

"兴不兴也得接。到时候让我爷去说去。反正我不想回去，更不想离开一中。"

"是啊。我也想进一中。"

"那你怎么打算呀？"

"我长大了要当一名作家。"我说。"我想写一本让很多人都爱不释手的武侠小说。"

"真好！"朱志梅忽然说，"你当作家，我当卖菜工。呵呵。"

朱志梅这样说着，并且看得出她是从内心深处发出了真诚的微笑。我忽然有点后悔，我后悔自己怎么能说出想当作家这么大逆不道的话来。自己的语文成绩还经常拖后腿呢。人家朱志梅想当卖菜工，我怎么可以当着她的面说我想当作家呢？我简直懊丧极了。

我们陷入了沉默，陷入了对未来的揣思，我们想着心事，不知不觉并排躺了下来。

屋外的雨声一阵大过一阵，似乎要把这间低矮的石头房子压趴到地底下去。狂风吹着门前的老槐树，几根树枝先后"咔嚓"几声折断了。闪电像是镀金的龙，在天边张牙舞爪，耀武扬威。

忽然，朱志梅伸出手来抱住了我，并把她的头向我腋窝里埋去。我张开手臂把她紧紧地箍在怀里。任凭窗外风雨电闪，我们紧紧地相拥在一起。我感觉到朱志梅一头舒滑的发丝把我的腋窝弄痒了。

然而毕竟是闷热的夏天，我们太热了，开始流汗，开始大口大口地啜气。

岳华说，"出了事，对方竟然跑了。最近一两天就要出鉴定结果。富强，那小子就是跑到天涯海角我们也得把他抓住啊。是他杀死了朱志梅！"岳华攥疼了我的手臂。

我把手臂缓慢地下伸，像一条粗笨的鲇鱼钻入一个棉布口袋，费事而艰难。朱志梅整个过程一直都闭着眼睛。看得出她一直都在隐忍，强迫自己顺从着我的罪恶。

终于，我汗湿的双手捕捉到了朱志梅胸前的那一对鸽子。那是一对非常警觉的鸟儿，扑扑棱棱，几欲跳出我的掌心，腾空飞去，但终于被我俘获了。我紧紧抓住了它们。生怕那种最温暖和最柔和的感觉一不小心丢失，我把它们像揉面团一样肆意地抚弄，我用大拇指心按住了鸽子的红嘴壳，一起同它们陷入了最混杂和最无序的漩涡。

朱志梅发出了难以抑制的呻吟。我知道自己弄疼她了。

我把朱志梅的身体向上扳，用尽全身的力气把她扳转来，我们的嘴唇就要对在一起了。我们终于要玩到对嘴的游戏了。

但是朱志梅拼命地挣扎、反抗，胡乱地抓我的肩膀，指甲几次嵌进了我的皮肉。我疼痛难忍，却欲罢不能，只想用尽全身的力气把朱志梅举起来，高高地抛向空中，然后垂直重重地砸落在我鼓胀的身体上……

朱志梅终于挣脱了我，她惊恐不疑地盯视着我，气喘吁吁，紧张地回手扣好胸罩。接着，她竟又伏下身来，将我死死抱紧。

"你不能亲我。"朱志梅狠狠攥住我的手臂,以后吧!以后吧?朱志梅这样说话的时候,用了一副略带内疚和讨好的眼神盯视着我,仿佛是她刚刚做了一件很对不起我的事情。

"行。"我也在这一刻猛然醒转了过来。

我们都还只是初中生耶。

并且我感觉到有些无聊,我突然意识到我正在搂着一个别的班级里的并不好看的女生,我怎么能这样荒唐呢?我的手逐渐松软了。我挣扎着坐了起来。

我还开始担惊后怕,如果刚才朱志梅的爷突然回来了该怎么办?如果袁照亮突然间闯进来了该怎么办?如果他们将我和朱志梅在床上翻滚的事情告诉学校、告诉老师,那我们会不会被开除呢?

况且,我怎么竟会对朱志梅,一个并不漂亮的农村女孩动心了呢?难道说我要娶她吗?难道说我要回家去对着我洗完澡正擦拭着她一双大奶子的妈妈说,妈妈,我要娶一个卖菜工吗?那么妈妈会不会气得当场吐血甚至精神分裂呢?

我开始觉得了前所未有的沮丧,几次不耐烦地抬头盯看墙上的挂钟,最终像一只苍蝇一样仓皇飞离了朱志梅的宿舍。

岳华说,"一直到朱志梅离开我,我都好像不了解这个女人。你说,富强,朱志梅是个什么样的女人呢?她有时候真得太怪了。不瞒你说,我们结婚都三个多月了,她甚至不让我吻她的嘴。"

"你们结婚了?"我茫然地问。

"当时时间太紧张,她要求旅游结婚,所以没有通知几个人。知道吗?我追了朱志梅整整三年时间,花钱无数!"

我抬起头盯视了岳华一眼。

我们各自在家又度过了一个飞短流长的暑假,夏天说过去也就过去了。

等我们重新返回学校,夏令时已经结束,我们不再拥有午睡时光了。令我感到奇怪的是,虽然我和朱志梅隔得很近,但我们几乎很少碰面。偶尔在楼梯上见得，我也就是笑笑旋即转身离去，连一句像样的招呼都不打，陌生得像是一般同学。倒是朱志梅，每一次都显得意犹未尽，微笑着想和我攀谈什么，可我发现，在学校里，她是一个多么不起眼的女生啊！我对她几乎失去了任何的兴趣。

这期间，我跟几个大龄同学学会了逃学、打台球和喝啤酒，甚至数次交叉结伙蹿至桥头堡下看了几场黄色录像。从此，我在卧室里贴满了叶子媚的海报，开始了没日没夜的手淫。

说到手淫，我真恨我自己，恨我自己的控制力实在是太薄弱了。我还觉得自己真的是很对不起朱志梅，因为自从我学会手淫的那天开始，一直到我如愿考上了一中、上了大学，甚至直到现在，我都没有一次将手淫时幻想的女人更换成朱志梅。

尽管朱志梅胸前的那对活蹦乱跳的鸽子始终栖息在我心湖深处。

大学一毕业——我上的那叫什么大学呀？简直羞于再提，在这篇小说里我决定坚决不再提它了。需要说明的是尽管我在大学里无恶不作，但我仍然被分到了一家不错的单位工作。有一天我正百无聊赖地逛街，突然发现侧前方款款地走着一位窈窕女子，她的身高体线几近完美！就是不知道正面模样生得如何？其时我正处在找对象的黄金年龄，只犹豫了几秒钟就跟了上去。

女孩穿着一件后开叉式的及膝黑裙，一头瀑布似的长发，让街道上不少的男女侧目回望。我快走几步超上去，想看一眼美人儿的正面，不料这一看竟心花怒放，她长得太、太好看了！

我回过头正要继续无聊地闲逛，不想被女孩叫住。

"哎！"

我转过头来，仔细辨认，居然发现眼前这个美得不可方物的女孩竟是朱志梅！

要不是多年未见，我们差一点就在大街上兴奋地拥抱在一起！

那一天我们一起找了一家非常僻静的地下餐馆，从午后两点一直吃到晚上九点。我们似乎有说不完的话。

我发现朱志梅已完完全全地变了一个人。她变得更加内向、更加柔弱了，但还是一如早年般的羞涩，尤其她的外表，简直发生了天翻地覆的巨变。她居然变成了一个非常非常有魅力的年轻女性。她优美的曲线让我想起了课本上的黄金分割，她成熟的身体让我好几次都联想到了熟透的水蜜桃或我房间墙壁上挂着的叶子媚（这么多年，就那么一直挂着），她的一举手，一投足，似乎都是那么优雅，那么耐看，真像是一本好看的书，让我百翻不厌。

出乎我意料的是，朱志梅对我，仍然像先前一样热情。她对我几乎没有任何改变。就好像这些年的时光根本没有流逝，而是停滞了，永远停止在了那个遥远而温馨的夏季。

这让我有些受宠若惊。

那天晚上，我的反应出奇地愚钝，究竟是怎么径直跟着朱志梅去了她的宿舍我实在想不起来了。

她以前说过的，一点都没有错，她现在就是一中的一名卖菜女工。

朱志梅一边不停地劝我喝水，一边继续对我们的重逢表达着惊喜，她说她太兴奋了，这么多年以来，她一直都在打探我的消息，谁能想到会在今天遇到呢。当初初中毕业的时候，她曾想送我一件礼物来着，但是她找遍了整个学校怎么也没有找到我，几经打听后她才知道我那天根本就没有去参加初中毕业典礼。

我告诉她，那是因为毕业典礼那天，我又被几个坏学生譬如谁谁强制拉去看了一场黄色录像，我还能清晰地记得那场录像的名字叫作"讲述"。我对朱志梅说，那真是一场黄得不能再黄的录像了。

朱志梅对我这些年来的生活表示出了极大的关注，尤其她非常盼望我能讲述一下大学生活。但我立即告诉她，除非用刀杀了我，若不然，我断不会再去回忆那段生活了。朱志梅表示出极度地不可理解，为什么呢？为什么呢？她一连问了好几次为什么，可我拒绝再回答她。

"那么，就讲述一下你这些年的生活吧。"我说。

"好啊！"朱志梅兴奋了起来，好像她等的就是我这句话。我的提议像一枚暗夜中的火柴突然间划亮了朱志梅的心海。她开始了漫长而琐碎的讲述。

朱志梅告诉我，她终于没有考上一中，就连一所普通的高中也没有考中。尽管她早就预知了这一结果，但她还是非常失望。在宿舍里大哭了几场之后，她感到无处宣泄。她就给我写了封信。

"给我写信？"我吃惊地问。

"是啊，就写了一封，也不知道该不该寄、往哪里寄。于是就烧了。"

她接着说，她本想等着接她爷的班，就在一中当一名光荣的卖菜工，完成自己的理想。可是结果，她爷居然被开除了。

她说到这里一顿，我的想象就充分展开了翅膀，我猜测她的爷是不是、会不会真得去包养了一个二奶、三奶呢？或者去勾搭了一名女卖菜工？

结果朱志梅告诉我是袁照亮的爷把她的爷给开除了。理由是，她爷卖菜老不收票，给食堂造成了经济损失。朱志梅曾专门为此去找过袁照亮，找袁照亮的爷。但一切都无济于事。

朱志梅的爷还是被开除了。

朱志梅想在一种当卖菜工的希望破灭了。

"为什么你爷卖菜总不收学生的菜票呢？"我也心存疑念。"谁知道？"朱志梅很无奈地说，"我爷老了，也许他的忘性太厉害了！"

"但是，"朱志梅接着说，"我坚决不想随爷一起回乡下去。我留下来了。我去了军民路上的一家绣花厂，我在那里干了三年，后来我又去了东台的食品厂干临时工，可那个老板很坏我又离开了，后来我又去一家燕子化石加工厂，虽然累点，但老板对我很好，就像亲生女儿一样。"

"但是，我一听到一中又要重新承包食堂了，"朱志梅再一次一边劝我喝水一边说，"我就来一中报名了，我就想在这里当一名卖菜工。"

"我来的时候你当然早已经毕业，我没能亲手给我们未来的作家打上菜，但是我从学校的光荣榜上看到了你的名字。"朱志梅越说越兴奋。"你考上了一所虽说说不上是名牌大学但也算得上一所挺不错的学校，我不明白为什么你不肯给我说说你的大学生活呢？你知道我有多么羡慕你吗？"

"好吧，你别那样看我了，你说除非用刀杀了你你才肯说，我又不会杀你。嘻嘻。"

一整个晚上，我都在听朱志梅絮絮叨叨不停的讲述。

但是我的心里却渐渐生出了非常卑鄙的念头。

我想今晚干脆就睡在朱志梅的宿舍里算了，我想趁着夜深干脆就把眼前这个柔弱的美女像翻一本大书一样，细细地翻开研读罢了。

在接下来朱志梅喋喋不休的讲述中，我甚至产生了浓重的厌倦情绪，我甚至在想如果今晚最终不能和朱志梅在一起睡，那我还不如趁现在就起身离开呢，我真的太累了。我闲逛了一天，实在太累了。

终于，朱志梅停止了讲述。我发现，不知何时，她竟哭了。眼泪被透进窗玻璃来的月色染成一片了灿白。

"太晚了，朱志梅，我得走了。"我慢腾腾地站起身来告辞。

"呀，真的很晚了。"她显然已忘记了时间。

"学校是不是锁门了？"我担心地问。

"一定锁了，你不是会爬墙头吗？"她打趣道。

"你以为还是当年呀，上大学的时候有一次我半夜爬墙掉下来，摔坏了左肾。"我张口就对她撒了一个谎。

果然，她立即犹豫了。我看见她低头站在宿舍门口的阴影里沉默了好一会儿，继而轻轻地说，"要不，你睡我这里？"声音很轻很轻，像是什么都没有说，又像是一种充满暗示的诱惑。

"我们一起睡吧？"我小声说完突然爆发，迅速地把她抱了起来，我能感觉到她一双修长的双腿上的丝袜，凉凉的麻纱之感一下刺激了我，我们滚上了床铺。

很快，我就把自己和朱志梅脱光了，暗夜里我们激情四射地做爱。我发现，她居然还是一个处女，一个标准的处女！她的疼痛和快感让我莫名其妙地感觉到了负疚。

她仍然躲避着不肯让我吻她的嘴。

窗外早已不是先前的窗外，没有了砖砌的花圃和大槐树，月光坦白无蔽地直射进来，像精液一样流了满地。

"我爱她是发自内心地那种爱。"岳华说,"我和朱志梅结婚以后我就想完完全全地拥有她,占有她,让我俩合二为一。可是我居然发现你知道我发现了什么吗?我一直都以为自己是世界上最幸福的人!可我发现朱志梅她根本不是一个处女。"

"有烟吗?"我打断岳华。

岳华给我点上,继续沉浸在他投入的叙述当中,"你在乎妻子的初夜吗?对了,你可别笑我像个祥林嫂似的唠叨,朱志梅死都死了,我跟你说这些,是因为我觉得对不起她,就在她去的那天我们还因为这个大吵了一架。"

我想尽快结束这场对话,可岳华说,"要不是朱志梅留下了几本日记,我还真不知道她还记得你并觉得你是她心目中一个不错的家伙!"

"我?"由于紧张我的笑一定非常难看,"她写日记?还提到我了?"

"也就几句话,说你人长得丑,但帮助过她,她会铭记你一辈子的,志梅就是那么一个人,只要你对她好,她是永远不会忘记的。"岳华说。

从那以后我完全沉迷在了和朱志梅的做爱当中。我高频率地出入一中校园,以至于和学校的几个保卫混熟了,看得出,他们对我非常忌妒。

一中早已今非昔比,现在的一中建设成了超现代化的新型体育馆,争创了全国千所重点高中,栽植了许许多多的名花名草,还立起了各式各类的英雄伟人雕塑。

但我们只在夜色笼罩之下才徜徉在花草丛中、雕塑背后,或者操场边缘的蔷薇林里,我们在那里接吻(不是那种嘴对嘴的),甚至到了后来我们就在深夜的花草丛中惬意地躺下来,互相翻开对方的身体,让体液和着月色肆意地流淌。

我始终想苛守住自己的原则,即白天绝对不去找朱志梅,以防被外人发觉；如果万一隐忍不住去了，那也绝不能跟她接吻和做爱，只是廖解相思之苦；即使实在万一忍不住跟她接了吻并做了爱，那也绝不能选择在宿舍以外的地方做，那样实在是太危险了；不过万一在宿舍以外的地方那样了，也要严加看护好四周，坚决不能让人发现。

我们当然是疯了。

不久，我正在办公室打文件，突然接到了朱志梅的电话。

她简直被吓坏了，声音听起来都有些凉。她问我这几天为什么没来？我刚欲解释，她接着说她的老朋友也没有来，已经严重超期了！我一听，心里顿时凉了半截，茶杯"砰"的一声摔在了皮鞋上。

朱志梅怀上了我的孩子。

岳华说："我们一直都想要个孩子，可是，无论怎么努力，就是没有成功。我让她去查，她去了，结果医生说没事，我也去了，也没事，是不是我们太操之过急了呢？我们又因为她的初夜没有流血的事而大吵了起来。"

"早知道这样，我哪会再跟她吵呢？要是我们能留下一个孩子就好了。"岳华语无伦次地说，"哪怕是一个女孩儿？女孩儿一定会像她一样美丽。"

我没敢再去找朱志梅。就在县城一棵浓荫扑地的大法桐树下，我把手机毅然决然地转成了自由寻呼，凡是来电都打不进来，但我却能看到号码。我丢下手机，一个人请假去了海岛。

半个月以后，我被炽热的阳光晒成了古铜色从海岛回来，打开手机，里面居然有96个未接来电。在这96个未接电话里，只有一个电话我能看得出来，那必是朱志梅打给我的。

9月29日凌晨2时8分0秒。是我出走后的第7天。

经过了一夜。

我疯狂地赶去一中。在途中，我跟一个税务局的女人撞了飞车。那天从一中回来我的头部被整整被缝合了11针。

晚了。等我血头血脸地赶到一中，朱志梅已经离开了，她住的宿舍里空空如也。她的同事小王用一种极度鄙夷的目光狠狠盯视着我的眼睛,像是要从我的脸上挖出一口水井,她说难道你还不知道吗?朱志梅被开除了!听她的语气仿佛开除朱志梅的不是别人,就是我。

我佯装问为什么?

却被她走出屋门兜头泼了一盆洗脚水。

这段痛苦,或者说不快,我用了不到半年就忘记得一干二净。我认为,时间总能冲刷掉一切的一切。

后来,是一篇普通的文章引起了朱志梅的注意。也许是她终于发现我开始在小报纸上发表豆腐块文章了。也许是她太过激动。她居然为我写了一封信。正是这封信址上的"军民路"再次暴露了她。

等我开着新买来的白色桑塔纳轿车沿军民路找到她。发现她果然又回到了绣花厂。在她的简易宿舍里,我看到了她早已为我剪贴下来的一个厚厚的作品集子。那里面满是我风花雪月的杜撰和闭门造车的荒唐。

我的眼泪唰地一下就流下来了,我再一次紧紧拥抱住了朱志梅。我给她跪了下来,声声乞求朱志梅的原谅。但是朱志梅说,"我根本从来就没有恨过你哪怕一丝一毫,又何谈什么记恨和原谅呢?"

她被我紧紧箍在怀里,几乎将要窒息,她安静得就如一具刚刚死去的尸体。她被我再一次像一本大书一样,一页又一页翻开。

她开始配合,她仍然笨拙,她仍然拼命地压抑着自己。

她仍然不肯让我吻她的嘴。

"为什么?为什么?"我问。"吻我!"

朱志梅在我的身体下方说,"给我留下一点干净的地方吧。等我结婚,我要把我干净的吻留给娶我的人。"我说:"志梅,我娶你!让我娶你好吗?"她说,"不!"我说为什么为什么?她突然无限温柔地说,"别问了,不为什么!"

那么,我们就再一次使出浑身的力气来做那件事吧。也唯有这样我才可以让自己的大脑彻底地陷入死亡。我们太自私了,惊天动地的作业严重影响了绣花厂广大女职工的正常睡眠。

岳华说,"你知道吗,如果不是朱志梅飞身将我推开,那么此刻站在这里和你说话的将是一个死人，那个死了的人将会是我！可那该死的司机直到现在还在逃逸！"

"这么说，朱志梅真的死了？"我的眼睛潮湿了，说话近于逼问。

"千真万确，我对你发誓，那是我的老婆啊！她是被一辆桑塔纳轿车倒车时轧死的。鲜血溅了满地！"

"是白色的桑塔纳吗？"我心惊肉跳下意识地问道。

"不，是一辆红色的。"岳华摇着头说。

天黑黑

马爽在等待天黑。

天不黑。

天怎么还不黑呢？天一点也不了解马爽的心思。

天真是的。

马爽因此对1984年的那一天很有意见。

那是一个知了声嘶力竭的初秋傍晚。马爽肚子空空地站在托儿所边的一小片树林下，眼巴巴地抬着头望天。

天是蓝蓝的天，很干净的天。偶尔，从很远的地方飘过一小朵白云，却像个害羞的小姑娘，只被人盯了一小会儿，就以极快的速度溜掉了，溜到哪个看不到的地方去了。因此马爽觉得白云也是有家的，它们的家就在天上的某个地方。那里有白云，有黑云，有黄云，还有彩色的云。总之是一大群云兄云妹，簇拥在一起，很热闹，不孤单。云爸爸云妈妈不用上班，云哥哥云妹妹也不用上幼儿园育红班。它们就整天在天上玩啊、逛啊，周游全世界，反正不觉得累，还挺有意思的，想上哪个国家就上哪个国家，想到哪里玩游戏就到哪里玩游戏。它们玩累了，随便一躺就可以睡着了。反正它们又不用吃饭。它们玩得想撒野了，随便撒上一泡尿，地上就下雨了！

哗哗，下大雨了！马爽望着望着，想着想着，突然禁不住掩嘴笑了起来。他发现自己很聪明地想明白了一件事情。原来地上下大雨，就是天上的云彩们玩累了撒下的一泡长长的尿啊！

马爽笑着笑着，忽然觉得脖子已经很酸了。他低下头来，却无意中看到了地上的一个洞。

这是一个微小的幽深的小洞。一个马爽熟悉得不能再熟悉的小洞。就在昨天，他还跟赵姨、崔叔还有姚要明、谢春华、李建国他们去过东树林，他们去的时候天还不黑，可东树林里已经有不少人了。刚刚下过雨，树林里的地上有些湿滑，不时能看到一些气鼓鼓的蛤蟆从这棵树底下跳到另一棵树底下，有的蚯蚓头已经被杂乱的脚步踩黏了，尾巴却还在兀自抽动个不停。

马爽手里攥着一个小塑料袋，那是他从家里把盛白糖的袋子拿了出来。那些白花花的白糖经过最后一次超大剂量的浸泡，提前被马爽喝到肚子里去了。幸亏马爽的爸爸妈妈和妹妹都没在家，而负责照看他的赵姨和崔叔是看不住他的！马爽很为这一点得意。

马爽和姚要明、谢春华、李建国几个，像一串丁零乱响的铜铃时刻跟在大人的屁股后面。谢春华离马爽最近，马爽最清楚这是为什么了。就在前几天一个下午，他们几个幼儿园的同学曾经一起悄悄溜到东树林来。他们来是为了捉住一只或几只幼蝉，拿在手里玩。幼蝉，他们都玩过的，放在手里边，任它们爬，笨笨的，很好玩儿。只是有时候蝉要发起火来，用两只钳子夹人手，也很疼，但是忍一忍就行了，蝉这种动物不会有很多耐心，夹一会儿就不会再夹了。

可是，那天他们刚刚走到东林子边，还未能往里走远，就有三五只大蛤蟆七上八下地跳了出来。那是些什么蛤蟆呀，是疥蛤蟆！听大人们说，谁要是被它们身上的毒液溅到了，脸上就会腐烂，露出雪白的骨头架子来！

首先跟着蛤蟆一起跳起来的就是谢春华。就她一个女的，就属她最胆小了。她一跳不要紧，把自己粉红色的凉鞋都沾在地上了。谢春华光着两片白脚丫躲到了马爽背后。马爽本来也吓得要命，这样一来，只好站得笔挺笔挺，竟还回过头来对着姚要明和李建国说，"怎么样？你们还敢不敢进？你们如果不敢进，我就自己进去了！"

不料姚要明和李建国并不吃他这一套，他们似乎并不怎么怕，一边说着敢进敢进，还一边往里迈着步子！马爽更是来劲，小心翼翼地拉着谢春华，甚至还走过去为谢春华拾起了鞋子，也一起向着树林深处走去。

没想到，也只走了几步，走在前面的姚要明和李建国就像上了发条的疥蛤蟆蹦跳起来！他们喂哇乱叫飞一样地跑出了林子，大口喘气，眼睛睁得足有拳头那么大！

"你们不是很勇敢吗？"马爽虽也心惊肉跳，几乎是跟在他们后边跳出来的，可现在是该他嘲笑他们的时候了。平时，就是这两个人老是在跟他作对。中午在幼儿园里午休时，成阿姨不让说话，可姚要明和李建国他们偏偏跟自己挤鼻子弄眼，惹得他发笑，后来就忍不住和他们说话了。可是成阿姨把错误全部归咎到了他马爽一个人的头上，成阿姨还警告说："等再过几天，马爽你爸爸妈妈回来了，我就告诉他们你午休时和别的小朋友们说话不遵守纪律！"

姚要明和李建国没话可说了，他们脸都吓白了。他们说，"树林里怎么有那么多疥蛤蟆呀？都是哪来的呢？树林树林应该都是树才对，怎么里面住的都是疥蛤蟆呢？真是吓死人啦！"

"马爽，他们又开始挑衅，你还敢一个人往里走吗？"

马爽正和姚要明李建国对峙着，几乎随口就喊了一声："敢！"姚要明和李建国当即笑了起来。他们嘎嘎地笑着说，"你快把谢春华的凉鞋还给人家吧，要不你过会儿见了疥蛤蟆把人家的凉鞋当子弹打了疥蛤蟆怎么办呢？你难道让人家谢春华穿着沾了疥蛤蟆毒的凉鞋去上学吗？"

旁边的谢春华听了，发出了"呀"的一声尖叫！从马爽手里一把夺回凉鞋来，飞快地穿到了脚上。

马爽似乎受到了侮辱，忽然哼了一声，对姚要明和李建国说，"好啊，要不我用手捡起一只疥蛤蟆来给你们看看！"

姚要明和李建国包括谢春华都难以置信地瞪大了双眼，虽然他们对这一危险举动充满了恐惧，但却非常想亲眼看看马爽到底能否实现自己的诺言。

马爽盯着姚要明和李建国，尤其是自己身边战战兢兢的谢春华，终于明白什么是吹牛不眨眼了。马爽为难地挠挠头皮，忽然捡起凋落在地的一片梧桐树叶，一转身，隔着树叶就向地上的一只疥蛤蟆抓去！

马爽高高地扬起手来，"你们看见了吗？看见了吗？"痛苦的疥蛤蟆在马爽手心里四肢乱蹬，其他三个人纷纷往后退散，退散。马爽倏地一下将手里梧桐树叶和疥蛤蟆漫过他们头顶扔进了近处的小河！随着"扑通"一声，所有人都看到了疥蛤蟆像一块大石头一样掉进了水里，然而一旦进入水面，疥蛤蟆忽然像变成了一只灵巧的小鱼，快速优雅地游到水草里去了。

那枚沾过疥蛤蟆的梧桐树叶，径自在河面上漂旋打转，很快也就消失在了一座小石桥下。

就在昨天，他们的收获却截然相反。因为有了赵姨、崔叔他们，马爽他们非但恐惧感大大减少了，手中的塑料袋子也终于没有白拿。马爽还在树林里意外发现了王海涛一家三口，他们家家长居然允许自己孩子来东树林里捉蝉！他们家大人真好。

王海涛和马爽关系最铁了，在幼儿园里，他们都是喜欢打扮成七个小矮人的同学，而姚要明和李建国总是喜欢争演青蛙王子（可他们并没有因此而不怕疥蛤蟆）！还有一次，王海涛从滑梯上摔了下来，正好摔在了马爽身上，可是马爽没哭，也没有去告诉成阿姨，所以那天下午王海涛给马爽带来了一只不大不小的红苹果！

所以，当王海涛把手中袋子里的一只幼蝉抓起来递给马爽时，马爽毫不犹豫地接过来了。马爽把这只脊背弯弯，有点发红发黄又有点发黑还带着点泥土的幼蝉放到了自己的袋子里。

王海涛还想再玩一会儿，可是终于被家长拧着耳朵走出了树林。于是，马爽再面对谢春华、姚要明和李建国时，就拥有了足够炫耀的底气。

"快看！"马爽冲他们叫："我自己也捉到一只！"等他们奔过来，马爽就势指着脚下的一个小洞说："就是这个小洞！刚才我看见这个小洞，没想到用手指头越抠越大，后来就捉到这只大肥虫！嘿嘿……"

众人的眼光闪亮起来！马爽得意极了。姚要明有点不甘心，他甚至弯下身来，朝着马爽刚才指着的那个小洞里再次用食指抠了起来。

"咦？"姚要明突然喊："好像里面有什么在动呢？"马爽立即警告说："别是疥蛤蟆吧？这个洞那么大，早就被我挖过了！"姚要明吓得立刻拔出手指，随着众人往后撤退。

"你真的挖过了？"姚要明质疑马爽。马爽心里有点发虚。他哪里挖过呢？只不过他看到地上的这个洞明显已经张大，以为早有人挖过了，所以才编造了刚刚那一番话。

"不行，我觉得那就是一只蝉！"姚要明说着又跪到了地上。不过这一次，他不用食指挖土了，就近找来一块碎玻璃碴，很快就把小洞附近的泥土翻挖了开来。

果真是一只幼蝉！

这只围裹在厚厚泥土中的幼蝉，才够肥够大！掸去其身上的湿土，马爽能清晰地看到它脊背上泛起的青光。

"原来一个洞里有时候能挖到两只幼蝉呢！"谢春华兴奋地喊叫。除了失落的马爽，他们几个复又跪在地上对着那个小洞仔细研究起来⋯⋯

那晚他们跟着赵姨、崔叔等大人走在回家的路上，姚要明和李建国不断对马爽软硬兼施，目的只有一个：反正你又不在自己家里面住，没人肯为你炒幼蝉吃，你还是把你的那几只交给我们吧？到时候我们家炒了，可以送给你几只吃！

马爽坚决地摇了摇头。

马爽虽然暂时住在赵姨、崔叔他们家，而且赵姨、崔叔把捉来的幼蝉都已经分给了他们几个，显然光马爽手里的几只是吃不着的，还不够油钱呢。但马爽依然紧紧攥着手中的塑料袋子，仿佛里面哧哧乱爬的不再是幼蝉，而是他那些乱扯乱爬的心思。

马爽一到赵姨、崔叔家，就迫不及待地上床了。不过他怎么也睡不着，手里紧紧攥着那个塑料袋子。等他将里面的幼蝉一只一只放出来统统在床单上爬过了，玩过了，才又把它们一一放回到袋子里。嘿嘿，马爽一边玩一边笑，这些幼蝉可真笨！它们的样子那么好笑，可为什么动画片里总没有它们的形象呢？忽然，马爽从床上爬下来，穿过客厅直奔屋外。

"干什么去？这么晚了！"赵姨、崔叔警觉地问。

"尿尿。"

"尿尿屋里有尿盆，这么晚了不许出去！外头有赖老婆鬼，专拐小孩儿！"

马爽步子稍有迟疑，但还是没有停下。"我不，我就站在门口尿……"

赵姨、崔叔总算默许了。他们正端坐在立厨前吃药，他们家总是喜欢大把大把地吃药，马爽曾想问他们也要一点药吃，可他们极其严厉地制止了他。以前赵姨、崔叔的儿子崔刚刚也总是吃药，还总是喜欢站在屋门口尿尿。崔刚刚的尿柱能滋得很远很远，以至于他家对面小棚的牛皮纸上都被晒出了一层厚厚的白碱！要不是那年夏天崔刚刚被西河的洪流卷走了，马爽很想现在再跟他比比究竟谁尿得最高。

马爽就是趁这个机会溜走的。他没尿，没穿鞋，但他跑得飞快，像风。幸亏也只有二十多米的距离，他敲开了谢春华的家门。马爽对着谢春华高大威猛的母亲紧张地语无伦次："这是谢春华的！"

说完马爽把盛幼蝉的塑料袋甩下就转身飞跑。刚到屋门口，马爽就听到赵姨变腔的质问从屋里挤出来："马爽！马爽!？你尿完了没有？"

马爽急忙褪下裤子。等赵姨踢拉着拖鞋奔出来，他已扭起屁股，将茶壶嘴儿似的鸡鸡四下里抖动着，滋滋不竭地扫射起来。

现在，马爽就站在幼儿园墙边的几棵树下，脚已经麻，却仍然不肯回家。就在刚才，他从王海涛家的床底下爬出来——他们在那里创建了一个秘密地洞。床底铺一张小凉席，放两个小枕头、一张小毛毯，床板上倒挂一个小手电。好了，一个"秘密地下卧室"就建好了。他们在那里开着手电筒玩了一个下午的扑克牌——马爽从王海涛家出来时就隐约听哪个过路的大人说，父母和妹妹回来了！马爽很兴奋，同时又感到一阵阵的委屈，他才不管那个大人说的是真是假呢，他听不得父母回家,他的委屈像一条小河开始在心里泛滥了。

但马爽没哭,同时也立即决定不马上回家!那么多天不见,看看父母究竟是不是已经把自己忘了。马爽想跟父母打一个赌!马爽想到这里眼泪几乎要冲出眼眶了,却又惊奇地被自己逼了回去!马爽立即感到自己特别坚强和勇敢。他就是不回家。谁叫他们丢下他出去那么多天?谁叫他们只带妹妹去大城市医院?马爽觉得这个问题性质很严重。他很生气。他两腮发酸,偏着脑袋慢腾腾地走在巷子里。

马爽就是这时候遇见谢春华、姚要明和李建国他们的。这让马爽非常高兴,仿佛遇到了故交、知己或救星,他愉快地走上去。

还有更加不可思议的事情。马爽亲眼看见李建国手里竟然拿着一块西瓜!

马爽立即感到浑身涌起大片的清凉。初秋的傍晚已经有些凉爽。这个季节,恐怕谁家也很难再吃到西瓜了。李建国手里偏偏就端着这样一大块西瓜!马爽感觉自己喉咙里像燃起了一把火,又像有一把锋利的小刀在那里来回地割呀割,把喉管都割破了,流出好多血来,又腥又涩。

"马爽,你吃吗?"李建国看见马爽,高高地仰起西瓜来打招呼:"我爸从部队回来给我买的!"

马爽脑子里立即闪出了那个身穿军装、吹口琴像刷牙一样的大人。听说他还是个营长呢,营长!

马爽的口水不知不觉滴了出来,连成一串,想收已经来不及了。

"马爽,你流口水了!"谢春华笑着大声喊。

"马爽,你一定想吃西瓜吧?"姚要明也笑着问。

"我没流!"马爽争辩,"你们吹牛。是你们才想吃!"

"哼!"谢春华忽然一脸不高兴地转过身去走了。

"走喽,回家吃饭去喽!"姚要明也紧跟着谢春华跑掉了。

马爽再去看李建国,李建国正焦急地左顾右盼,他也喊了声:"等等!"顺势胡乱地啃了几圈西瓜,将瓜皮一丢跑掉了。

马爽顿时感觉被遗弃了,沮丧极了。他搞不清楚说不想吃西瓜也不对吗?难道非要当着大家的面向李建国要一点西瓜来吃,才不让人讨厌？父母说过不许随便向别人要东西吃，况且就是要了，李建国就会给吗？那也不一定！还有，流口水真是没办法的事，有谁能管住自己的嘴里的口水呢？谢春华今天是怎么了？他们今天都怎么了呢？

马爽呆呆地站在幼儿园边的几棵老杨树下。一会儿抬头望天，一会儿低头看地，但眼睛的余光从此开始，再也没有离开过墙角的那块西瓜皮。

那是一块青黑色相间的西瓜皮。黑色的条纹像是被一把钢锯颤抖着拉出来的曲子。胡乱地歪在墙角，裂着鲜红大嘴，暴露出几颗漆黑的牙齿。

马爽盯着那块西瓜，渐渐感觉它像一块烧红的砖，烘烤着自己，折磨着自己。马爽一时和那块西瓜皮展开了暗中的对峙。

马爽的心越跳越快。马爽有了一个大胆的想法！

可是，现在还不行。还得等待天黑。只有天黑了，才可以。

可天怎么还不黑呢？天真不了解马爽的心思。天可真是的！

平时这个破破烂烂的小家属院，早就空空荡荡的了，可现在哪来的那么多人呢？讨厌！马爽紧张地竖起耳朵，活像一个侦探。好像还有人哭！哭什么哭？谁家又在吵架了？难道大人们就不知道干点正经事情吗？

天地之间终究还是消静下来了。

看似慵懒疲倦的马爽突然像只兔子一跃而起！飞快地抓起那块西瓜皮，迅速消失在了巷道深处。

马爽先是鬼鬼祟祟跑到家属院集体使用的自来水管前，反复仔细清洗了西瓜皮。然后用手一点一点，轻轻抠掉瓜皮上仅存的一点红瓤（马爽闻着它们似乎有点臭，那可是李建国的臭嘴啃过的）。然后双手端着湿淋淋的瓜皮，像小心捧着一块象牙玉，歪歪扭扭地向着家里疾走。

令马爽大为吃惊的是，他根本就进不了自己的家了。

马爽家里已经被大人们围绕得水泄不通。马爽看见了赵姨、崔叔。姚要明、谢春华他们的父母也来了，李建国穿着军装的营长爸爸也来了,他们都站在自己家门口,像一群夜宿未宿的鸟,纷纭地唧喳。

马爽想往里面挤,却被铁板样的大人坚决挡在外面。赵姨、崔叔一看见马爽像突然中了暗算,用力将他往外推搡。崔叔对马爽说,"好孩子,你出去,先回我屋里睡觉!"马爽说,"我不,我回家。"崔叔说,"不行!快去睡觉,要不你爸揍你!"

马爽盯着崔叔布满血丝的凶巴巴的双眼,突然打了个寒噤,他有点怕。马爽说,"我还没吃饭呢。"崔叔说,"待会再吃,先回屋睡觉!"

崔叔说完又推搡了一把。马爽一个趔趄,西瓜皮都险些掉在地上。马爽很生气,但他盯着崔叔转头又像鸭子一样凑到人群中了,只好一个人低着头向外走去。巨大的委屈和前所未有的饥饿笼罩了他的全部身心。

马爽家住在一条很长的巷子里,一排二十几户人家像是狭窄的鸽笼被拥挤成密集的一排。马爽走着走着,忽然看见姚要明正站在自家门槛上望自己。

"马爽,你们家怎么了?"姚要明问。

"没怎么,我不知道。"马爽说。

"咦?你手里拿着什么?"姚要明又问。

"我爸给我妹买的西瓜!"马爽的声音很小,但脸却烧起来。

马爽说完了,头也不回地继续向前走。

"马爽,你手里拿的什么?"这回是李建国,他也站在自家门槛上,手里攥着他营长爸爸的口琴。

"我爸给我妹买的西瓜!"马爽说。马爽说完了,开始小跑起来。他再也不想跟姚要明和李建国说话了。可就在马爽快要跑到崔叔家门口时,却迎面遇到了袅袅娜娜走来的谢春华。

谢春华换了一身翠绿色的纱裙,通红的凉鞋,箍了两座的小丘辫儿,脸上好象还涂了胭脂,鼻梁上方贴了一个纸做的小红圆点,像哪吒。

"谢春华,你去哪儿?"马爽站上崔叔家的门槛问。

"去你家呀，我爸爸妈妈都去你家了！"谢春华歪着头说。

"去我家干什么？"马爽问。

"看你妹妹！"谢春华说。

"我妹妹有什么好看的？"马爽说。

"咦？"谢春华好像突然发现了新大陆，"你手里拿的是什么东西呀？"

"我爸给我妹买的西瓜！"马爽说。马爽已经连续说了三遍了，其实他不想再这么说了，可他还是没想好该怎么说。

谢春华的小嘴很快就噘起来，就像朵通红的小喇叭花，一下子怒放了。

谢春华说："马爽，我从今天起不和你玩了！"谢春华说完，蝴蝶一样地飞走了。

马爽一个人瓷在那里，有些发愣，有些失望，但又无端地有些得意。直到他一点都看不到谢春华的背影了，才低下头来认真咬了一口西瓜。确切点说是应该是西瓜皮。西瓜皮有点涩，有点脆，并没有想象中的美，但马爽啃得很仔细、很投入，很有点像李建国的营长爸爸吹口琴的样子。

等马爽把西瓜皮啃得半透明的时候，屋外的夜色终于纷纷扬扬像落霜一样披挂下来。

非常警察

酒　事

十年前，也就是我参加工作后的第二年，有一次全局民警开大会，政工科长点到一个人名，人群里突然爆出一阵哄笑，我立即侧身去看，这才认识了老陈。

老陈当时并不老，顶多四十挂零。可关于老陈的那些段子，实在让我们这些新警察"惊艳"。

老陈身上的经典，大都与酒有关。

那些年，公安机关没有禁酒令。老陈酒量大，没事喜欢呡两盅。有一次，老陈酒后骑着"撇三"，冒着大雪从派出所往家赶，到了家门口披着雨衣就趴车上睡了。第二天媳妇出门扫雪，发现门前堵着一大堆东西，还以为是老陈终于托人把取暖的炭给买回来了，哪知用扫把一划拉才知道，那堆东西根本就不是炭，而是老陈和他的"撇三"。

另一次是过干警日，派出所与当地群众搞联欢，没有值班任务的老陈喝到天黑没显醉态，而慰问的村干部却都大醉而归。值班同事纳闷，老陈真没事？一会儿去后院看看，却见老陈正在和一棵梧桐树较劲。

原来老陈找不到厕所，半道上解开腰带方便。之后将拳头粗的梧桐树扎进了腰里，等到完事要走，梧桐寸步不让，老陈边挣边发了火："谁也别拉别拽！我说不喝就不喝了，再喝就出洋相了……"

老陈最经典的酒事，发生在十二年前的一个冬夜。那天老陈和同事经过几昼夜蹲守，抓住了三个偷牛贼，为群众寻回十多头耕牛。消息传开，大快人心，几个村的群众自发赶来慰问，眼看民警忙完工作月亮都爬上屋脊了，流着热泪非要与老陈他们喝一杯。

那场酒喝的，老陈后来回忆说，直接用上了脸盆。

等到酒终人散，老陈依旧骑着那辆"撇三"往县城赶。可没想到一阵风驰电掣后却迷了路，光在一个转盘处，就折腾了不下二三十趟！

后来老陈干脆将油门加到底，整个人像在风里飞起来，飞着飞着车没有了，路消失了，一切都模糊不清了，仿佛也终于到了家。可等第二天大清早恢复意识时，老陈发现自己仍趴在"撇三"上，而近在咫尺的一块界碑上写着一个令他惊掉大牙的地名：此地离派出所足有一百公里远！而且此时"撇三"的右边"雅座"竟不知下落，刚加满的油箱也早空空如也……

有关这些猛料，多年来我一直半信半疑，直到调入宣传科，到老陈所在的派出所采访，才终于有了证实的机会。

老陈还是那个老陈，除去头发白了，职务、脾气和爱好都没变。不过干起活来，却十足是个粗中有细的人。忙完工作，华灯初上，不值班的老陈硬是把我留下喝两盅，可结果还没等他找到状态，我已被灌趴在地。

半夜醒来，我见老陈正独坐床头抽烟，向他借火，竟吓了他一跳。

抽着烟，俩男人的距离自然缩短。

我打趣老陈，"您那些陈年酒事，到底有几分真假？"

老陈坦白交待，"都是真的，千真万确，就是背景不一样！"

"背景？"我表示疑惑。老陈深吸一口烟，久久不吐，"我这辈子！没文化，没特长，稀里糊涂干了公安这行，可公安是好干的吗？

得舍得，得玩命，得豁出去……"

"年轻时家里穷得揭不开锅，别看抓人时腰里别着枪，可出去照样叫人笑话！后来，半夜抓个偷铁的，我跑在最前头，眼看要抓住了，谁想枪走火把人给崩了……再往后，天天泡在这老山窝，娘们改嫁、老人生病、孩子上学，哪一样我都没管好……"

说到这儿，老陈沉默了。我感到沮丧。眼前的老陈，再也不像个传说，而是充满了失意和窝囊。可我的眼角，分明不知不觉地潮了。

不久，有了禁酒令。再见老陈，依旧打趣："还喝吗？"老陈五十岁的人了，干瘦如柴，脸上褶子一大把，笑起来活像泡开的菊花茶："喝！怎么不喝？下了班照喝，一辈子就这么点爱好啦……"

写这篇东西前，最后一次见老陈正值局里开展民警驻村活动，作为随行记者我跟老陈他们进村走访，可镜头盖还没打开，就有人拦住了去路。我走在后面没搞清状况，却见老陈突然撒腿就跑。

原来，村机井里有孩子落水！

等我扛着摄像机，一路粗喘着跑到机井边时，一群得了救的女孩却正哭得叫人心碎：老陈他一眨眼工夫托上来仨孩子，自己却沉到水底，没了动静……

一分钟，三分钟，五分钟，等待对不会游泳的人来说残忍至极！终于，识水的增援赶到了，可还没等下水，井中猛得射出一阵气泡，穿着警服的老陈横着浮上来了。

众人七手八脚将老陈扒到岸上，百般抢救无效。我悲恸中举起手中的摄像机，老陈却"哇"的一声，吐出一口浑水来！

——老陈是被水底硬物勾住了腰带，挣脱不了只能拼命喝水，后来实在喝不动了，钩子竟也莫名其妙地松了。

捡回一条命的老陈，瞪着血红的眼珠子盯着摄像机。我一下明白过来，说："老陈啊，太感人了，有什么你就说几句吧！"

老陈听了就像大醉初醒，口鼻喷沫地朝我吼道，"兄弟，咱可是海量啊！"

绝　活

在局里,我们这些写材料、搞宣传的常被比做偶像派,而那些干抓捕、搞审讯的则属于实力派。

冷教就是这实力派中的实力派。

冷教姓冷,现任刑侦大队教导员。一米八五的身高,虎背熊腰的身板,超强精准的枪法,非比寻常的胆识,天生就是干刑警的料!

冷教自打穿上警服那天,就在刑警队摸爬滚打,一晃三十年过去,抓人破案无数,积累的经验像浓稠的蜂蜜一样让年轻后生垂涎三尺。

关于冷教侦破的大案实在太多,这里按下不表,倒是有件小事值得说来听听。

那是个滴水成冰的冬天,冷教下了班站在大队门口等车。因为刑警楼紧靠中心路,街上车水马龙人来人往,冷教正两手叉腰悠闲地左顾右盼,突听近处一阵急刹车声,一个青年连人带车摔翻在路边。

冷教几步上前扶起青年,青年却早已吓得脸色发紫,嘴中求饶似的大喊:"冷叔,俺再也不敢偷车了,求求您放俺一马!"

冷教一听,心中暗喜,再看歪倒在地的摩托车,果然没插钥匙,于是像拎小鸡一样将青年抓回了刑警队,不费吹灰之力破获盗窃案件多起,缴回赃车十余辆。

后来,该青年受审时交待,他有不少大哥兄弟先前都被冷教抓过,偌大个县城,特别是他们那条道上的流氓痞子,几乎无人不知冷教的名字,无人逃得过冷教的抓捕。他年龄轻、胆子小、刚出道,当时作了案正心虚,路过刑警队门前偏巧又发现冷教在看自己,不禁浑身乱抖,手脚失控,一个趔趄连人带车摔了个四仰八叉!

事后,同事们打趣冷教:以后别坐办公室了,天天站在刑警队门口守株待兔就不愁破不了案。冷教听了不屑一顾,说:"这事不怨那兔崽子没长眼,怪只怪我自己长得丑,出来一站就能吓唬人!"

说到长相，冷教的确个性！冷教浑身粗枝大叶，头大脸宽，高耳长腮，眉毛粗斜，唯独一双眼睛虽小但盯人时常常暴射精光，让人不寒而栗。可谓赛得关公，却又比关公冷上三分。常人即使是同事，也最难见他一笑。

有人说，这都是冷教长期干刑警落下的"病"。别说是坏人就是好人让他盯一会儿，心里都冷飕飕得发毛！

其实说到"冷"，冷教长相还在其次，更冷的是他的脾气。

冷教行事向来雷厉风行、快人快语，最恨打官腔、摆架子、搞务虚，尤其对屡不开窍的后生更是接近于刻薄，甚至不近人情。

有一次省市两级高层领导前来视察，冷教作为破案统帅高度重视，亲自和内勤忙活了一天一夜，把材料准备得精致妥当。不料领导当日姗姗来迟，一不看案卷，二不听汇报，却围着警队厨房、浴室、厕所转了一圈，坐上车就直奔了酒店。

冷教心中郁闷，饭局上觥筹交错，又听领导对警队厕所的卫生表达了遗憾，起因是领导去厕所时扶了一下墙壁，而发现墙缝里有蜘蛛网。轮到冷教敬酒时，有人劝冷教把酒干了，让领导随意。哪知冷教接过话茬说，"厕所才是随意的地方，我们干刑警的一忙起来经常连想随意都得憋着！大家多包涵，我这人没文化，还真不知道打扫厕所卫生跟提着脑袋破案有啥关系！"

一桌人全都呆愣当场。

像这样的事，冷教身上多了去了。或许正因如此，冷教的仕途并不顺利。索性冷教并不看重，对他而言，破起大案跟立个大功、抓几个逃犯跟升官发财，他会毫不犹豫地选择前者。

用冷教的话说，破大案、抓逃犯，才能让一个刑警感到过瘾！冷教这些看似不近人情的"冷言冷语"和"冷面无私"，却也常常赢得了不少年轻民警的赞叹和崇拜！

冷教毕竟年龄大了，最近一次调整分工时，领导有意让他常驻郊区训练基地，说过去既可督促基建进度，也可顺便调养生息，是一种政治待遇。冷教破例笑笑，卷起值班时用的铺盖卷就去了。

可去了，接着又回来了。

县城新发一起特大绑架案，冷教着急上火主动请命，领导无奈只得答应。

冷教一出，果然不同，他带人深入车站、KTV等人群密集场所，靠着众多眼线深挖线索，很快使案子水落石出，准确锁定了嫌疑人。

抓捕在一个午后展开，民警赶到时，狡猾的嫌疑人预感不好，一哄而散逃进了干涸的河床。冷教跳下车赤手空拳追在最前方，眼见对方越逃越远，突然急中生智咬牙大吼："再跑我就开枪毙了你们！"说完分别朝着不同方向，用口舌连弹四声："啪"、"啪"、"啪"、"啪"……

说来神奇，四声舌弹在空阔的河床里听来直赛枪响！逃向四方的歹徒闻声相继抱头，一骨碌跌趴在地上。民警随即一拥而上，轻而易举就收拾了这帮虾兵蟹将。

——这个抓捕过程是不是太离奇了？根本就不适合在新闻报道里渲染。所以，我只能把它如实写进了小说。

时到如今我还想说，老天，那一刻，冷教真"冷"（cool）！

良　心

世上没有两片相同的叶子，但世上偏偏总发生一些似曾相识的奇事。

今年冬天一个凌晨，巡警老白和队员开车经过居家城市场，由于车速慢，透过车灯，老白远远发现地上散落着大把钞票。

此时，天上正淅沥下着小雪。

随着小雪飘然落下的，还有一些花花绿绿的钱。

夜巡这么多年，老白算头一次开了眼。天上下雨下雪下冰雹甚至下沙子他都经历过，唯独下钱还是第一次见。

老白下了车，顺着飘钱的方向抬头看，发现头顶高耸的塑钢大棚边角上，正斜搭着一个黑色皮包，钱就是从那里面忽忽悠悠地飘落而下。

老白赶紧指示队员去够包，自己弯腰去地上捡钱。难不成这真是上帝的打赏？不要白不要啊！

可捡着捡着，老白发现情况不对。

钱大都是些毛票，上帝怎么那么吝啬？

而且捡着捡着，老白有种强烈的不祥预感，问题究竟出在哪儿，一时说不上来，可天那么冷，他愣是冒了一背的冷汗。

等队员把包够到手，地上的钱捡完，仔细一数，总共一千三百五十六块四。

有队员嘴快说："白队，情况不妙啊，一三五六四，一天没好事。天马上就亮了，咱撤吧？"

"撤？这鬼天，谁不想老婆孩子热炕头？"老白眼盯前方，前方是平时用塑钢大棚挡雨遮阳的菜市场，此时一片死寂黑不隆冬望不到头。"可事儿太蹊跷了，你们以为真是财神爷送钱？"

"有可能！"队员兴奋地说，"以前电视上还演过刮风下鲤鱼的事呢！"

老白冷嘲，"那财神爷也忒小气了，看看这些钱，百分之八十都是毛票，还油乎乎脏兮兮的，像他老人家的手笔吗？就给这么点！"

老白说完，上车拿了手电，命令队员和自己继续往大棚深处走。队员们也来了兴致跟上，那架势颇有点阿里巴巴领着众乡亲发现了金山一样。

可他们一直走到尽头，再没有发现半毛钱。一路上也没遇到半个人影儿。

队员失去了兴致，冻得冷冷缩缩，老白却在往回走时眼珠子仍瞪大着到处撒。

终于，老白的预感应验了。他们虽走在同一个大棚下，但中间因有石板隔着，来回走的是两条道儿。返回途中，老白突然用手电指指左前方的地上，问身边队员："你们看，那是什么？"

队员们不看不要紧，一看汗毛都直起来了——

在那排极低的水泥隔板下面，赫然露出一只脚来，脚上穿着一只沾泥带水的女式皮鞋！

老白和队员虽见过不少伤害现场，可眼前阵势实在令人心惊胆战。所有人的第一感觉,就是发生了杀人解尸案。

老白和队员赶紧上前察看,事情却出乎意料——腿是完整的腿,人也是完整的人。

等他们齐心合力小心翼翼把人从隔板下拽出来,竟发现那中年妇女还有微弱的呼吸!

救人要紧,他们二话没说就把妇女往急诊送。

然而这一送,却让他们没能在天亮时下岗。妇女的家属赶来后,死活不让走,一口咬定就是他们开车撞的人。

尤其是听医生初步诊断说,妇女很可能成为植物人时,家属闹得更为凶猛,非让老白他们掏钱赔偿。

老白和队员百口难辩,掏出工作证,掏出捡来的皮包和毛票,把过程详细说了一遍又一遍,可对方还是不信。队员要火,被老白强行按住。原来,老白也看出来了,对方不是不信,而是怕连他们也走了,找不到肇事者,医药费担负不起!

老白虽心里有气,但更恨那个撞人的家伙。经他分析,那人非但没施救,反而撞倒妇女后把她推进隔板下藏了起来。

要不是老白他们发现及时,妇女的命早就没了!

老白想趁着时间还早,去查那嫌疑人,可家属发觉了,硬拉着老白的胳膊就嚎:"你还是个警察?你讲讲良心啊!你不能走……"

老白腾地一下也火了:"是有人的良心叫狗吃了!我现在去给你们找找,找不回来我顶!"

老白把工作证押下了,带着队员返回市场。怎么都没发现肇事车的残留物。这会儿雪又大了,人车过往繁杂,到哪去找肇事车呢?

要说老白脑子就是转得快,去查监控!那么早的时间,看他往哪儿逃?

等老白和队员分头把几个路段的监控找出来,很快就锁定了一辆崭新的红色三轮摩托车。批菜妇女被当场撞击的场面虽没拍到,但那车驶进大棚后一个黑色皮包被猛然甩出来挂在大棚上,数不清的钞票飘散而落的场景却历历在目!

接下来就好办了,家属看录像认出了肇事者。剩下的,抓人。

这事对老白本也不算什么，可从此以后老白多了个朋友，还多了句口头禅。

朋友，就是那个涕泪横流前来还他工作证的家属，他妻子不幸真成了植物人，可老白坚持隔几个月去医院看她，顺便甩出那句口头禅来："人得抽空来看看良心……"

过　河

马导心里有件窝囊事儿。

这事儿，他揣上就放不下了，头发掉了一把又一把。

马导今年四十八，二十年前退伍后进的乡派出所，基层一干就是这么多年。马导也没什么文化，人长得粗枝大叶，不修边幅，显得很庄户。穿便服的马导，怎么看也不像个吃公家饭的警察。

马导家一直在农村，但在另一个乡镇，不值班时马导经常骑摩托车往二十几里外的家里赶。赶回去干吗？

除了同事们开玩笑说的给老婆"交公粮"，还得回去喂猪。

马导家里，上有病下有小，全靠喂猪攒钱！

何况，马导在部队里就是饲养员，喂猪是老本行。

一个周末早上，马导不值班准备回家。可所里接到报警电话，辖区一农户家中被盗，丢了两头老母猪。

马导跟所长说，这村子正巧在回家道儿上，我顺便走一趟得了。

所长同意了，这又不是抓捕，看看现场的事儿，马导经验多，正好。

马导换上警服（这点是他的规矩，出警就得穿戴整齐），骑着摩托车就去了。

现场很远，虽说大体方向顺道儿，但走了不少偏路。

来到受害人家中时，猪圈边已经围了不少人。见马导来了，受害人还没开口就哭上了。

马导跟着心酸，他很清楚两头老母猪对眼前这个破家的价值。

"怎么回事？先别忙着哭，**说说情况**。"马导迅速进入角色。

"昨傍晚还好好的，我亲自锁好的猪圈门，今早上起来一看，俩老母猪都不见了！"受害人说，"我耳朵根子很灵性，可不知道怎么回事，昨晚上一点动静都没听到……"

"最近得罪过人吗？"马导皱着眉问。

"没有，我可是全村出了名的老实！"受害人答。

"好好想想，以前有仇家吗？"

"确实没有，你看我住的这地方，独门独户的，能有什么仇家？"

马导了解到，受害人是多年前逃荒进村落户的，在村里是个外姓，为人还算忠厚，要是有人报复，这么多年也早把他砢磣死了，非得等到今天？

马导没再说话，记录本儿一合，就开始围着猪圈转，里里外外走了三圈，然后开始抬眼盯住围观的人看，边看边往人群中间走。

这时候，人群里有个扛锄头的汉子突然扔下锄头就跑！

马导吼了声："贼娃子，你往哪儿跑！"说着就追了出去。

汉子先跑出二三十米，马导和村民在后面紧追不放。马导边追还边回过头问："你们认识他吗？"村民都喊不认识。

这是好几个村交叉的地界，不认识也算正常。可马导知道，不认识就绝不能让他跑了。

越追越近，汉子跑进一片玉米地，等马导飞快地追出玉米地，却发现那人已经跳进了河里。

马导这辈子最大的遗憾就是不会水。别看从小生在农村，可偏偏是个旱鸭子。但马导顾不上了，也跟着跳进河里去。

等马导再一抬头时，忽然发现情况不对！

正是汛期，河水远比他想象的深，前边的汉子虽已到了河中心，但也不会浮水，而且河心水流湍急，汉子**被浪头径直卷向了河下游**。

眼睁睁看着那人只有头脸露在水面上挣扎，马导急了，冲着身后喊："赶紧的谁会游泳！快去救人……"边喊自己边往河中心奔，刹那间也被河水冲向下游去。

在水里，马导的优势顿时化作了劣势。同样不会游泳，但他体重沉得多，下冲的速度根本赶不上那汉子。

令马导更恼怒的是，他身后没有一个人追上来！

最后，马导被河水冲得头昏眼花，侥幸抱住了一块大石头，才勉强从水里爬了出来。筋疲力尽的马导一上岸就疯了似的往下游跑，结果他看到了自己最不愿意看到的结果——

那汉子像块发了的面包，直挺挺地躺在下游芦苇丛中间。

马导把尸体抱回村里去的时候，村民将他包围得里三层外三层。

村民们七嘴八舌地议论着，可马导跟傻了似的坐在尸体边发呆。最终，人散得差不多了，受害人才战战兢兢凑上来问马导："这就是那个小偷吗？你怎么知道的，为什么？"

马导缓缓抬起头来，眼神涣散地说了俩字："喂猪。"

受害人显然没听明白，又问："为、为什么？"

马导还是那副表情，回答说："喂什么，吃什么……"

受害人害怕了，再不敢多问，快速闪到一边去。

很快，所里的同事赶到了。所长办事利索，迅速叫人查清了死者底细，并从其家中猪圈里起获了丢失的两只猪。

往回走时天黑了，所长在车上问马导："你怎么确定是他干的？"

马导答："半夜弄走两头猪，不是现场杀的又不出大动静，很简单，小偷必定是个养猪的，那人身上有酒糟和鸡粪味。"

所长点点头，"既然是他没错，我们就没冤枉他！"

马导听了，忽然哭出来："可那毕竟是条人命啊……"

儿　鸽

老朱病了，床上一躺就是半个月，起因是为一只鸽子。

老朱是两年前从公安局装备科退休的。赋闲后，一次去市里办事，路过广场看到有人正在放鸽子，更有年轻人给他发传单、递名片。原来，这是市里的信鸽协会在举办活动。

老朱起初没在意，可坐在返程的公共汽车上无聊时，再次掏出了那些宣传材料。看着看着，忽然乐了。儿子正上大学，老伴天天练舞，自己又不爱琴棋书画，自打退休后，一直闲得胸闷，何不养几只信鸽玩呢？

说干就干，老朱专程去市里买了幼鸽，加入了信鸽协会。回到家就开始整日与鸽子们为伴。老伴见了半是喜悦半是挖苦，说真是武大郎玩夜猫子——什么人玩什么鸟，这把年纪了才想起养鸽子？学人家养养鹦鹉画眉的多好？老朱蹲在地上头都没抬，说："你扭你的胯子，我养我的鸽子，再胡说小心我放了你的鸽子。"

老伴听了摇头直笑，打电话给儿子，儿子破例严肃地批评老朱，"爸，养鸽子太不卫生了，你把家里弄得乌烟瘴气，我可没脸领女朋友回去，再说要小心禽流感，老年人免疫力下降你就不怕？"

老朱心说，"老子现在还不老！"可话到嘴边，没说。只好与儿子约法三章，既要搞好卫生，又要做好防疫。

老朱是个外粗内细的人，当警察时几百号人的服装器材管得头头是道，养起鸽子自然也不在话下。很快，老朱的幼鸽翅羽丰满了。老朱先是骑摩托车带它们到野地里放飞，然后掐着时间赶回家给报到的鸽子们排序。后来老朱就带着自己的优秀选手去市里参加比赛，虽然从没拿过好名次，但每次放飞时，老朱都感到前所未有的放松。老朱常常想，自己年轻时忙这忙那压力天大，老了没想到竟在鸽子身上发现了乐趣。鸽子轻盈地飞过蓝天，也带走了他的烦恼和忧闷。

一年后，老朱已算个信鸽行家了。有次回老家串门，听说村人上坡时，见半空一只鸽子与老鹰厮斗，其情景遮天蔽日。最终鸽子被啄瞎了眼睛但逃脱了，村民在树林里捉到它时才发现那是一只信鸽。

老朱立即起身去那户人家。结果发现，眼前的鸽子站姿水平，体态健硕，用手指抵在鸽腹下几乎感觉不到心跳或心搏，虽眼睛瞎了，但用食指按住鸽头能明显感到它的瞳孔在有节奏颤抖。一切的特征都在显示，这是一只长距离鸽。信鸽标签上还写有大串英文字母，老朱统统不认识，只知道那个符号"♀"表示它是只雌鸽。老朱满心欢喜，好说歹说地买了下来。

后来老朱上网一查，发现信鸽竟大有来历，是一只有着百年历史的"英格兰北部信鸽协会"的鸽子。品种优良,血统高贵,名叫"Anna"。老朱从此精心喂养,目的只有一个:让伤愈的 Anna 做种鸽,彻底给老朱的鸽群更新换代。

老朱对 Anna 照顾周到,Anna 也没让老朱失望。不过仨月,Anna 就为老朱添了两群新鸽。老朱的付出也很快赢得了一展身手的机会。在接下来全市举办的一次远程 500 公里信鸽放飞大赛上,老朱精心挑选的唯一鸽手"微星"以 458 分钟的成绩排名第一!微星返巢时,眼皮上结了厚厚的伤痂,老朱想到它又饿又累,冲破突降的寒流和大风取得了胜利,激动地捧住它亲了又亲!

Anan 死后不久,微星成了老朱的精神支撑。然而,意外发生了。就在最近一次规模庞大的放飞大赛上,微星突然莫名失踪!直到比赛结束,依然音讯全无。老朱心疼得直抖。其实,气候突变、受伤疾病、天敌啄食、同类吸引,常会导致信鸽丢失。可老朱还是难以接受,很快病倒了。

老伴拿老朱没办法,除了天天陪着打点滴,还给儿子去了电话。儿子一向粗枝大叶且正忙毕业,简单地问几句,便将自己的规划托盘而出。原来,儿子和女友受女方家里支持准备出国留学。老伴一听就慌了,老朱能为一只鸽子病倒,现在儿子竟要出国?于是,要儿子赶紧回家从长计议。

儿子回到家,老朱已和老伴准备了满满一桌菜。儿子见老朱气色不好,一问才知是因为一只鸽子。正吃着饭,儿子突然放下碗说,"爸,我决定不走了,在哪都是学,都能出息人!"哪料老朱也将碗一推说,"去吧儿子!出国这事我压根就不会阻拦,只是你们不能瞒着我。"儿子听了喜出望外,"真的爸?那我到了国外也养只良种鸽子,我要让它成为横跨欧亚大陆的信使!"

儿子走后大半年,越洋电话开始频繁。每次总不忘问,"我在牛津养的鸽子飞回来了没有?"老朱每次都摇头说没。直到有一天深夜,儿子打电话回来时,哭了。老朱擎着话筒沉默良久,没问原因,却说了两句意味深长的话:"别忘了,你是警察的儿子。还有,咱们的鸽子飞回来了。"

战　功

　　出了县城，向西走两公里，有个斜坡。

　　上斜坡往北一拐，有一大排平房。

　　这地方，原先地偏人稀，以养狗出名，俗称"狗窝子"。

　　实际上，这就是早年县局的警犬训练基地。

　　听老一代人说，基地红火时，养过二三十只纯种狼狗。每次搞抓捕，声势威严浩大，不但成功率高，而且对震慑力更是空前。

　　然而，随着各种形势的不断变化，警犬数量连年骤减，基地也渐渐名存实亡。

　　后来，根据工作需要，这地方改成了刑侦大队的一个办案中队。

　　基地元老，退休的退休、调走的调走，唯独只剩下了民警老倪和警犬"板凳"。

　　老倪还差两年退休，是专为板凳留下来的。

　　老倪没啥文化，人长得又黑又瘦。从协勤到转正，虽干了一辈子警察，但喂了半辈子的狗。从未摸过枪、办过案、立过功、受过奖。

　　板凳就不同了。板凳的父亲虎娃，是条纯种的德国黑背，当年是赫赫有名的战斗英雄。无论是巡逻放哨、守候盘查、追踪抓捕、现场搏斗，都有过值得一提的经典案例。可最后，虎娃是让几个盗窃犯给麻醉后活活打死了。

　　板凳青出于蓝而胜于蓝，不但长得高大健壮，勇猛异常，而且特别灵性，能与主人心性相通。

　　有一次，民警们得到线索，深夜去围捕杀人凶犯。进村后发现，歹徒藏匿的屋子虽不大，但院墙极高，插满碎玻璃碴，很难攀爬。若贸然强攻，持有枪支的歹徒早已是惊弓之鸟，很可能会铤而走险，造成不可估计的伤亡。

　　指挥员冷静地确定了方案：先把两名经验丰富的民警托上墙去，悄然进到院子里，随后迅速打开外门，大队民警随之冲入实施抓捕。

不料，意外发生了：

两位民警刚跳进院内，就跌进了陷阱！原来，歹徒白天在院墙下挖了一排深沟，沟底埋了铁夹子，民警跳下去正中埋伏，不但腿脚受伤，而且丝毫不能动弹。

墙外民警进不去，墙内民警受重伤，而屋内的歹徒随时都可能持枪冲出来开火！在这千钧一发之际，一条黑影忽然腾空窜起。大伙定睛一看，发现那是板凳。

只见板凳矫捷地一纵，已用前肢稳稳攀住墙头。那一刻，板凳躯体几乎拉伸到了极致，足足两米有余！随后，板凳用粗壮的后腿在墙壁上奋力蹬了两下，整个身体又像回缩的弹簧一样迅速收拢。于是，板凳四肢在墙沿上短暂聚合，忽又猛然发力，轻盈地跃进了那个深深的小院。

五秒钟后，躲过陷阱的板凳凭牙齿弄开了紧插的外门。大队民警一闪而入，踹开内门迅速制服了五名歹徒。就在给歹徒戴手铐的同时，民警在枕头下赫然发现了已经上膛打开保险的自制手枪和五连发短筒猎枪！

这次惊险万分的抓捕，一下让板凳扬名立万。就连板凳急中生智的主人，也立了个三等功。

后来的后来，板凳立功受奖简直如家常便饭，逐渐成为警犬中的王牌。

可这一切，都与老倪无关。

老倪是基地元老不假，可老倪从没训练过警犬，只是个喂狗的饲养员。

其实，饲养警犬也不容易。每天，老倪都得绞尽脑汁给警犬拟菜谱（兼给同事们一起做饭），然后骑着三轮车上街去买新鲜肉，回来精雕细琢后得把伙食交给警犬驯养员，由他们亲自给警犬进食，这样做是为了保证训练效果和加深情感。

很明显，老倪干的就是绿叶的活儿，但老倪毫无怨言。

多年来，老倪从未在犬食费上有过差错，"再抠也不能抠狗粮，那是跟自己过不去！"老倪说的是实话。那时警犬的待遇，远远超出民警自个儿的。

老倪的机会，来自多年后的一个秋天。基地解散，同事分流，警犬处置。领导征求老倪意见，老倪瞅瞅院子里唯独剩下的板凳，选择留了下来。

板凳颈上长了一个化脓的瘤子。虽然医生说是良性的，但或送或卖都出不了手。

老倪恋旧，从此除了给刑警做饭，就常常牵着板凳去马路上遛弯。再后来，中队改建楼房，实施正规化建设。领导又找老倪谈，"板凳不能留了，怎么处理，你看着办吧。"

老倪无话，转头呆呆地望着板凳，眼泪就出来了。

一天中午，心烦气躁的中队长走出审讯室甩给老倪三百块钱，让老倪出去弄盆肉开开荤，说屋里俩抢劫犯都审十多遍了，愣是不开口，也找不到证据。

老倪听完走了，过了饭晌却还没回来。民警出门一找，惊得奔回来爆料："老倪头简直疯了，为省三百块钱，竟亲手把板凳杀了！"

众人正在唏嘘，却见老倪提着狗皮端着狗肉回来了。老倪伸手递给中队长一枚钻戒，"你们要找的是它吧？那天我带板凳遛弯，你们开警车过去，有人向着窗外，吐出个用火腿肠皮包着的团子。板凳老了，以为是你们丢给它的，就叼起来吃了。现在我一回想，那准是嫌疑人丢的证据……"

中队长和民警们听了惊喜不已！却又见老倪掏出三百块钱递过来：

"钱省下了，肉一定要吃。不是我残忍，这是板凳最后的牺牲！还有，我这把老骨头也想和板凳一起立个功……"

还　原

回忆初入警时的遭遇，恐怕没人比李队更生猛。

十五年前的冬天，在一片荒郊野外的河沟里，暴露出几块人体残肢。刚分进刑警队干技术侦察的李队，跟着法医任师傅出现场。

死者头上有致命伤，案子性质很快确定。但要破案，首先必须搞清死者身份。于是别人先撤了，李队和任法医分别提取了残肢，留下来。

留下来干吗？——头颅面目全非，得剔除毛发及残肉，迅速确定死者的性别年龄或其他体征。于是，任法医去老乡家借了一口铁锅，让李队捡了柴火，俩人就地开始煮头颅。

北风呼啸，夜色将至，饥寒交加，一个刚毕业的学生娃，就这样猫在一眼破桥洞里，守着一口咕嘟咕嘟煮着人头的铁锅，翻开了他从警的第一页。

"人肉到底啥滋味？"事后常常有人打趣李队。

当年的李队还是小李，早被折腾得胃液胆汁都吐光了，尚显稚嫩的脸上表情万分崩溃："咸、臊、酸、臭，还有浓得化不开的腐烂味和呛出眼泪来的邪腥味……"

为这第一次出现场，李队此后再没吃过羊肉。

不过，当年的学费并没白付。有了死者身份，马上锁定失踪者，案件很快水落石出，受害人冤魂终于昭雪。当年村里为此送来的锦旗，至今还挂在墙上。

多年从警生涯，李队还是过去那副细皮嫩肉的白面书生相。但骨子里已经渐渐练就了非同凡响的坚毅和睿智。

一发案子，首先往现场赶的就是李队他们。干技侦这行，类似医生胜过医生。医生只是在手术台上开膛破肚飞针走线，救病人于重症之间，李队他们却是在犯罪现场搜集蛛丝马迹，不放过任何死角，竭尽全力还原凶手作案场景和事实真相。

别看李队整天提个不起眼的小工具包，可那是通往破案道路上的桥梁；别看李队整天戴着雪白的手套到处捡垃圾，可那是刑警向罪犯撒下的弥天大网。

有一阵儿，李队到上海学习测谎。回来时，正赶上某乡镇发生一起爆炸案。这类案件性质恶劣，危害严重，不迅速破案无法向村民交代。

可案子查来查去，毫无线索。

李队听说了赶过去，围着现场转了几圈，用镊子在附近水沟里捡起一枚烟头。

"干爆炸这活儿，嫌疑人指不定压力有多大，而且一般有前科，说不定这就是那人抽的烟把儿！"事实巧得很，通过DNA一查，果然真有匹配的档案，民警们顺藤摸瓜就把案子破了。

当然，破案靠不得巧合。多年历练，李队早已养成了想象大胆心细如针的习惯。这习惯通常就是射向犯罪分子的窝心箭。

有段时间，县城接连发生柴油被盗案，停靠在省道边休息的大货司机，往往一觉醒来发现车上刚加满的柴油被偷抽见底了，急得联名报案。

民警迅速出击，重点巡逻、蹲点守候、尾追抓捕，但都被反侦察极强的外地犯罪嫌疑人逃过法网。正当案子陷入僵局时，李队要带人去现场看看。有人质疑，这种案子都是偷完就跑，几乎没有遗留物证，看不看就那么回事。

可李队去现场一看，对一辆大货车旁的一堆呕吐物发生了兴趣。李队问失主，"这是不是你吐的？"失主摇摇头。李队兴奋了，迅速开始提取这堆看着闻着都让人恶心的呕吐物。

"这帮人作案前很可能要喝酒壮胆，指不定就是他们吐的！"果然，通过比对，恶迹斑斑的犯罪嫌疑人豁然浮出水面。等到刑警前去抓捕时，他们做梦也想不通民警是怎么破的案。

后来，李队调到了别的部门。毕竟干得再好，一个警种也不能干一辈子。何况李队也熬成老警察了，他的后继者青出于蓝而不输于蓝。

不过，无论干什么，李队的活儿可没拽下。

那是一起特别凶残的强奸杀人案。

一名马上要当空姐的花季少女不幸被强暴，之后又被残忍杀害，并且歹徒极其变态地用利刃割掉了少女的乳头。

案件令人发指，凶手残忍且狡猾，强暴时不但使用了避孕套没留下精斑，而且还用剪刀剪掉了少女的全部指甲，尽可能毁灭了罪证。

民警顶着巨大压力昼夜调查，走访上千人，摸排线索上百条，可还是没能摸到凶手的影子。

倒是有几个人可疑，可颠来倒去审查，都与作案时间不符。

李队正赶上去刑警队出差，去以前熟悉的屋里瞅瞅，发现有个嫌疑人，文静瘦弱，满脸青春痘，戴着副金边眼镜，是附近内燃机配件厂的研究生工程师。

李队灵感突发，推门进去喝问青年："知道我是干嘛的吗？"接着自问自答："我是干刑侦技术的，你的活干得既残忍又利索，是不是看侦探小说学的？"

青年听了忙抬头否认，就连在场民警也觉得吃惊。这人没作案时间啊。可李队突然"啪"的一声拍桌子吼道："你这个变态！幸亏没剜掉她眼睛，让那姑娘临死前眼里留下了你这杂碎的影子！"接着，李队扭头向两位调查民警说："公安部的结果出来了，就是他！"

说完，转身就走。可没想到，身后却传来撕心裂肺的哭声。"那是我哥干的！他回广东了，我们是多年没见的双胞胎……"

案子就这样破了。可较真的徒弟跟李队叫板，说李队是诈供，死者眼里出凶手纯属扯淡，毫无科学依据。

李队听了狡黠一笑，说没办法，不让刑讯逼供，对待知识分子就得玩阴的！

蛾　子

那天清晨一早，蛾子和娘正在北岭上刨草药，二妮子忽然气喘吁吁地跑上岭来喊："蛾子，快！你家出事了！"

娘听了惊得"咯噔"坐倒在地，眼泪像断了线的珠子往外直淌。蛾子甩下镢头疯了似的跑下岭来。

村小学的操场上已被围得水泄不通，几个警察正朝北墙方向喊着话。

蛾子挤进黑压压的人群，一眼就望见了弟弟山娃。她的未婚夫狗大瞪着血红的双眼正惊恐地盯着四周,手里的菜刀在山娃脖子上闪闪泛着寒光。

蛾子被如此惊险血腥的场面吓蒙了,咬着嘴唇儿流着眼泪慢慢瘫倒在地上。

醒来时,蛾子看见一张英俊帅气的脸,是个大个子警察小伙儿正拿着笔记本向她问话:"醒了?没事吧?你是狗大的未婚妻,有几个问题需要你证实一下。"

蛾子委屈地泪如泉涌:"俺不是他未婚妻!俺娘的眼都让他打坏了,哪里还有钱还他的彩礼……"蛾子这次话还没说完,就晕倒在大个子警察怀里。

蛾子再次醒来,天快黑了,屋子里光线阴暗。但她竟看见娘抱着睡熟的山娃在流眼泪!难道是梦?不,蛾子掐疼了自己大腿。分明看见弟弟山娃脖子上那一道一道的血痕。

蛾子听娘讲才知道,她错过了刚才那场惊心动魄的场面。

狗大索要彩礼逼婚不成,正想持刀劫持山娃逃跑时,那个大个子警察突然从北墙后翻过来,出其不意地在半空中亮出一个飞脚,踹掉了狗大手里的菜刀,一招之内就成功解救了山娃!可那狗大也不是好惹的,穷凶极恶趁大个子还没站稳,狠狠一个扫堂腿将其撂倒在地后,独自一人奔上北岭仓皇逃去。

蛾子的心,揪得紧紧的。她想起了那个大个子警察小伙儿:身子高瘦,手指细长,脸白白的,说话也还稚气……

半夜里,起了风。不久,雨珠子噼里啪啦砸下来,山里头黑得吓人。蛾子不困,躺在床上烙饼似的翻身时,猛听见有人急促地敲门!

娘也醒了,两人紧紧抱成一团儿哆嗦着想起了日间那个恶棍。

"大娘开门!大娘开开门!我们是公安局的!"

蛾子一听,这才跳下床去赤脚开了门。

是村主任领着两个警察来了。蛾子的预感一点没错,果然有一个就是他!她偷偷望了一眼那大个子,湿透的警服紧贴在身上,精神的短发也显得稀疏了。

村主任烦躁地脱下衣服拧着水说:"看你们家住的这破地方,下了车还得走老远！他爹死得早，人家公安不放心你们娘仨儿，说是要在这守上一夜，怕那畜生再折回来！"

娘连声谢着，要去下红糖水。蛾子呆呆站着，本想去提壶热水，却不知怎地抓起了墙角的那把破伞。

村主任穿上家里的雨披走了，大个子警察温和地对蛾子娘和蛾子说："你们快去里屋睡，担惊受怕一整天了，我们在外屋守着就行。"

进了里屋，蛾子的心却扑腾腾地老不安生。大个子长得可真高，蛾子估摸自己就是跷起脚来也还够不到他的肩窝。他的腿可真长，坐在外屋的马扎上，会不会蜷得慌？他真能整整一夜不合眼，就那么守着？

后半夜，大个子突然在外屋剧烈地咳嗽。蛾子困累交加突然惊醒，发现同铺睡着的山娃也正烧得厉害！

一通慌乱，又是大个子安慰了蛾子娘，托着山娃的腔锤儿背起他，和蛾子一道儿去六里外的村医务室。

雨仍淅淅沥沥下着，夜浓得像涂了墨汁。山路又窄又陡，烂泥让大个子的皮鞋包裹上了一层厚厚的翻浆还老是打滑。蛾子就有点开始恨那个总坐着，连一句话也不讲的警长了，就把伞都挪向了大个子那一边。

五六里山路走下来，蛾子紧跟大个子走得七扭八歪，而大个子的喘气声也赛过了山坳里的风吼。

敲开了医务室，蛾子攥着拳头，一边安慰打吊针的山娃，一边不时抬头揪心地望着大个子。大个子一顿咳嗽，偶尔抬起头与蛾子对视一眼，便微笑一下露出满口的白牙。

时间悄然变作了窗外的雨。时而缓慢，时而湍急……

等犯罪嫌疑人狗大被抓获归案，已是这年枫叶飘零的秋天。

蛾子的草药攒够了整整一筬筐，她高兴地进城赶集卖药时，在县公安局的大铁栅栏门前徘徊了好些时候。

大个子出来了。当了警长的大个子坐在面包车里望了蛾子一眼，没认出她来。

敬　礼

加班过了饭点，转道回父母家吃饭。

到家，不见父亲。问起来，母亲说："正从烟台往回赶呢，还有半小时就到，正好你陪他喝一盅。"

我爽快地应了，边看球赛边等。哪料两个小时过去，父亲仍没回来。

母亲着急地拨了几次电话，父亲手机一直关机。

"或许是没电了。"我不停安慰母亲，心中也很牵挂。

终于，父亲零点时回来了，浑身倦怠。

母亲立即去厨房里热菜，而我端上杯热水好奇地问："怎么这个点才到家？"

父亲干咳一声："本想省点钱，回来时没跑高速。"

我说："那也用不了这么久啊，听妈说你们八点就到潍坊了。"

父亲语气仍很低沉："路上，遇到两个拦车的。"

这时，母亲端着菜上前嗔怪："现在都什么年代了，你也敢停？"

我也问："是什么人在半夜里拦车？"

父亲说："俩年轻人，我以为是车在半道上坏了，想帮把手。"

听到这，母亲更气不打一处来："帮把手？你忘了去年夏天我们在北环路散步时，你被一辆摩托车撞倒，摩托车停都没停就蹿了，我当时站在路边一连拦了十几辆车都没有停的，打出租人家都嫌血染了座位没人愿意拉，最后还是碰到熟人才把你送进了医院！你都忘了？"

父亲听了默不作声。

我趁机倒上酒和他干杯："爸，妈主要是担心你。话说回来，你会修车吗？"

父亲没端酒盅，却叹了口气，说："那俩人不是车坏了，是打劫。"

打劫?！我和母亲顿时吓了一跳，一时都不知道该说啥好。

等母亲上上下下把父亲打量了个遍，才又问："人，没咋的吧？"

父亲摇摇头。

我突然反应过来："怪不得手机一直打不通，值钱东西一定都被劫走了？"

父亲点点头，又再次摇摇头。神态愈加疲惫。

我们都不忍心再打扰父亲了，经历了那种事情，相信谁都不想再去回忆。

可父亲沉吟良久，自己开口了："手机是我自己关的。你们放心，我和司机小许都没事，被劫的财物也都拿回来了。"

母亲如释重负，重又恢复了唠叨："我说什么来着？这些年你走南闯北也算老江湖了，怎么连这点警惕心都没有！"

我却半信半疑，开玩笑地问："爸，难道歹徒是女的，专门劫色？怎么可能不抢钱？"

父亲依次看了看我和母亲，然后说："一切，都因为一个敬礼。"

"敬礼？"

父亲知道我们听不懂，随即开始解释："那是段上坡路，没有路灯，而且很颠。我们刚一往上走就发现坡顶右侧停着一辆熄火的车。车旁站着两个人，一个在向我们招手，而另一个，向我们打了一个敬礼。"

"在漆黑的夜里，我们确实无法判断他们的身份。小许很机灵，把车开得飞快，车子嗖的一声就驶下坡路，把两人抛在身后。按说，我们该继续行路，可是我又让小许把车子开回去了。"

父亲顿了顿，接着说："不知怎的，我就是忘不了那个敬礼。虽然那只是个深黑色的剪影，可它非常标准，并且随着我们之间的距离和角度变化，那个敬礼人缓缓转动着身体，姿态非常优美，一看就让人觉得，他要么当过兵，要么就是个警察。我早年当过兵，儿子是警察，我觉得只有这两种人才可能打出那样的敬礼动作来！士兵和警察，永远是可以信赖的两种人。"

"就凭一个敬礼，你就让车开回去了？"母亲犹有疑问，"那是辆警车?"

"不是。"父亲回答:"我当时也想为什么他们不打110求救。可生活中,我知道最不喜欢打扰110的人就是警察了,他们出警帮助别人义不容辞,可自己需要帮助时绝不轻易给同行找麻烦,因为他们知道出警资源很宝贵!我想我要是能帮警察一回,该多好……"

我说:"可你判断错了。财物没丢又是怎么回事?"

父亲脸色终于有些放晴:"我们下车后,对方手持匕首立刻搜光了车上值钱的东西。可紧接着,他们问了我一个问题:为什么我们会去而复返?"

突然,我有些开窍了:"劫匪听了你的解释,竟然良心发现?"

父亲笑起来:"差不多吧!那是兄弟俩,敬礼的是哥哥,高考前曾天天站在镜子前练习打敬礼,梦想就是报考警校。可随后发生的一场肇事逃逸案,让他梦想破灭并永远失去了父母。"

父亲端起酒杯来说:"这是兄弟俩连续第三晚出来作案,而我们是第一个上钩的猎物。我答应他们,就此罢手,我愿资助,绝不报警!"

暴 雨

那木刚刚翻下马背,忽见前方不远处腾起阵阵烟尘,空气里随即充满了腥酸味。紧接着,一阵橘黄色旋风斜刺里袭过,卵石般的雨粒噼啪砸落下来。起初,雨粒并不密集,但势大力沉。后来,如浇如泼,天地一片灿白。那木狼狈地缩进马腹下,不料枣红马仰天一记长嘶,蹄下踉跄几步就势卧倒,再不肯挪动半寸。

那木被马腹压得眩晕,但侥幸这是眼下荒野里最温暖的地方了。他禁不住用脸在黑暗中轻轻地蹭着马鬃,双手警惕地薅着此刻掩在裆下的绿帆布口袋。直到枣红马重新站起来,原地踱步,抖擞雨水,那木才发现暴雨已经过去了,不过尚未走远,就在他来时的身后大概两三百米处变本加厉。此刻,头上已经骄阳半露,那木陷在湿软的泥地里赖着不起，一泡热辣辣的马尿闪着琉璃的金光浇透了脑门。

那木扑棱蹿跳起来，才发现头上那顶黑色的执勤帽没了，但腰里的54手枪还牢牢别在那儿。再出发前他特意转到马屁股后，检查了那个鼓鼓囊囊、上下齐宽、顶口夹带了"条凳"型长锁的绿帆布口袋，发现口袋由外到里都是干的，这让那木满意地对着马腚笑了笑。马似乎很有感应，甩甩尾鬃示意领情，高扬头颅提醒继续前进。

那木皱眉望望前方的泥泞，忽然发现拐向临近一条山沟的土路上布满了浓稠的马蹄印和马粪。这一发现，让他大为惊讶且改变了主意。他牵起马缰绳直奔山沟而去！山沟里此时蒿草遍地，栗子树高大密集。艰难行进的那木，不得不一次次给自己打气：路虽是第一次走，但他清楚地知道它能快速地通向哪儿。

可那木错了。旧历八月中旬，满山遍谷的栗子树正处在旺盛的熟果期，那种氤氲不散又浓得化不开的栗子花香直熏得人和马都醉眼迷离。那木头昏脑涨，几次险些失脚从陡坡上跌落下去，而枣红马沉重的喘气声和回音，搅动的整个寂静的山谷渐渐有些阴森恐怖。

那木看见两间隐蔽在沟半腰树丛里的石房子时，力气和意志似都已经虚脱。牵马走进院落，那木发现有两位老人正在漆黑的屋子里席地而坐，一声不响地剥着山坳里收获的黑毛豆。

"你是公家人？"老妪乍见那木有些惊慌。

"怎么上这来了？"老汉背对着那木问。

那木望望墙上挂着的熊皮和双管猎枪，下意识攥紧手中的口袋："路过，走岔道了。两位老的，有吃的吗？我买。"

老汉依然坐着未动，"我认得你，你隔几个月就去山那边给下矿的劳力送钱，这是自找苦吃。"

"没办法，他们不认存折和银行卡。"那木回答，"我们也正在想办法。"

"锅里有毛豆，炕上有水，吃完了快走吧。"老妪眼神里已经没有了抵触。

那木点点头，环视寒酸简陋到极点的屋子，边脱下半袖警服拧着雨水，边去炉灶上抓起尚有余温的毛豆剥开往嘴里捣。

"栗子树是你们的吗？靠什么收入？"那木狼吞虎咽。

老妪停了动作，定定望着他，"哪有收入？人和马都吃不饱。你……多大了？"

那木回答清脆，"刚过了生日，三十二了！"

老妪"哦"了一声，"吃点垫垫快走，还有雨。"

那木应着，去炕头喝水时，悄悄在碗下压了五块钱。

"这沟叫'迷魂沟'，以后记住，别从这儿过了。"那木临走，老汉也没回头。

再下沟的路就平缓些了，那木骑上马仍被栗子花熏得晕头转向，一直虚弱地趴在马背上。突然，马像嗅到了什么，飞快地撩起四蹄，小跑着冲进一条溪流。

枣红马低头畅饮，猛然间却浑身一颤！抬起头来不停地甩头喷着响鼻。那木背后也立时窜起一股凉意，他很清楚马这样意味着什么。果然，他迅速发现了前方不远大栗子树背后的阴谋。

那是一匹棕色的矮马，马上的人却又高又壮。那木尚来不及掏枪，对方的枪先朝天响了。

"把口袋扔过来！"说完，枪管对准了那木，显然对方是个亡命徒，如此近的射程，那木明白若不丢钱就得丢命。

可那木是个警察。那木输的是时机，却不是胆量和职责。等那木也举起枪时，对方枪声却再次砰然轰响！

那木刹那间伏向马背，却发现对面的壮汉竟已仰头栽倒。矮马发出一串凄惨的嘶鸣。那木忽然想起自己匆忙中连枪保险都没能打开，却怎么也搞不明白眼前到底发生了什么。

这时，一条黑影从那木马下经过，径直走上前去，抱起歹徒扔在矮马背上，然后牵马朝这边走来。那木从没见过这张脸，但却认得他的背影和他手中那支双管猎枪。

"谢谢……大伯！不过，你得跟我回一趟派出所……"那木心有余悸地说。

"不用了，以后别再走'迷魂沟'，你来的消息是我告诉他的。"老汉经过那木，面无表情，"他是我儿子，死不了！"

那木呆呆地、吃惊地望着老汉的背影，还有棕色矮马背上那名壮汉眼中的熊熊的恨。

刀剑笑

一九九九年秋天，我实习的最后一个月，由城区派出所调往刑警一中队。

只身报到那天，忽见满院子警察围成一圈热烈鼓掌。

我当即惊得脸红心跳，却又发现他们统统背对着我。

我急忙上前，但见人群中有一壮汉，身高接近一米九，体重至少二百六，面圆耳大鼻直口阔，一双卧蚕眉稍显滑稽，满脸络腮胡煞是霸气，说话震得人耳膜轰鸣。

"怎么样？怎么样！"壮汉环视四周，一脸挑衅。

原来，这是刑警们在审讯办案之余"课间休息"，利用院子里仅有的一副杠铃活动活动筋骨。方才掌声，是因那人仅凭单手就擎起了六十公斤的杠铃。

这时，人群里有人激将："这算啥？兄弟们找出三个最棒的来和你挑战！看看是谁赢？谁赢了谁请客！"

众人纷纷响应，连我都跃跃欲试。哪料壮汉一口回绝："别费那事！你们最多的不就举六十个？今天手上正好没案子，我给你们举个一百八！"

这话让提议之人无比兴奋："好！大家做证，你也别举一百八，举个整二百，从明天起我连续三天请你下馆子，要是举不起来，你请我们大家连吃三天！"

话音未落，壮汉那边早已脱了外衣，光着膀子抓起了杠铃。

——这就是我的偶像齐队，给我的第一次下马威。

后来，我曾偷偷举过那副杠铃，令我崩溃的最高纪录是：四十七个。

可那天，我眼睁睁看着齐队举了整二百。当时齐队的脸和脖子，甚至胸脯都紫了，是我第一个跑上去搀扶他进屋。事后，我们就分在了一个探组。

不过第二天，也就是打赌输了的崔队准备请客时，齐队却没来上班。听说是请了病假。第三天也没来，第四天同样。到了第五天，齐队来了。大家都知道是怎么回事，可没有一个人敢拿这事说笑。

唯独崔队略带歉意地跟齐队打招呼。虽说请客早已过了时限，可齐队劈头一句，就让崔队把客请了："人家小纪刚来，接接风总可以吧！"

那场酒后，我就跟着齐队办案了。齐队人高马大，说话赛放鞭，打鼾如滚雷，做事像风吹，穿一身全局最大号警服，开一辆过了报废期的破"仪征"警车，车载录音机里永远都是激昂的刘欢。相比之下，我是个十足的小跟班。

一天夜里，齐队把我从被窝里拉出来，开车就走。原来他得到线报，有个逃犯回家了。齐队径直把车开进深山，停下塞给我一把手电筒让我跟着他走。那夜黑得让人压抑，风刮在脸上像割肉，山像张牙舞爪的魔鬼。我死死跟着齐队，半步也不敢落下。

齐队却轻车熟路，带我在蜿蜒山路上疾走，不知何时还拎起了一棵道旁的枯树。走不多时，忽听四下干草丛里一阵窸窣碎响，竟有七八只恶狗猛蹿出来将我们围住，龇牙咧嘴狂吠如狼，眼见就要飞扑上来。

我正吓得筛糠，齐队大步跑进·侧果园，将狗统统引向自己。我手电照处，只见齐队摆开弓步，怀抱树冠，将树根舞得夹风带响水泼不进，那架势活脱脱像极了倒拔垂柳的梁山好汉鲁提辖！蹊跷的是，恶狗们并没真的挨揍，却都落荒而逃！

这招令我大开眼界！随后我们冲进山上那户独门独院。屋里床上只有祖孙俩，老太太闭目不语，小女孩儿却冲我们喊："警察叔叔，俺奶奶得了癌症，俺爸爸没回来！"

这话有些多余。齐队径直走到里间门口大吼："陈刚，你给我滚出来！"话音震得门框上尘土乱飞，接着就听到有人从里屋连滚带爬地出来了。

齐队揪住逃犯就走，我抑郁地跟到山下，刚刚想通法不容情的道理，不料齐队转身掏出仅有的二十块钱，让我原路送回去！

我心里又惊又喜又暖又怕，但还是顺手抓起一条棍子，撒腿就往回跑。

半山腰上，我和那群恶狗再次遭遇，一番抡棍成功退敌后，我忽然茅塞顿开：原来人跟狗斗，与跟坏人较量相似，都需要必胜的信念和强大的气势！你弱它就强，你强它就降……

我离开刑警队大概半年后，齐队就出事了。

那次押解人犯去看守所，搭档下车去办入监手续，齐队后脑忽然遭受重击，腰中"五四"被人一把抢走。原来，那人犯少年学武骨头奇软，偷偷把背铐从脚下挪到身前，抓住时机举铐袭击了齐队。

齐队天旋地转，一睁眼却发现枪管对准了自己脑袋，心道这回完了，下意识伸手去挡，可对方扣动了扳机。

往下的事儿，就是搭档回来把人犯给制服了。再看齐队，浑身湿透，没死成却虚脱了。——枪，始终没响。齐队粗胖的中指竟插进了扳机内的空当，人犯拼命狠扣扳机，生生把他指骨卡碎，却没能成功击发。

多年后，齐队上网聊天，因废了一根指头打字奇慢，擅长"一指禅"。我在QQ里遇见，问他为什么网名叫"刀剑笑"？

齐队在那头捣鼓了很久才点出一行字来："枪都打不死咱，何况刀剑？哈哈！"

血指印

偶然去刑警队四楼找资料，推开最角落里的一扇门，见一团乌云伏在桌面上，正散发着淡淡的清香。

许是被我脚步惊扰，燕子猛一抬头，黑发齐刷刷地甩到脑后，一双好看的大眼睛中布满血丝，有着说不出的疲惫。

"好啊，上班时间洗头发、睡懒觉？"我厉声问道。

燕子迅速站起来，莞尔一笑。一边将湿漉漉的头发挽起来扎住，一边活动着细长的脖子说："这话谁说都行，你说可没有良心了！"

我也笑。我承认，我举双手承认，她是在休整，绝不是在偷懒。她才是我心目中的英雄。

无名英雄。

一个文静的女孩子，就只她一个人，一年多能破上百起刑事案件。这是什么概念？

——如果单比刑案破案数，她自己就能顶好几个山区派出所了。

燕子的工作是常年趴在电脑屏幕前，跟千百万枚指纹打交道。

十几年前，我刚参加工作那会儿，采指纹都是让嫌疑人用手指沾油墨捺印，然后拍成照片，积累成指纹库。再有案子发生，就把现场指纹照片与指纹库里的进行人工对比，工作量之大、花费时间之长，难以想象。最令人头痛的还是忙活一年，到头来破案率微乎其微。

好在如今装备了指纹采集对比仪。原先的程序都能电脑化了，效率大大提升。燕子的工作，就是坐在电脑前，将各单位采集录入的指纹进行比对查寻。

这种查寻大体分为两种：一种正查，即将现场勘查后采集的现场指纹，与电脑库中的指纹进行对比查寻，一旦查到匹配者就能锁定嫌疑人；另一种叫倒查，即用刚被抓获的嫌疑人指纹，与电脑库中的现场指纹进行比对查寻，两者一旦匹配，就能判定该嫌疑人还曾出现在哪些犯罪现场。

若以为这工作就是打开电脑，按一下自动搜索键就 ok 了，那就大错特错了。

任何高科技都有误差，而牵涉人的清白和案件真相，要是出现"差之毫厘，谬以千里"的情况，麻烦可就大了。

打比方说，某派出所录入某个人的十指指纹，燕子在对这些指纹搜寻比对时要按不同条件搜索，具体到哪只手指、什么特征、地域范围等，而每一次搜索都将耗时若干。这还不算，一旦电脑搜寻到符合条件的指纹，并非一对一精确显示，而是按照相似度打出相应的分数值后一一列出。

无奈的现实是，往往电脑中与该人拇指匹配的拇指指纹有 50 枚，与其食指指纹匹配的食指指纹有 30 枚……剩下的工作，全靠燕子趴在电脑前，一枚枚筛选、比对和排除。有时电脑中一枚被打出相似度 90 分的指纹，通过人工比对却被排除了；而电脑打出的 50 分的指纹，有时却偏偏就是目标。

由此可想，燕子的工作量并不因为有了高科技而成倍减少。相反，在整日的眼花缭乱和头脑昏沉中，更多了一份沉甸甸的压力和责任。

听燕子讲过一个解气的案例：她在对一个盗窃现场指纹进行比对时，成功比对出了嫌疑人，而该嫌疑人正在外地某拘留所因打架被治安拘留15天，眼看就要期满。燕子没有停止查寻，而是通过查到的该嫌疑人的其他手指指纹果断倒查，结果又成功比对出十几个罪案现场！足见这厮恶迹斑斑，隐藏很深，若不是指纹比对很可能就将逃脱很多应有的惩罚。

几条弧线、几个小圈，不起眼的小小指纹，经扫描放大后呈现在屏幕上，却突然化作了电线、跑道、迷宫、河流、山峦、大海……

"你来得正好，看，我们又破大案了！"燕子边整理桌上一摞厚厚的案卷，边开口把我从记忆中拉了回来。

"什么大案，案卷太厚了，还是说来听听？"

燕子瞅我一眼，仍然抑制不住兴奋："破了一起杀人案！最近有人报案说车被盗了，民警问是怎么丢的，他前言不搭后语。后来一查发现，他是夜里开车出去盗窃时被发现了，连惊带吓弃车逃跑，事后车没找到，这才来报案。"

"你们采了他的指纹，然后就发现他以前还犯过命案？"听到这里，我已猜出了结局。

"没错，不过这起杀人案距离嫌疑人落网，已经过去了整整十年！而且当时那案子，嫌疑人是异地作案，与开车的人无冤无仇、素不相识，只因深夜搭车时突然起了抢劫歹意，将其杀死后连车推下了悬崖。警方怀疑谋杀，因那辆车毫无制动痕迹，但也不能完全排除交通肇事。幸亏当时民警在车底发现并采集了一枚斗型纹的血指印入档，就是这枚指纹暴露了他！要不然啊，这案子悬了……"

燕子说得眉飞色舞，我听得啧啧称奇。

那一刻，她俨然一个披蓑戴笠的渔家少女，用纤纤玉手在指纹的汪洋大河中，钓出一条面目狰狞的大鱼！

狙击手

老崔曾是特种兵，转业进公安口前当过狙击手。

因此，老崔枪打得特别准。

准到什么程度？报纸上有过报道：100米到500米静卧射击，弹无虚发；200米运动射，15发子弹，3次换弹匣，立跪卧3种姿势，只需要50秒；枪榴弹，200米距离，误差不超过3米；800米任何目标，目估距离误差不超过20米。

数字可能有点枯燥。这么说吧，一台饮水机放在500米外正常人根本看不清，可老崔却能把500米外的一个苹果一枪打得粉碎。

老崔是怎么当上狙击手的？

据说，那过程相当魔鬼。

一开始，老崔当的是侦察兵，各项技能出类拔萃。眼看退伍时，上级下来选人。经过一番残酷比拼，老崔光荣入选。

等到了特种兵大队老崔却发现，选拔才刚刚开始。

全副武装跑5公里、10公里越野；夜间万米长河泅渡；野外无人区生存演练；疑难复杂敌情处置。一项项比下来，老崔硬是拼着尿血挺到了最后。眼睁睁看着几十条壮汉被逐个退回了原部队。

可选拔还没有结束。

接下来，是没完没了的高强度射击训练。先后与国内30余种特种枪支及国外10余种狙击步枪耳鬓厮磨，直熟练到盲拆盲卸盲装盲打的境地。

然后是训练立跪卧走跑跳等所有射姿，高处隐蔽低处潜伏等各类情境。打过10多万发子弹后，全团只剩下了他和老孙两人，而老崔已然接近崩溃的极限。

要当一名狙击手，就必须要突破极限！

老崔和老孙，一路比拼，轮番排头，难分难解。到底谁才是最优秀的？当然还得继续选拔。最终，教官给出了题目：距离500米，射击一个透明玻璃杯。每人一发子弹，一枪定输赢！

两人摩拳擦掌，跃跃欲试，谁都不想在这最后关头认输。

可出人意料地，教官让他们先休息，何时比试再等命令。

两人暗中叫苦，从此吃饭方便随时都得竖着俩雷达似的耳朵，睡觉也不敢合眼得随时准备跳起来冲出去。

最后的比试，也最残酷。这点他们比谁都清楚。

可命令没有他们想象的紧急。5天后，就在他们自我折磨得筋疲力尽时，命令随着一阵响雷来了。

那个午后，狂风肆虐，暴雨倾盆。

老崔和老孙蛰伏在训练场上，不一会儿就被淋成了两条泥鳅。

这种鬼天气也能射击？透过瞄准镜看去，500米外根本就看不见目标。

可比赛已经开始！

风声、雨声、雷声，老崔和老孙听而不闻。戴着薄薄的耳麦，他们耳朵里似乎只有自己微弱的呼吸。1个小时，2个小时，3个小时……他们都太了解对方，若在平时，500米的距离，别说是玻璃杯，就算是子弹壳，也是小菜一碟。可在狂风暴雨中，偏差无法估量。

老崔越等身体越是发僵，稳定性也大幅下降，心里更是没底：先开枪，若是不中，对手就可以等风停雨息再悠然一枪，轻松取胜。但若开枪慢了，对手先发命中，自己便毫无机会。

打，还是不打？是抢先搏一把，还是等待命运眷顾？

他们都太想取胜，对一名步兵而言，狙击手是最危险的职业，却也是最崇高的荣誉。

而眼下，才是最可怕的较量！

雨势丝毫未减。老崔心下一横，轻眨一下眼睛，手指预压扳机，感觉就像提着气往针眼里插一根头发丝。

就在一大颗雨滴即将从眼幕上滑落的一刹……

"砰!"

枪响了。

老崔兴奋地躺进泥地里向天振臂,而老孙的子弹没能打出去。显然,他们都从耳麦里听到了玻璃破碎的声音。

老崔爬起来,一把拉起老孙,彼此拥抱。残酷的比赛,终于在分秒之间决出了胜负。

教官也走过来,先是和老崔紧紧握手,没说什么。然后是和老孙握手,却说出一句石破天惊的话来:"恭喜,你赢了!"

老崔和老孙,当场惊愣。

这怎么可能?子弹烂在枪管里的人竟然打赢了击中目标的人?

教官无视两人的惊诧,兀自向前走去。老崔和老孙一肚子疑问紧跟其后,等到了目的地才恍然大悟。

500米外,竟然连一块碎玻璃碴都没有。目标根本不存在!

暴雨中,教官依次盯着两人的眼睛,一字一句说道:"我们选拔的是狙击手,不是刽子手!"

两人如梦初醒。老崔正无地自容,教官却拍拍他肩膀说道:"能走到今天,你也是名优秀的狙击手。耳麦里的模拟声,不是欺骗,而是为了不摧毁你今后击发时的自信!"

就这样,老崔开始了他的狙击手生涯。不过,他是第二狙击手,也叫狙击副手。

他输得心甘情愿。

丢失的初吻

十四年前,我在警校念书。

第二学期学习摄影课,着重掌握对痕迹物证的拍摄和取证。

除了打枪,恐怕把玩精密相机就是当时最令我们兴奋的事儿了。

我们三五成群，自愿结合，去操场，去树林，去工厂，甚至去坟头，去臭水沟，制造假定现场，然后练习拍摄。

我和大民俩人一组，练习得相当顺利，并且利用剩余废胶卷，互拍了一些自以为很福尔摩斯的照片。

接下来，就轮到上冲洗课了。

这课更为简单，听教官说就是去暗室里，亲手用显影液冲洗出照片。然后找出差距，弥补不足。

大家跃跃欲试，排好队伍，叽叽喳喳走进亮着日光灯的暗房。

随即，教官制止了所有喧哗，开始强调课堂纪律：

"所有人从现在开始一律不得说话，要迅速自行分组，找好显影罐、卷片盘、温度计、量杯、夹子、裁刀等必备工具，等待我的口令！"

教官说完，暗房里立即响起一片叮叮咚咚的响声。我仍和大民一组，我抱相机，他拿工具，很快准备完毕。这期间，大民随口向我说了句："可惜了，还有几张底片没照完。"

大民话音刚落，教官的吼声立即响起："刚才说话的那位同学，请你出去！"一时间，所有目光射过来。大民异常窘迫，随后万分沮丧地看了我一眼走出暗房。

这下，没人再敢说话，纷纷蹲下准备开工。暗房里迅速沉寂。

"有事情，可以打报告！谁再敢违纪，看我怎么收拾你！"素有"野兽"之称的教官再次放出狠话，随后"吧嗒"一声关掉了屋里的灯光。

意外，就在这一刻突然降临。

灯光倏地熄灭，暗房霎时陷入漆黑的深渊。所有人眼前模糊一片，女生们下意识地喊出一阵"啊"！与此同时，有只手紧紧抓住了我的胳膊。

那是一种我一辈子都不会忘记的黑暗。

无边无际，如潮浪涌——让人孤独，让人胆寒，让人惊恐，让人窒息，让人晕眩。让人仿佛一下子从人间坠落到地狱。

我迅速攥紧了胳膊上的那只手。它一直都在抖，直到这时我才明白身边是个女生。两只手也越攥越紧。

我们都以为能逐渐适应黑暗，可我们错了。我们毫无心理准备，苦撑的结果反而像溺水的人，等来的是加倍的绝望。专业暗房毫无光线，加上周围死寂一片，既潮湿又阴冷，我们这时才悟出冲洗课的真正含义，它挑战的竟是人的生理极限。

有抽泣和压抑的呻吟低低地传出，有急促的喘气声在胸腔里呼啸，就在我也感到快要崩溃的时候，怀里突然多了一个温热的身体。我来不及多想，一把抱紧，嘴角又已触到了一张薄透冰凉的唇——

我不骗你，那是我的初吻。

在这之前，我曾和童年的异性伙伴亲过嘴。但那不一样。这个吻，让我第一次洞晓了舌头除去吃饭以外的天大秘密。

原来，舌头也能握手，能拥抱，能舞蹈，能飞翔，能燃烧，能在惊恐陷落中进行救助，能在天崩地裂时实施救赎，能让人不知不觉地从地狱飞升到天堂。

"大家注意了，开始冲洗！"

黑暗中教官的话，忽然像道狰狞的闪电，霎时将我怀中的身体夺去。我甚至还没反应过来，下意识慌忙端起相机，却又不得不无奈地垂下手臂。我知道，大民相机里还有胶卷，可如果我摁动了快门，同学们的底片将就此报废，而等待我的也必定是教官的一顿教鞭。

她就这样消失了，我的天使。我舌尖上还留有她淡淡的芳香，怀抱里还留有她微微的余温。可我竟然荒唐地不知道她是谁……

出了暗房，大民翻看着照片表示很满意。但我低落的情绪也让他很意外。

"我又没怪你。看，脚印真清晰，我俩多帅！"

我走神了。我的大脑、眼睛、鼻子、嘴巴、毛孔，无时无刻不像猎犬一样四处焦急地窥探着。全班共有八名女生，到底会是哪一位呢？

从外表上，完全看不出来。她们一回到阳光下，就立即举起照片遮挡住强烈的光线朝宿舍跑去。她们每一个人的身段，都是那么优美。

我太痛苦了！说出来，谁会相信呢？在女生贵如国宝且严禁恋爱的警校里，在我们性别严重失衡的班级里，居然有一个女生主动拥抱并亲吻了我！不管是出于什么原因，我们都曾经是最亲密的人。

从此以后，我守着这个秘密，始终都在小心翼翼地寻找着。八位女生，个头相当，身材匀称，各有魅力。每个人都像，可每个人又都不像。直到有一天，我沮丧地想到，对方会不会也不知道亲吻的是谁呢？

毕业那天，聚餐时都喝醉了。我单独到女生那桌敬酒，提议以一对八玩石头剪刀布的游戏，谁输了回答对方一句实话。结果，我最后输给了她们老大。

老大借酒笑问："我们八个人中，你最喜欢的是哪个？"

我鼓足勇气回答："如果我的心是一张底片，那它冲洗出的，是我永远的初吻。信不信？我一直稀里糊涂地暗恋着你们八个！"

老大听完先是笑，接着却哭了。继而其余七个人也哭了。

她们，全都哭了。

把命交给你

八年前，芙蓉街发生过一场血案。

关老九因琐事纠纷，夜间持斧头闯入邻居马怀然家行凶，砍死了一家三口。

这是街上有史以来最惨的凶案，也是民警老安一辈子的污点。

八年前，局里照顾患有股骨头坏死的老安，将他从乡下派出所调到老城区芙蓉街当片警。老安很知足。芙蓉街虽处老城区，租赁户鱼龙混杂，摸排耗费精力，但好歹离家近，就诊方便，还和家人多了些团圆时间。

可老安万万没想到，就在他上岗的第二个月，就发生了凶案。

当初，老安前任老丁跟他交接时，前后说了一大通，什么孙家的母狗咬人、李家的儿子不孝、吴家的媳妇有精神病、柳家的屋子是危房、万家跟包家合不来、街南面住了不少四川盲人和东北小姐……老安的笔记本都快记满了，但唯独没记得老丁跟他交代过关老九。

那么大的命案，当时震惊了县城。老安也懵了。他刚来，跟关老九不熟，巧的是案发前两天还去关家走访过。对于凶案没能预察，毕竟脱不了责任。而且案发后关老九一直在逃，社会舆论极大，上头若再不给个处分，老安自己都觉得没脸。

可真等处分来了，老安又觉得太沉重了。不仅扣票子，竟连党性也予以了质疑。

后来，有同事开导他："想开些吧，别看关老九平时木讷，可毕竟三十多了还打光棍，那晚又喝了酒，纯属激情犯罪，换了谁也阻止不了！"

老婆也不止一次劝慰："天底下有些事就该着发生，咱认命吧！"

话是那么说，可老安从那以后就像变了一个人，每天起早贪黑，干活玩儿命，整日拖着病腿斜着身子在街上穿行，像跟谁赌气似的。不过老安的工作挺见成效，没多久小小警务室里挂满了红灿灿的锦旗。

一晃，八个年头儿过去了。

八年间，芙蓉街已从古色古香的矮房陋巷，变成了破败不堪的棚户区。八年间，老安换了三种警服、四届局长、七任上司，自己却始终像枚图钉，在芙蓉街这张油毡毯上，深深地扎根，渐渐地生锈。

没人能理解老安不间断的玩儿命，只有老婆知道他心里还憋着一口气。老婆近来一次问他："芙蓉街都卖给外地人了，马上要整体拆迁，你打算老死在这儿？"老安听了，就一句话："真要走，我的警务室最后搬！"

老安的话就像一阵大风，吹得街头落满了树叶。北方的冬天来了。

冬天一来，老安就隔三岔五接到左家的电话。左家就俩人，八十岁的奶奶患有严重哮喘，一到冬天就犯。八岁的孙女会用老年手机，这次是半夜打的电话。

老安匆匆赶到，见老人晕倒在床下的尿壶边，孙女已哭哑了嗓子，急忙用力将老人抱上床，狠掐其人中，将老太太救醒、喂药。

老安离开左家时，天色未亮。因为肚子饿，也想给左家买些吃的，就径直往街心去。那里亮着盏灯，有家米粉老店，门开得早。

阒寂无人的街上，狗都在寒风里销声匿迹。老安哈着两只手走到店门口，突然愣住了。店里已经有位顾客，竟像极了一个人：关老九！

关老九抬眼看见老安，也腾地一声站起来，带翻了桌前的碗筷。

老安下意识低头摸枪，可片警的腰间只有一副手铐，还未等他再抬起头就感觉被人猛地兜头抱住，像被挤在了一堵石墙上。

关老九身高不止一米八，体重三百多斤，浑身蛮力。老安只有一米七，还拖着病腿，精瘦羸弱。老安被对方箍在怀里，尽管拼尽了力气却丝毫挣脱不得，眼看就要气绝晕眩。

这时，老安忽觉对方的脑袋重重地压落下来，随后耳朵里传来一句令他这辈子最匪夷所思的话："别动！我把我的命，交给你。"

关老九说完，忽然松开双臂，主动蜷到背后，老老实实地转过身去。

老安哪敢怠慢，赶紧掏出手铐，用力铐牢对方，一双手始终颤个不停。额头上的汗珠滴在门槛上，摔得啪啪直响。

老安只身擒拿灭门凶手，立即在局里引起了轰动，人人赞叹他深藏不露智勇双全。其实，老安比谁都恍惚，凶手是怎么抓到的？自己给关老九搜身时可发现他还带着匕首！

审讯是刑警的事了。过了很久，老安才有机会打听到，关老九被捕的那夜是他八年间第一次潜回家，他娘也是他唯一的亲人哭着告诉他，这些年一直是老安在照顾自己，她已经把老安当成儿子了。

老安还听说，关老九已经在贵州有了老婆和闺女。

听着这些，老安的心起起伏伏，一时很难说清心中憋着的那口气，是在还是不在了。

骂　神

乡下人总有乡下人的本事，比如骂人。

有人说骂人不好，不礼貌，不利于精神文明和新农村建设。哪算什么本事？可也不一定。谁又能保证自己一辈子不张口骂人呢？

其实城里人不是不会骂人，而是骂起来往往瞻前顾后，掂三想四，跟撅了腚鼓屁似的别扭，不够痛快。而乡下人就不。乡下人骂人张口即来花样百出，就像喝山泉水一样顺溜。

当年我被父母扔在乡下跟在姥爷屁股后转的时候，我记得我们村里就有几个特别能骂人的人。村人管他们叫骂人匠子。意思就是说他们骂人的技艺水准，可以和能工巧匠相媲美。你说厉害不厉害？

时至今日，我依稀记得他们当中有大六子、岩壁虎子和翠她娘等代表人物。

大六子是个孤儿，当年才十几岁，靠给人家放羊吃百家饭长大。别看大六子成天脸上挂着长鼻涕，好像可怜兮兮。可村里谁都知道他脾气倔得能撵火车。谁要不小心惹毛了他，这个愣头青似的家伙非得当面把你耳膜骂破不可。大六子骂人的时候，两串清鼻涕总是打鼻孔眼里进进出出，就好像两列火车轰轰地开过山洞似的隆重，同时一张小嘴"叭叭"地不住工，仿佛不是在骂人，而是嗑瓜子或吃炒蚕豆。显得无比得意和轻松。当然，大六子骂人的词都挺低级，一般不是操操这个的娘，就是肏肏那个的祖宗之类的，让人听了容易蹿火，上跐上跐差不多就干起来，而这几乎正中大六子下怀，他天生就好这一口。最后无论是他打输或打赢，只要不被打死，嘴里头就永远是那些清清亮亮的骂词。让你火蹿三丈又无可奈何。所以说人们都不愿意招惹大六子，招惹这个骂人匠子的后果是你不但被他祖宗三代地骂了，还要隔天隔夜再管他的饭，谁吃饱了撑的没事干？

　　岩壁虎子是瘦矮子李庆合的绰号，这绰号的意思是说，他人像山里的壁虎一样古怪执拗、"神"不可测。这个人也放羊，不同的是有家有老婆有孩子，但却从不顾及家人面子，只要见了人上去就是一顿臭骂！骂起来还专门指名道姓地骂。不明底细的人乍一见了又惊又怕，没招他又没惹他，甚至还不认识他，怎么这个样？他傻吗？他神经病吗？他不傻，也不神经。他就这样，都说是天生的。后来我们村里就有了一句歇后语：岩壁虎子骂人，不管三七二十一。岩壁虎子人生得又黑又瘦又矮，活像个没长成的倭瓜，可一旦骂起人来，好像立时高了三分，人也精爽起来，不知道他老婆是不是也这样骂进家门来的？岩壁虎子骂人时的特点是，口齿不清晰，叫人听着像狗咬、像放炮。他那些滔滔不绝的骂词仿佛与生俱来，好比憋在嗓子眼儿里的浓痰，不吐不快。他往往找准了一地扎住脚，歪头怒视被骂之人，形象堪比哪个慷慨就义的勇士，接着就发出一长串阉驴或剽猪一样模糊而洪亮的叫唤。因为骂词不清，被骂者往往装着听不懂也就算了。时间一长，村人早对岩壁虎子的骂人见怪不怪、听而不闻，提都懒得再提了。人们上坡遇见他，大多绕着走，尽量不让他看见。实在躲不过去了，让他骂一顿不就骂一顿？就当踩了一排牛屎，又臭不死人。多年后的今天我想起我们的村庄，想起岩壁虎子，我还在一个劲儿琢磨：他确实是个人物，世间少有。

　　翠她娘却是一个将骂人升华为一门艺术的女人。当年她的年纪也不大，也就四十岁左右，人长得还不赖。一般农村妇女到这个岁数就有些不管不顾了，可翠她娘不，她能干，她家里坡里男人自己，到处都收拾得利利索索服服帖帖，叫谁看了都眼前一亮。翠她娘骂人的特点是从不点名道姓，但骂出来以后全村里都知道她骂的是谁。比如她正喂鸡的时候明明骂的是鸡，喂鸭的时候明明骂的是鸭，喂猪狗的时候明明骂的是猪狗，可偏偏最后就有人忍不住跳出来跟她对骂。翠她娘却不理会别人怎么骂，她依然比较淑女地骂着鸡骂着鸭。翠她娘的本事还在于，她骂着骂着就能骂到"点子"上。该骂的和不该骂的统统被她移花接木地山洪泛滥似的骂出来，有的骂词竟然还是全村少有人知道的隐秘或丑事。当事人能不跟她急？于是就撕就打，就哭叫闹。但闻讯赶来的劝架者们往往会偏向翠她娘这一边。这不光因为翠她娘是个好看的娘们，生了个好看的闺女。劝架者还说了，人家又没点名道姓地骂，你蹦啥高着啥急啊？快回去，别丢人现眼啦！

　　说实话，如果不是发生后来的那件事情，我兴许早就把耿二奶奶和彩芹奶奶给忘干净了。正是因为那件事情的突然发生，才使得耿二奶奶和彩芹奶奶一下子从我记忆深处骂骂咧咧地走出来。也正是这时候我才恍然发现，在我们村里，如果要数骂人匠子的话，其他所有人都是不能比的。这两个人甚至已经不能用"匠"来形容了。我更愿意称她们为"神"。

　　骂神。

　　那件事发生在去年秋天的一个周末。我远在乡下的一个表哥突然打电话来，向我诉说了一件非常令人震惊和悲痛的事情。这位表哥的二姐，也就是我的一个表姐，刚刚带着三岁儿子来城里看望打工的丈夫，那天不过才是一家人团聚的第二天，表姐和儿子在上蔬菜批发市场买菜的时候，突然被一辆大货车撞倒，两人当场被轧成血泥，现场甚至连一块完整的肢体都没留下。其惨烈程度可想而知！

　　我在电话这头久久战栗着，说实话这些年我在城里待得胆子越来越小，真想不到这样悲惨的事情竟会跟自己扯上关系。尽管我跟那位表姐还从未见过面。但我还是在沉默中流泪了。表哥住在离我们村子三十里外的另一个村里，他说他现在倒经常去县城卖苹果，可市里至今没来过。表哥恳请我帮忙，因为他只认识我一个在市里混的乡下人。我答应了，要不我还是人吗？

　　表哥说他打完电话就立即动身往市里赶，要我无论如何去接站。他急着赶过来处理后事。我好奇地问了一句，表姐夫呢？要不先让他跟我接个头。表哥忽然沉重地叹了口气，什么也没说就把电话扣了。

　　可我没想到事情会有那么巧，我为公司和广州那边签的一项合同出了问题，老板突然打电话来，用冰凉的语气告诉我：如果不想滚蛋，就赶紧飞一趟广州。我的大脑登时轰地响了一声，然后就什么也不知道了。我只记得那笔合同有一百多万！如果真要出了什么事，我就是倾家荡产把自己卖了也不可能还完。我必须马上要飞一趟广州！

幸好我临走时忽然记起了表哥的事。我惊出了一身冷汗，要不把这事给忘了，我还是人吗？我赶紧联系了老婆叫她代我去接表哥。尽管老婆很不情愿，还骂我又多揽事，但我很男人地在电话里发起了火。我说你还想让我活着从广州回来，就别那么多废话！

我就飞了。

我在广州没白没黑彻头彻尾地醉了三天，生了口疮，犯了痔疮，还被传染上了脚气，最终浑身坏透了，才总算把那一百万的事情搞定。

我筋疲力尽地赶回来，见家里并没有表哥的身影，连忙打电话问老婆是怎么回事，表哥的事情办得怎么样了？老婆说表哥一到城里就去交警队处理车祸了，两天以后来家看看我还没回来饭也没吃就走了。表哥临走时说他都到现场问了，有很多目击证人，二姐和孩子完全是正常在人行道上走着，被突然抽筋的大货车撞死的。交警队让他先回去等鉴定结论，他还会再来。

我不放心，又专门辗转给表哥打去了电话。电话里表哥充分表示了对我的理解。并说车主是市里一个个体老板，先给了两万块钱把二姐和孩子的尸体火化了。我有些隐隐的担心，这么快就先火化了？但我没有说出来，我但愿那只是多心。我又问了一句，表姐夫联系上了吗？他那边什么意思？表哥又重重叹了口气说，"兄弟让你见丑了，我现在连杀了这个熊贼的心都有啊！他还算是个人吗？根本就不关心这事。那天听说车主要给火化钱，他却跑得比狼还急，火化剩下的钱他全拿走了。"

我忙安慰表哥说，"钱不是最重要的，钱跟人比算什么呢？不过是一些花花绿绿的纸而已。现在关键的问题是要处理好姐姐和孩子的后事，不能让他们九泉之下死不瞑目。必要时我们得起诉车主，让他承担刑事责任！"

表哥说，"我也是这么想的，哪怕一分钱不要也得让那小子坐牢。那车主太霸道了，看人的时候鼻孔眼都向上翻着，不就是有几个臭钱吗？是他亲手毁了二姐啊！我非告他不行！"说着说着，表哥又哭了起来。我也跟着无声地流泪。

没想到一周之后，风云大变。我接上表哥再去交警队，交警给出的鉴定结论却是二姐和孩子占百分之八十的责任，而那个肥头大耳的车主却只占百分之二十的责任。我们傻眼了。不敢相信这是真的。当时那个现场很多人都看了，我们也访问过了，根本不可能是这样。可鉴定书上就明明这样写着，还附有不少所谓的证人证言。表哥愣了半天后突然不干了，非要上前和警察理论，可他怎么能说得过警察呢？我们被人还算礼貌地轰了出来。

"怎么办？"表哥拖着哭腔问。我愁眉苦脸地说，"肯定是车主找人了。"表哥说："找人是啥意思？"我说："就是车主特意找人做了假证，或者给交警行了贿什么的呗，不过我也只是乱猜。"表哥说："那咱们也找人啊，不能让他们睁着大眼说瞎话啊！你不是在大公司里上班吗？"我听了非常沮丧，同时也只得实话实说，"我哪有几个正儿八经的朋友？再说就是有也没有几个能办事的，退一万步讲就是有个能办事的我们也拿不出那个钱来啊！"表哥绝望的神情让我很难受，我再次问他，"表姐夫呢？让他也来出面想想主意，毕竟是他老婆和孩子没了呀！"表哥忽然说，"算了，咱不指望这个人。"

我问："是不是他有了外心？不管表姐了？"表哥狠狠地说，"不知道，你别问我，不过找量他还不敢！"我说："那你怎么打算的？要不先回我家里休息一下再从长计议吧。"

表哥默默地跟我回了家，坐在我家沙发上不说话，像一截枯死的木头。老婆见了，几次示意让我问问他是怎么想的，要不要在家里住下。不料表哥突然抬起头来问我老婆说，"弟妹，你说这事该咋办呢？我自小没了爹娘，是二姐一手把我带大的，我不能就让二姐这么死了呀！我对不起二姐啊！"表哥忽然跌坐在地，开始呜呜地哭喊，"我没本事呀二姐……我对不起二姐啊！"

我感到屋子里的空气越来越稀薄，简直有些窒息的味道了。

我老婆手里正拿着一把喷壶去给君子兰浇水，听了表哥的哀求，竟然说出了一种令人匪夷所思的主意。我老婆说，"这些走后门拉关系的人最可恨了，可我们也不是一点办法都没有。你回去雇上几个泼妇老娘（意思等同于骂人匠子）天天坐在他们单位门口去骂，就骂他们徇私舞弊收受贿赂执法犯法！看他们怕不怕？现在的公家人一怕告、二怕闹，不信他们不出来管。"

我张大了嘴巴，惊讶地望着我老婆，以为她是从外星来的，怎么能想出这样的点子来呢？说它管用吧，也太损了！说它是胡闹吧，说不定还真能管事！

表哥听了迟疑地问，"这能行吗？"我老婆忽然走开了，她走到阳台上去浇她的花了。我老婆一边浇着花一边还说，"我一个女人家只是发几句牢骚，哪有什么正点子？你还是跟莫非商量吧。"莫非就是我，我就是莫非，我老婆说的就是我的名字。表哥又把目光再次投向了我，这一次说实话我真的不想再让表哥失望了，于是我啥话也没说，拉起表哥就出了家门。

我带着表哥就近找了一家餐馆坐下来，俩人一气喝了六瓶"绿澜莎"啤酒，可点的菜还没有一个端上来。我正想拍桌子对隔壁的服务员发火，表哥突然问我，"你说那鉴定还能改吗？"我半醉半醒地说，"改什么改了？盖了章那就是圣旨！要怪你就怪你表弟没有本事吧！我对不起你表哥！来，让我再敬你一杯！"表哥一下子沉默了，抓起酒瓶一口又一口地往嘴里灌着啤酒。等菜终于端上来的时候，我们俩已经快溜到桌子底下去了。

表哥这次走了以后，我曾经一度很消沉。新年临近，公司里举行的大小娱乐活动，我统统没有参加。我觉得心里总有点对不住表哥，我觉得公司里的大小头头们的嘴脸都很可恶。

就在我正为自己的渺小和无能自卑时，表哥忽然又一次地来到了市里。这一次，令人惊奇的是，他不是一个人来的，而是带着我前文中提到的耿二奶奶和彩芹奶奶来的。

这两位几乎算是我们村里年纪最老的老人了。表哥真的把她们请出山了。

我也是这时才恍然记起，耿二奶奶和彩芹奶奶在我们村里曾经拥有着璀璨的名声和地位。与她们俩相比，什么大六子、岩壁虎子、翠她娘，仿佛一下都变成了小丑小儿科小把戏。传说中，耿二奶奶和彩芹奶奶的骂功在很多年以前，就与她们失传的美貌一样令人惊心动魄荡气回肠。我只是依稀听我母亲说起，当年无论她们中的哪一位，都能对着镜子骂上一天一夜不吃不喝不休息，是方圆几十里地出了名的快嘴！当年，不知村里是哪家不长眼睛的同时惹急了她们俩，耿二奶奶和彩芹奶奶就曾双双站在一株老花椒树下，对着那人的天井堂屋骂了整整三天三夜。从那人的祖宗八代到转世投胎；从天井里一棵酸枣树，到堂屋里一根绣花针；从那家人的吃穿拉撒睡，到夫妻俩上床睡觉磨牙打呼噜……无一不骂了一个七七四十九遍八八六十四回合。其间有人实在听不下去了来劝和阻挠，却没有谁能打扰她们一丝一毫。最后她们骂得吐沫星子汇流成河，骂落了一地的花椒叶和花椒果，直骂得那家人带上口粮举家外逃，她们依然不依不饶地对着那几间空屋子骂了个天翻地覆。事后听老人们唏嘘，耿二奶奶和彩芹奶奶骂人时扶的那棵大花椒树，第二年就枯死了。

　　我把表哥及耿二奶奶和彩芹奶奶接回家里商量计策。老婆不在家，我去给他们下茶叶，可还没等我从餐厅里出来，就听见耿二奶奶和彩芹奶奶开始骂人了。我端着茶壶跑出来，见她们双双跪坐在冰凉的地板上，正哭天抢地地叫着、嚎着、骂着，一边一把鼻涕一把泪地用手拍打着地面，一边嘴里喷吐着五花八门波涛汹涌的骂词。她们骂起人来统一拖着长腔，夹带手势，有时如电闪雷鸣倾盆大雨，有时似念经唱咒诉悲道哀，有时又如火山喷发天塌地陷。嘴里始终咬着我死去的表姐的名字，紧紧围绕城市交警徇私枉法乱开后门这一主题，直骂得山呼海啸悲痛欲绝天崩地裂。我实在有些不忍，有意想提醒她们现在只是预演，无须做太多的感情和体力投入，可她们早已根本听不进任何话去。她们无比专注决绝地投入在忘我的骂人当中，整个世界是悲惨的，黑暗的，绝望的，深深不能自拔的。面对此情此景我最终也实在无法隐忍，像一个委屈的孩子无助地痛哭起来。

　　据表哥说，那天耿二奶奶和彩芹奶奶只是为我做了一下简单示范。在我老婆下班以前，她们奇迹般地从那种状态里醒转。面对我下班回家的老婆，耿二奶奶和彩芹奶奶非但一扫先前满脸的愁容和苦泪，反而对着我老婆绽放出了菊花般灿烂的笑容。她们甚至抢着为我们做饭，我老婆居然马上予以拒绝，并因此一反常态地兴高采烈地下了厨房。

可以说，那是自从我在城里安家落户以来吃得最温馨的一顿饭。我很久很久没有和家乡人一起吃饭了。想不到有一天我竟会和耿二奶奶、彩芹奶奶一起坐在了自家的饭桌上！她们可都是村子里最元老级的人物了。

虽然她们来是为了帮我那位悲惨死去的表姐的。她们是来骂人的。而表哥也偷偷地告诉我说，她们连一分钱都没要，车票钱都坚决不让他掏。

那一天我好几次都偷偷地哽咽了，米饭噎在喉咙里，像是一口浓痰。

私下里，我老婆对耿二奶奶和彩芹奶奶的到来感到十分愤怒和惊恐，她很是后悔自己没心没肺地说了一番蠢话，惹出这么多事来。她一再表示她们可以尽情在家里住，但其他事与她无关，与我莫非也完全无关。她甚至担忧地问表哥，"就没有别的办法了吗？再想想不行吗？"表哥一蹶不振地说，"车主只留下四万块钱就不见了，交警说如果我们接受调解就拿钱回家，如果不接受就去法院起诉，以后的事跟他们没关系了。"表哥说到这里沉默了一下，又抬起头来哭出了眼泪，"我是不想让二姐死得不明不白啊！……"

我老婆说，"那你不会起诉吗？告他！"表哥说，"起诉？我早问过了，不光起诉费我交不起，就是交起了，官司赢不赢不说，我等得起吗？——我能在表弟这等上一年？"

我老婆终于低下了头。

我抬起头来说，"既然这样，我们就只好死马当作活马医了。"

我让老婆把桌子收拾干净，然后迅速找来一张空白 A4 打印纸，一支中性圆珠笔。我、表哥、耿二奶奶和彩芹奶奶迅速围拢成一团，开始制定详细的行动计划。

计划是这样的：先由我出十块钱为表哥、耿二奶奶和彩芹奶奶打上出租车，由出租车将三人送至市交警支队大门口，表哥要在中途迅速下车并找一隐秘处隐匿起来，随时观察动静，耿二奶奶和彩芹奶奶则在大门口下车开始骂人。如果骂得卓有成效，估计很快会有人请她们进去接受问讯，这时表哥就要随之一起进去理论。如果耿二奶奶和彩芹奶奶遭遇"不公正"待遇，那么她们可以尽情施展打滚、撕扯、哭天抢地、假装撞墙等手段，得不到满意处理就坚决不离开。如果第一天成效不明显，那么下班时间我会开一辆从朋友处借来的出租车过来接人，然后再一起去一家比较隐蔽的小旅馆入住。如是三天。

我老婆对我的参与非常不满，晚上甚至没卸妆就上床了。我却一夜未眠，直到快天亮时才朦胧地合上了眼。

第二天早晨我醒来时发现，表哥、耿二奶奶、彩芹奶奶以及我老婆都已经走了。表哥甚至没有拿走我留在桌子上的十块钱。我怀着忐忑的心情装作若无其事的样子洗刷、煎荷包蛋，然后草草吃完饭赶去上班。

这一天，我的工作效率为零。我感觉心脏正随着表哥、耿二奶奶和彩芹奶奶他们一起去骂人去战斗了。我整个人像株空心的竹笋，走起路来都轻飘飘地头沉。

终于熬到了下班时间，天已经黑得严严实实，还飘起了零星雪花。我心急火燎地开上花钱"借"来的出租车迅速向交警支队驶去。红灯。又是红灯。他妈的！我少有地骂了一句脏话。

很快车里的空调把我烤出一身臭汗，我心情烦躁地敲打着方向盘，终于在红灯熄灭后第一个冲出了停车线……

交警支队的大门口光秃秃的，没有人。办公楼上也不见灯光。烁光的电动大门紧锁着，似乎连传达室的警卫也不在。他们都到哪儿去了呢？

我很着急，又心存侥幸。我绝不认为他们是被铐起来，投进了监狱。我觉得他们此刻应该正被某位领导接见着，在一间春意浓浓的会议室里义正词严地据理力争，然后在终于得到满意的答复后，心情略有轻松地坐上出租车向我家赶来。

可我错了。我回到家一直等到半夜，依然没有他们任何消息。我甚至焦急地拉上我老婆围着城里转了好几圈，结果依然让人失望。

他们都没有手机，但至少表哥可以给我打个公话啊。我预感很不祥，第二天一早就去市里所有的拘留所和看守所问了，根本没有这三个人。

我和我老婆简直如临大难般地在惊恐中度过了一周。一周后，晕头转向的我突然想起来，是不是该给表哥村里去个电话问问？电话打了好几次，终于有人接了。我说我找表哥徐大河，里面的人说你等着，二十分钟以后竟把表哥叫来了！

表哥一接电话，我劈头盖脸就问，"你怎么回事？回去也不说一声？你着急回去奔丧吗?!"我说的当然是气话，因为太着急了，其实我心里并不想这样说，我感觉对不起表哥。

可表哥没有丝毫的生气。他的声音就像被霜打了，蔫不拉几，还带着雾蒙蒙的哭腔。我就是回来奔丧的……表弟，耿二奶奶没了！

我简直怀疑自己的耳朵出了毛病，"怎么可能啊？"我大声问，"那天去的时候不是还好好的吗？难道耿二奶奶一把年纪骂人时累着了？"

表哥的声音变得像泥巴一样又泞又粗，"别提骂人的事了，她们俩到了那儿根本一句话都没骂。耿二奶奶刚一坐下就死了，彩芹奶奶到现在还下不来床！"

我歇斯底里地喊，"发生什么事了？你快说！"

表哥说，"我后来问彩芹奶奶到底怎么回事？彩芹奶奶只说她晕，她说一辈子从没见那么多人开着车从那个大门里进进出出进进出出。"

她晕！